THE DARK POWERS OF TOLKIEN

托尔金的
黑暗力量

[加] 大卫·戴 著
刘开哲 译

目 录

引 言

第一部分 米尔寇与邪恶起源

米尔寇——强势崛起者　12

魔苟斯——黑暗大敌　18

乌苟立安特——黑暗恐怖者　24

第二部分 魔苟斯：第一纪元的黑暗大敌

勾斯魔格——炎魔之王　32

博尔多格——安格班的兽人领袖　40

安格班的食人妖　48

格劳龙——恶龙之父　53

卓古路因——狼人之父　57

乌方——黝黑的东方人　65

安卡拉刚——有翼火龙　70

第三部分 索伦：第二纪元的魔戒之主

　　索伦——魔多的黑暗魔君　82

　　安那塔——赠礼之主　88

　　那兹古尔——戒灵　90

　　努曼诺尔人——"亚特兰蒂斯人"　95

　　黄金大帝——阿尔-法拉宗　101

　　黑暗魔君与黑暗骑士　104

　　达戈拉德之战　106

　　索伦被击败　110

第四部分 索伦：第三纪元的死灵法师

　　多古尔都的死灵法师　117

　　魔法师与戒指　121

　　索伦与"魔眼"　123

　　鲁恩和可汗德的东方人　128

　　乌姆巴尔的南方人与哈拉德人　133

　　安格玛巫王　139

　　米那斯魔古尔巫王　145

　　哥布林、兽人与乌鲁克人　149

　　食人妖和奥洛格人　155

　　恶龙斯卡萨　160

　　史矛革——埃瑞博山上的金龙　165

目录

第五部分 魔戒之战

夏尔的黑骑士　177

埃利阿多的古冢尸妖　181

都灵的克星——莫瑞亚的炎魔　190

斯米戈尔 - 咕噜和至尊魔戒　198

萨鲁曼——艾森加德的巫师　204

尸罗——奇立斯乌苟隘口的巨型蜘蛛　217

巫王与佩兰诺原野之战　221

索伦与末日火焰　229

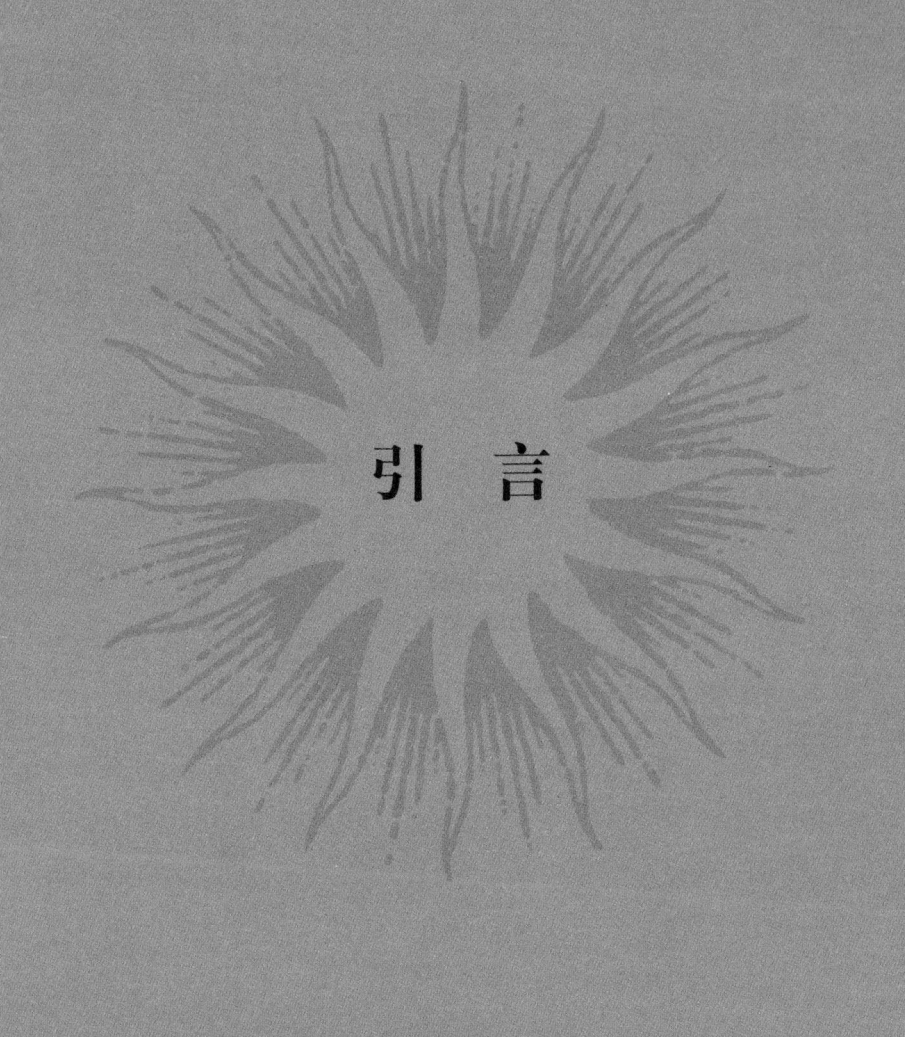

引 言

托尔金的黑暗力量

没有反面角色,又哪来英雄一说。任何英雄故事的叙述动力都依赖于黑暗力量的巨大挑战。所以说,读者的阅读兴趣常常是反面角色及其同盟的阴谋诡计,而非英雄人物的崇高品德。而前者具有黑暗力量。

在音乐界有这样一句古老的格言"魔鬼拥有最棒的曲调",这一格言同样也适用于文学,在反面角色原型的塑造、不同罪恶生灵种类的塑造、超自然实体的塑造以及令人毛骨悚然的魔鬼形象的塑造方面,很少有作家能跟托尔金匹敌。事实上,他在中土世界开辟性地创造了各类品格的生灵:既有罪恶的,也有善良的;既有崇高的,也有低俗的;既有非凡的,也有普通的。托尔金曾经解释:"没有崇高与高贵,平凡与粗俗仍有意义;没有平凡与普通,高贵与英雄形象却失去了意义。"

威廉·布莱克曾经辩说,弥尔顿在作品《失乐园》中对撒旦的描写是如此宏伟,以至于"成为魔鬼的同党而不自觉",正如其他真正的诗人一样。或许,有人会对托尔金笔下两个十分邪恶的反面

引　言

角色——"罪恶始祖"米尔寇和"魔戒之主"索伦——做出类似的评价。

在《托尔金的黑暗力量》一书中，我们既会分析托尔金作品中那些实力强大的敌对势力，也会分析罪恶的本质。作为一名基督徒和中古史学者，托尔金深刻的道德信念与哲学信念对他在虚构的前基督世界和超基督世界中展示出的叙述技巧具有深远影响。

他笔下的反面人物具有通有的致命缺点，正如《圣经》中一句格言描述的那样："骄傲在败坏以先；狂心在跌倒之前"（《箴言书》16:18）。亚里士多德认为这种骄傲乃狂妄自大，是一种悲剧性的缺陷，往往会导致高贵人物因为傲慢或过度自信而坠入深渊。事实上，骄傲的成分和对权力、财富、名誉的渴望贯穿于托尔金作品的始终，二者要胜于最有价值的事物，以及毫无价值的事物。

在托尔金看来，在精灵和人类世界中，"罪恶可能会从表面上看起来美好的根基中滋生，从施惠于众生和他人的根基中滋生"。这会导致一个人追逐权力，把个人意愿强加到众人之上，最终的结果便是独裁与专制，或者用托尔金的话来说，即"绝对统治"。当然，还有一些其他的动机：以智慧为代价追求知识，索伦跟萨鲁曼便是鲜活的例子；还有人类内心深处对于死亡的逃避和对于永生的渴望，一个很好的例证便是托尔金笔下的亚特兰蒂斯式故事——努曼诺尔沦亡史，讲述的是努曼诺尔帝国覆灭的故事。

托尔金的黑暗力量

在《托尔金的英雄》一书中,笔者论述了英雄血统在托尔金作品中的重要性,并展示了他们如何追溯到几千年前的半神式起源。笔者还指出一点,那就是男女英雄身后常常会有宏大的背景故事,它与先辈紧密相连,并最终关系到国家与朝代的命运。

托尔金笔下的反面角色和黑暗势力也是如此。倘若一个人想要完全理解《魔戒》中国家、种族和帝国之间绵延已久的仇恨,那么就必须追溯到中土世界数万年前,贝尔兰和努曼诺尔帝国还未沉入海底的时候。想要充分理解领导魔戒圣战种种事件的罪恶源泉,我们必须回顾创造阿尔达(地球)自身的力量,甚至追溯到世界尚未成形之前。

本书按照时间顺序把黑暗力量的产生和发展演变放到合适的历史背景中,这样做的目的是让读者,特别是《霍比特人》和《魔戒》的读者领会托尔金笔下众多反面人物及其盟友的一些行为更深层次的动机。

本丛书是托尔金创造性的作品以及其笔下中土世界和不死之地的参考书库。它们的集合体现了托尔金想要为英格兰创造神话故事的雄心壮志。考虑到这一点,这一系列书籍一直从世界其他国家的神话和文学的背景下审视托尔金的作品,这一角度对托尔金来说非常重要。因此,本丛书常常尝试去追溯托尔金创作灵感的神话、历史和语言学源泉。在一些情况下,这一系列评论性书籍会对那些与

引言

托尔金原创故事有共同主题、人物和事件的其他神话、历史文献和文学做出评论。

与本系列的所有书籍一样,《托尔金的黑暗力量》一书以信息丰富、通俗易懂的方式进行写作和阐释。在《托尔金的黑暗力量》一书中,所有的插图、图表以及评论都是为阅读和理解托尔金的作品提供指导和帮助的。这些是手册,试图以新奇、有趣的视角观察托尔金笔下的世界,但这无法取代原著,并不意味着可以只读这些而不去阅读原著。

中土世界和不死之地大事年表

创世纪	创世之神一如（独一之神）	永恒大殿的形成 爱努创造了爱努的大乐章	一亚的构想 创世纪（阿尔达）	阿尔达成形		第1年——第1个维拉纪 维拉和迈雅进入阿尔达 阿尔达成形
双树纪 第一时期 不死之地	第10,000年——第10个维拉纪 恩赐之年 创造双圣树 维林诺的建立	曼威创造了巨鹰 雅凡娜造访中土世界	雅凡娜构想创造了树人 欧洛米造访中土世界	双树纪 第二时期 不死之地		第20,000年——第20个维拉纪 瓦尔妲收集星光
黑暗纪元 中土世界	米尔寇开始一统中土世界 雅凡娜之沉睡 安格班要塞建立	炎魔、吸血鬼、有翼兽、蛇和巨蜘蛛出现	奥力创造了矮人	星辰纪元 中土世界		精灵苏醒 星辰重燃
泰勒瑞族到达托尔埃瑞西亚	泰勒瑞族建造了第一艘船，驶至埃尔达玛	天鹅港建立	诺多族设计了腾格瓦文字	诺多族设计了精灵宝钻		精灵宝钻释放米尔寇
法拉斯族与辛达族同盟	矮人进入贝尔兰	明霓国斯建立	兽人被赶出贝尔兰	莱昆弟族进入欧西瑞安		辛达族设计了色斯文字
第31,000年——第31个维拉纪 阿瓦隆尼建立 维拉创造了努曼诺尔帝国	主神禁令	阿瓦隆尼的精灵与努曼诺尔帝国的精灵开展贸易	阿瓦隆尼的精灵把水晶球帕兰梯利带入努曼诺尔帝国	努曼诺尔人入侵 世界变局		第34,000年——第34个维拉纪 维林诺长期和平的时代开始了
太阳第二纪元 精灵们建立林顿和灰港 伊甸人抵达努曼诺尔帝国	索伦建立魔多 十一位工匠发现了伊瑞詹	至尊魔戒铸造成功 精灵与索伦之战 伊瑞詹的毁灭与瑞文戴尔的建立	那兹古尔出现 努曼诺尔人逮捕索伦	努曼诺尔沦亡 魔多和索伦的首次失败		太阳第三纪元 至尊魔戒丢失 东方人开始入侵

第一场战争 毁损的阿尔达 驱逐米尔寇	巨灯纪	第5000年—— 第5个维拉纪 维拉的巨灯形成 阿尔达的春天开始	阿尔玛仁岛建成 阿尔达的大森林生长	乌图姆诺建成 反叛者迈雅和恶魔进入阿尔达	巨灯和阿尔玛仁岛惨遭毁灭 阿尔达的春天结束	
迈雅美丽安同其他迈雅精灵进入中土世界	欧洛米发现精灵，把消息带给维拉	维拉参加力量之战	米尔寇被困 阿尔达和平时期开始 维拉的召唤	凡雅族和诺多族到达埃尔达玛	提力安建成	
树人觉醒 矮人觉醒	兽人繁殖 食人妖繁殖 卡扎督姆建成	力量之战 乌图姆诺毁灭	精灵开始"大远行"	迈雅美丽安出现 大远行结束	诺格罗德和贝烈戈斯特建成 辛达精灵建成多瑞亚斯	
阿尔达和平时期结束 佛密诺斯建成	维拉之树毁灭 第一次亲族残杀 诺多族启航	太阳纪元 不死之地	第30,000年——第30个维拉纪 维拉创造太阳和月亮 迈雅美丽安回到维林诺	维拉参与愤怒之战 驱逐米尔寇		
矮人采用色斯文字	米尔寇和乌苟立安特回归 雅凡娜结束休眠	太阳纪元 中土世界	太阳第一纪元 人类苏醒 精灵宝钻争夺战开始	龙繁殖 诺多族和辛达族王国毁损	愤怒之战 安格班毁损 精灵宝钻争夺战结束	
天选迈雅精灵伊斯塔尔	伊斯塔尔前往中土世界	埃尔达从洛丝罗瑞恩和多姆洛斯起航，最终到达目的地	维拉对抗索伦手下	第37,000年——第37个维拉纪 护戒使者的船抵达	载有戒指的船只到达目的地	
刚铎船王征服哈拉德 索伦再现 霍比特人出现	安格玛巫王 大瘟疫 阿尔诺衰败 莫瑞亚的食人妖	至尊魔戒被找到 乌鲁克人和奥洛格人繁殖 龙再次出现	矮人和兽人之战 魔戒之战 最终战胜魔多和索伦	太阳第四纪元 载有戒指的船只起航 人类开始统治	最后一艘埃尔达船只起航	

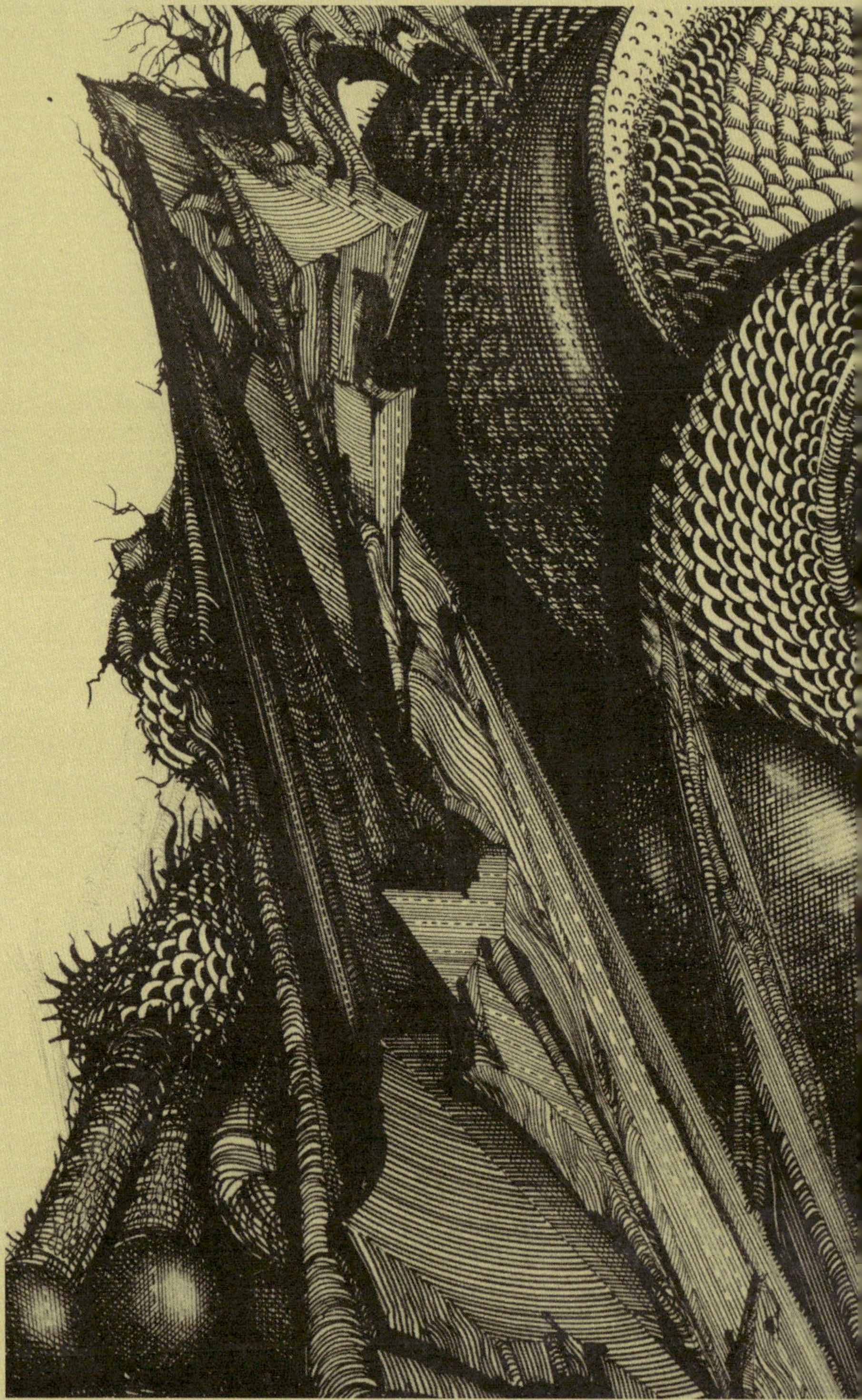

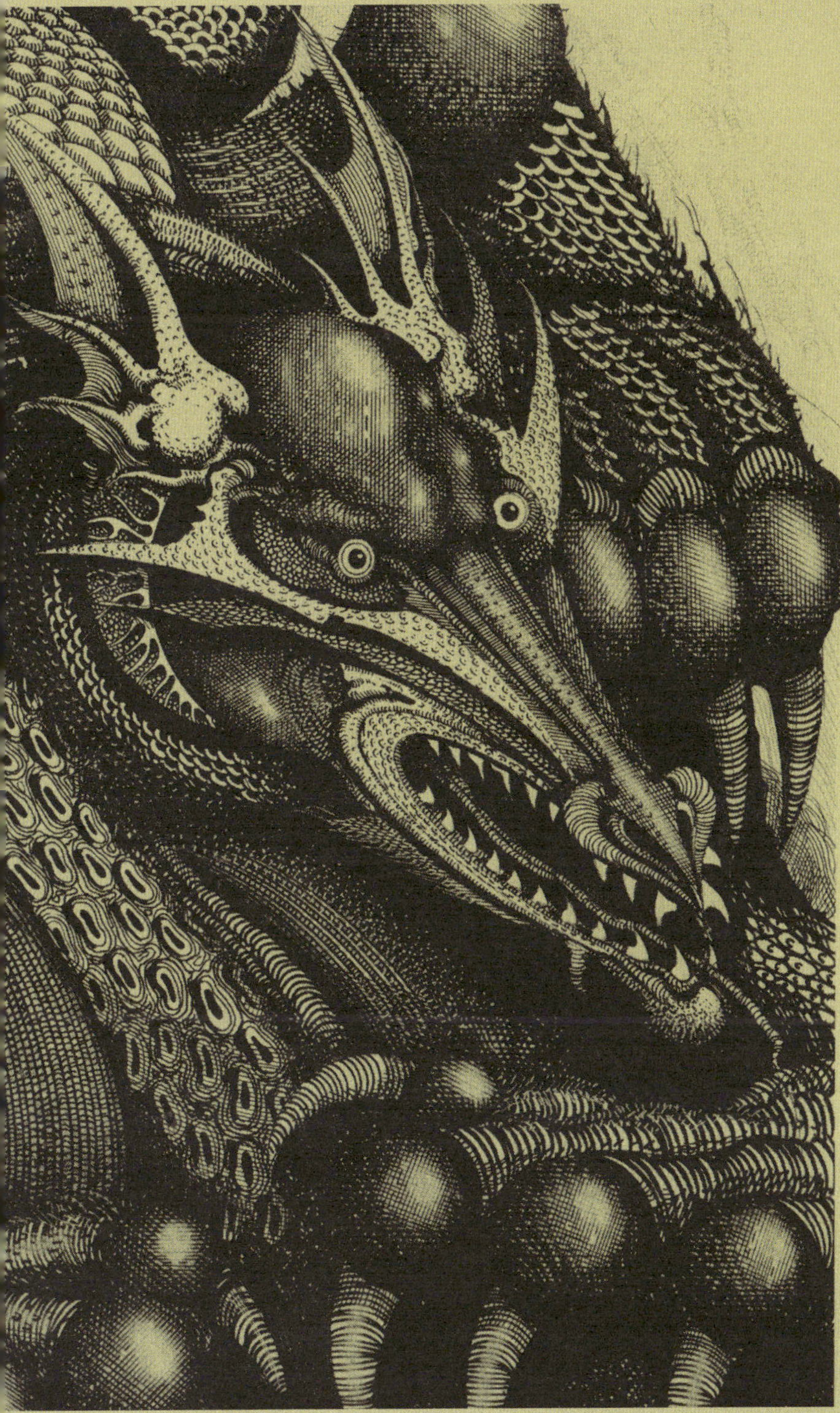

第一部分

米尔寇与邪恶起源

米尔寇——强势崛起者

在《爱努的大乐章》(即托尔金的创世故事)中,米尔寇的人物形象是拥有强大创造性和华丽天使力量的爱努。爱努们都是天使,听从伊露维塔(上帝)的命令,他们作为神圣的合唱团参与到大乐章的创世之中。

在托尔金笔下的前基督教世界或超基督教世界里,米尔寇最像《旧约》中在天堂挑起战争的反叛者路西法。从魔苟斯与维拉——阿尔达大有力量者——的许多次战争中,我们可以发现约翰·弥尔顿在《失乐园》中大手笔塑造的反叛者路西法和撒旦的形象跟米尔寇有许多相同之处。

就像路西法质疑上帝一样,米尔寇质问伊露维塔:为什么爱努不能谱写自己的音乐、创造自己的生灵、建造属于自己的世界呢?他真正想要的是精神上摆脱控制、实现自由和主宰自己的所创之物,正如路西法宣称想要拥有和上帝同等的创造万物的权力一样。

托尔金笔下的米尔寇也好,弥尔顿笔下的路西法也罢,两者都

13 页图:米尔寇降临阿尔达

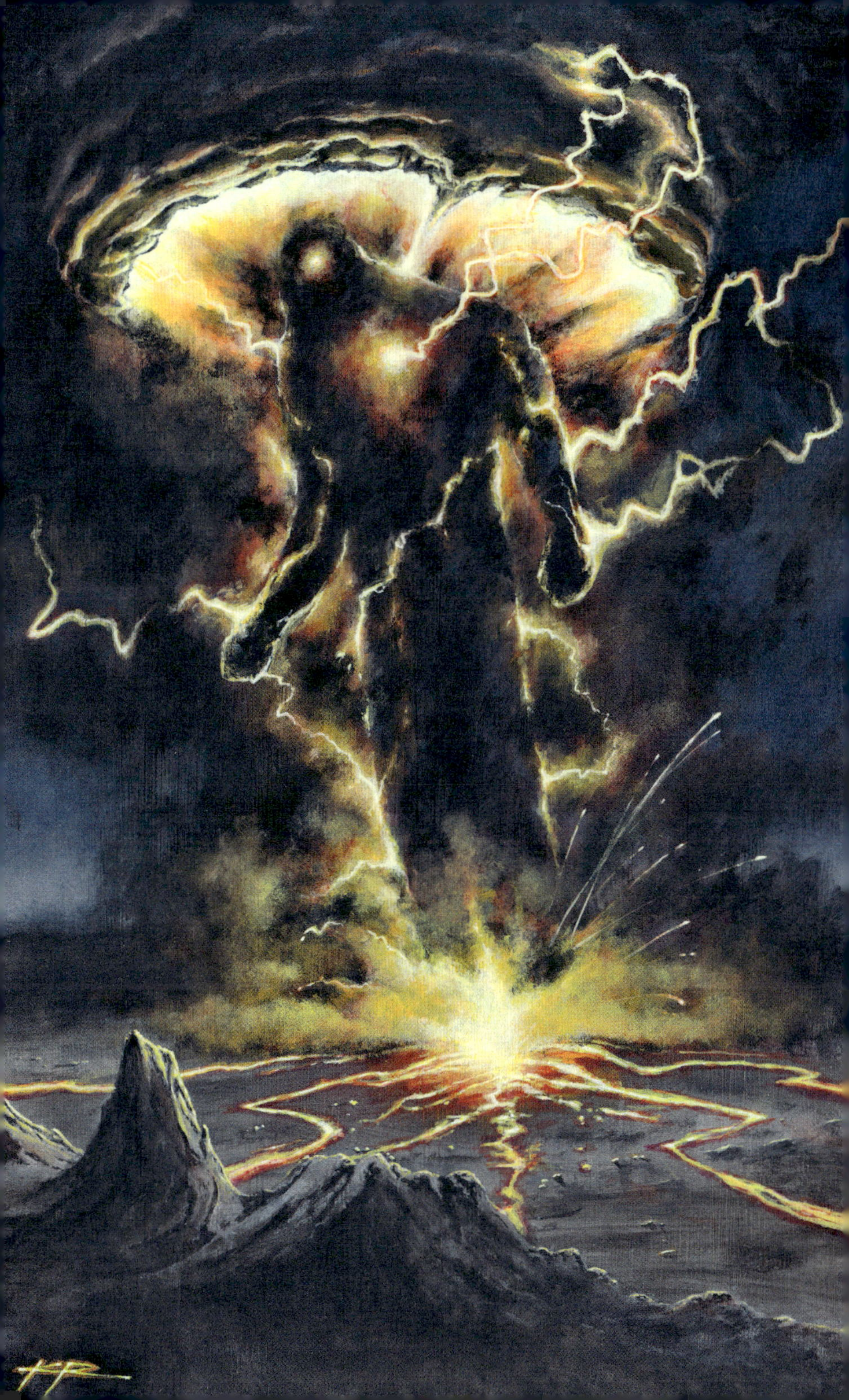

可因自己"勇气不可屈服，不可妥协"的信念而合理地被称为英雄。然而，事实上，两个天使的行径都受自负心理与嫉妒心理的驱使。值得注意的是，在《失乐园》中，撒旦的仆从对他说："他们向他鞠躬／心怀敬畏，视他如一个上帝／赞美他与上帝平等。"这种描述可以跟米尔寇在地下称王相类比，揭示了两个反对者的真实目的：自己成为上帝、造物主。

托尔金告诉我们，米尔寇"被赋予了最强大的力量和最渊博的知识"，当他第一次进入阿尔达时，"他的权力和威严就要大于其他维拉"。然而，一旦

乌图姆诺地下城

第一部分 米尔寇与邪恶起源

进入这个世界,米尔寇仿佛变成了一片乌云,变成了一场噩梦,在现实世界中蔓延。在中土世界北部荒原的铁山上,米尔寇建造了乌图姆诺堡垒,并挖掘了军械库的地基和安格班地牢。此后,米尔寇对维拉发动了五次大战。战争发生的时候还没有太阳和月亮,人类也尚未踏足这一世界,它堪比古希腊人的宇宙神话。在古希腊人的神话故事中,地球上不守规矩的泰坦巨人奋起反抗众神,导致山脉上升,海洋下降,最终,地球上的泰坦巨人军队被众神征服,被迫转移地下,就像米尔寇的军队在与维拉的

托尔金的黑暗力量

原始战争中被击败一样。

就像托尔金解释的那样，米尔寇的堕落也展现在道德方面："他最初时非常显赫，然后变得傲慢，再之后就蔑视一切。最初他也崇尚光明，热爱光，但当自己不能将光独自占有之时，他由生气到愤怒，最后怒火中烧，直至堕入黑暗的深渊。"因此，米尔寇也跟路西法一样，把堕落带入世间。在托尔金笔下的世界中，所有的罪恶，不论是在过去、现在还是将来，都始于米尔寇，但是，就像路西法一样，米尔寇也并非一开始就是邪恶之人。

在尚未离开维林诺来到中土世界前，米尔寇的名字叫魔苟斯。与此类似，路西法是撒旦在天使战争中陨落前的名字。《路加福音》中曾有记载："我看到撒旦像闪电一样从天上坠落。"

当然，在但丁和弥尔顿所处的时代，路西法（光明使者之意）和撒旦（指责者或中伤者之意）两个名称并没有什么区别。此外，路西法在《圣经》中的称谓是光之子，所以，人们普遍用这一名称指代晨星，也就是天上最亮的星星金星。

能够带来光明的路西法却变成了黑暗使者撒旦，这颇具讽刺意味。而具有双重讽刺意味的是，托尔金笔下的晨星是由航海家埃兰迪尔带到天上的，在最后一场大会战中，他带领维拉军团与黑暗势力以及黑暗势力同盟展开了一场歼灭战。魔苟斯也像撒旦一样被扔入了无底的深渊，直到永远。

撒旦

魔苟斯——黑暗大敌

米尔寇变为了整个世界的黑暗大敌——魔苟斯，与此同时，他回到了中土世界，回到了位于贝尔兰安格班要塞铁山内的地下堡垒。像堕落的路西法变为撒旦在地狱中称王一样，安格班的魔苟斯聚集了其他一些叛变者和一些邪恶扭曲的生命形式。撒旦的盟友有玛门、别西卜、贝利亚、摩洛克，而魔苟斯的盟友则有炎魔、兽人、食人妖、狼人、海蛇。撒旦也好，魔苟斯也罢，二者都高声挑衅，这种行为体现的精神在《失乐园》撒旦的宣言中得以完美体现，他表示"与其在天堂为仆，不如在地狱为主"。

如果我们相信了他们的话，认为他们反叛的真实目的是获得自由的话，我们可能会对其表示钦慕，然而，事实却并非如此。事实上，他们之所以叛乱是因为内心的妒忌，以及谋篡者想要独裁的欲望。正如弥尔顿所言，撒旦的真实动机其实是"享受荣耀，凌驾于他人"。世上最浑然天成的两个暴君也就是撒旦和魔苟斯了。

关于魔苟斯的形象，托尔金将其描述为"我们将邪恶力量化为人形"。这位武士之王的身形就像一座巨塔，他头戴铁冠、身穿黑

安格班王座上的魔苟斯

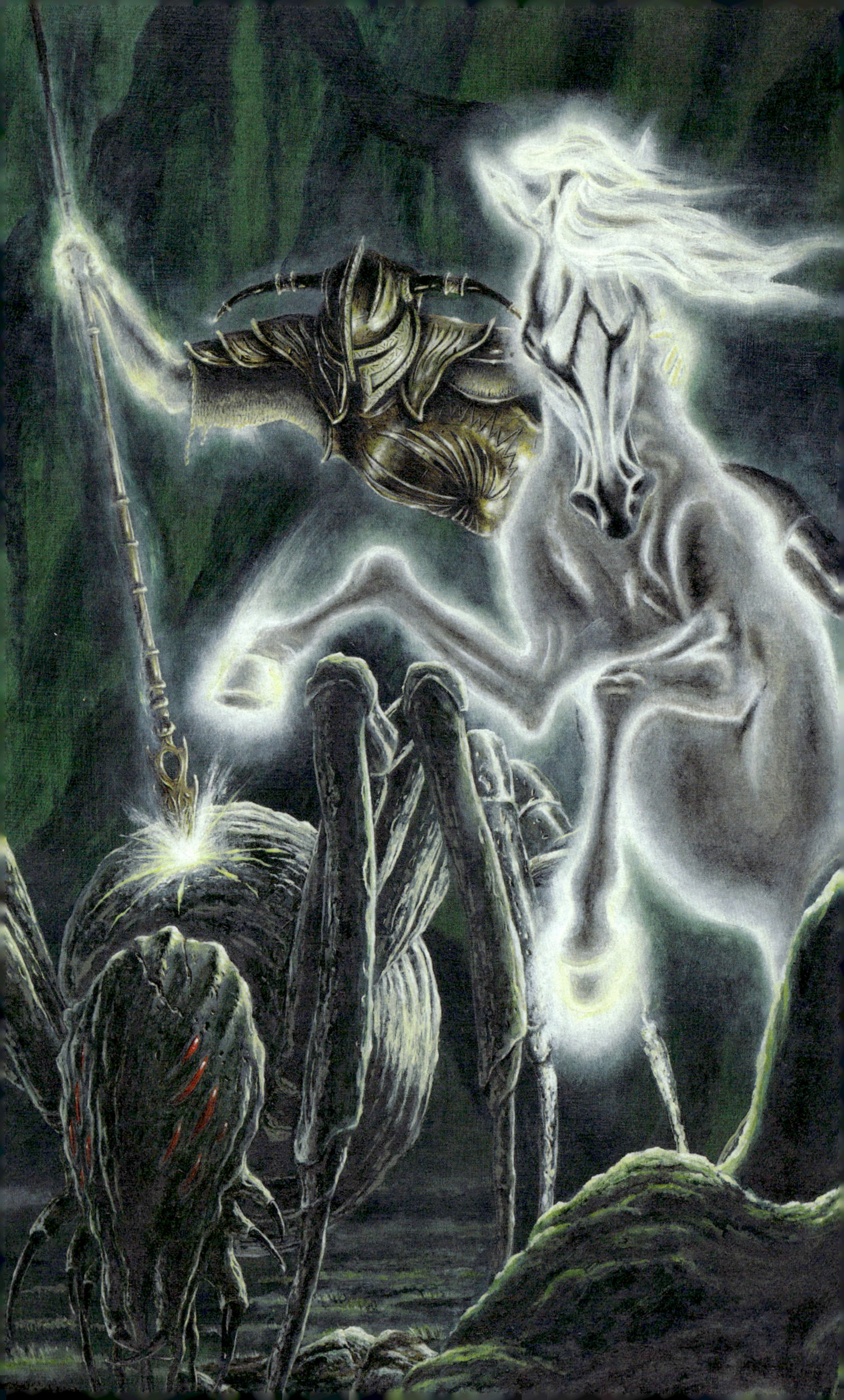

甲、手持黑盾，宏大而又虚无缥缈。他挥舞着自己的"格龙得"巨锤，也就是地狱之锤，能以闪电般的力量击败敌人。邪恶之火一直在魔苟斯的眼中燃烧，他面部扭曲，上面布满了战争的伤疤，双手因为与精灵宝钻的磷火接触而永远地燃烧，当然，精灵宝钻是他偷来的。

在古哥特人、日耳曼人、盎格鲁-撒克逊人和北欧的传说中，也有类似的恶魔实体与众神发生斗争的故事，从中我们也可以窥探到在魔苟斯身上体现的某些令人恐惧的天性。而斗争的结局不可避免地会导致灾难性的世界末日，挪威人将其称为 Ragnarök，德国人则称之为 Götterdämmerung。（译者注：Ragnarök 与 Götterdämmerung 皆为诸神的黄昏之意。）

当然，魔苟斯还可以与北欧神话中的人物形象洛基相类比，洛基是一个无赖，是变形者，还是纷争与混乱的代名词。洛基还是恶魔之父，他的子女有尘世巨蟒耶梦加得、冥界女王赫尔和吞噬太阳与月亮的巨狼芬里尔。在末日之战中，他们都加入了洛基的阵营。

魔苟斯还是一位欺骗大师，善于制造纷争，此外，他还制造了吞吐火焰的巨龙和长有双翼的火龙，为第一纪元末期与阿尔达大有力量者的末日终战做准备。

20 页图：狩猎之神欧洛米杀死魔苟斯手下的怪物

托尔金的黑暗力量

值得注意的是,魔苟斯在其他一些方面与洛基的劲敌——北欧神话中的众神之王奥丁——也有相似之处。人们通常会将奥丁和奥林匹斯十二主神之首宙斯相提并论,或是与托尔金笔下的维拉之首曼威进行类比。然而,奥丁也有令人毛骨悚然的一面:为了自己的信仰,他要求人类做出牺牲。从语言学角度来看,在精灵语中,Mor-Goth 的意思是黑暗大敌,暗示了魔苟斯"黑暗之神"的身份。托尔金称其为哥特奥丁、死灵法师、群鸦的喂食者、被绞死者之神。

中土世界的黑暗力量

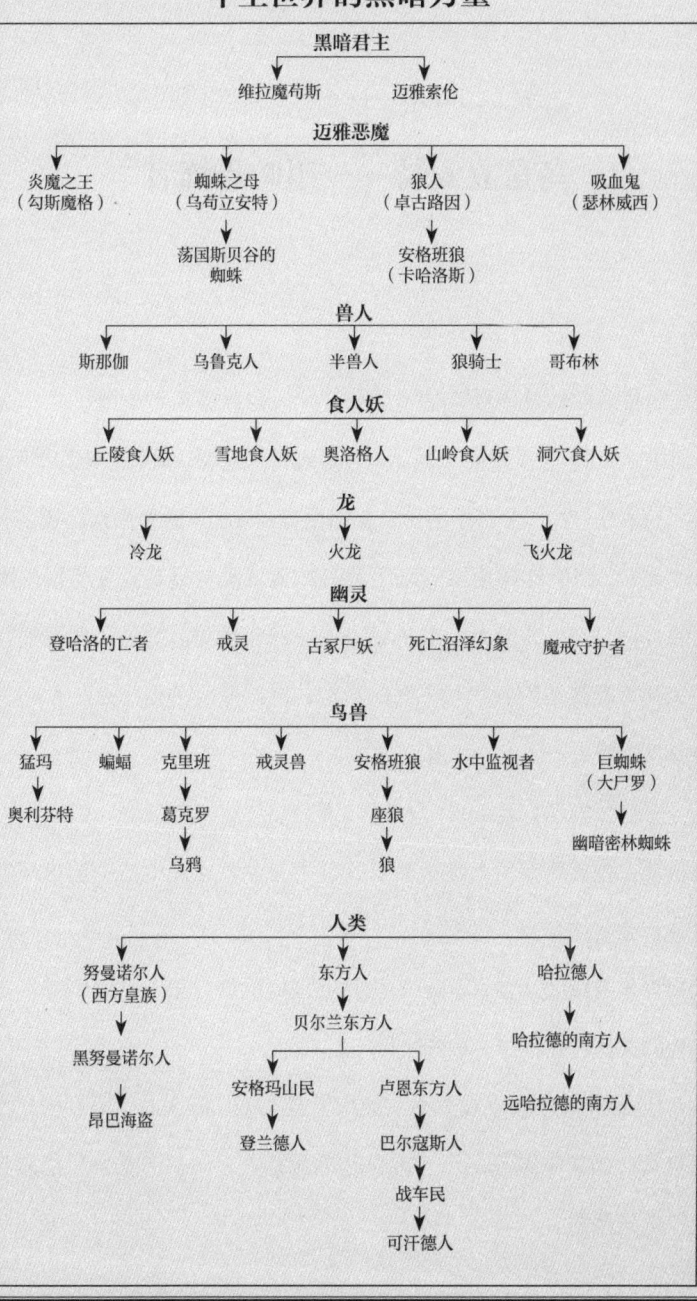

黑暗君主
├─ 维拉魔苟斯
└─ 迈雅索伦

迈雅恶魔
- 炎魔之王（勾斯魔格）
- 蜘蛛之母（乌苟立安特）
  └─ 荡国斯贝谷的蜘蛛
- 狼人（卓古路因）
  └─ 安格班狼（卡哈洛斯）
- 吸血鬼（瑟林威西）

兽人
- 斯那伽
- 乌鲁克人
- 半兽人
- 狼骑士
- 哥布林

食人妖
- 丘陵食人妖
- 雪地食人妖
- 奥洛格人
- 山岭食人妖
- 洞穴食人妖

龙
- 冷龙
- 火龙
- 飞火龙

幽灵
- 登哈洛的亡者
- 戒灵
- 古冢尸妖
- 死亡沼泽幻象
- 魔戒守护者

鸟兽
- 猛玛
  └─ 奥利芬特
- 蝙蝠
- 克里班
  └─ 葛克罗
    └─ 乌鸦
- 戒灵兽
- 安格班狼
  └─ 座狼
    └─ 狼
- 水中监视者
- 巨蜘蛛（大尸罗）
  └─ 幽暗密林蜘蛛

人类
- 努曼诺尔人（西方皇族）
  └─ 黑努曼诺尔人
    └─ 昂巴海盗
- 东方人
  └─ 贝尔兰东方人
    ├─ 安格玛山民
    │   └─ 登兰德人
    └─ 卢恩东方人
        └─ 巴尔寇斯人
            └─ 战车民
                └─ 可汗德人
- 哈拉德人
  └─ 哈拉德的南方人
    └─ 远哈拉德的南方人

乌苟立安特——黑暗恐怖者

乌苟立安特是一种可怕的原始怪物,形状为巨型蜘蛛。在辛达林语中,她的名字可以简单地译为"黑蜘蛛"或者"黑暗恐怖蜘蛛",但她的本性与托尔金开始的命名更加相符:Moru,意为原始之夜。

或许,只有在印度次大陆上我们才能发现与乌苟立安特形象类似的神话创造,那就是八肢的迦梨——黑色地母。她是印度教的毁灭女神,有其他的名字和不同的形态,她八肢时的形态是一个站在遭屠杀的爱人尸体上的恶魔。

托尔金表示,就连维拉也不知道乌苟立安特的来源,但我们可以推测,她或许是堕落的迈雅,又或者是从黑暗的太虚中逃出来的实体,在"米尔寇妒视阿尔达"的时候,进入了这个世界。再者,她或许本身就是太虚和黑暗的化身。但她的确是第一个以蜘蛛形态出现的实体,被称作"蜘蛛之母"。

相比之下,"世界毁灭者"迦梨需要血祭、醉人的饮品和仪式性的自杀。她用舞蹈来展示"末日时的死亡之力",这最终只能是自我毁灭的舞蹈。

第一部分 米尔寇与邪恶起源

很难想象有一种生灵能跟托尔金笔下的乌苟立安特一样令人深恶痛疾。人们对她不仅是生理上对于大型、非自然、衷于毁灭和谋杀的蛛形纲动物的恐惧。她更像是空间中具有生命的黑洞，吸收所有道德良知，毁灭一切善良，这才是其真正可怕之处。

没有哪种文化能像印度和中国西藏的宗教那样真正理解和掌握了非存在的概念。在藏教的画卷里，我们发现了"非存在之主"，一种像迦梨和乌苟立安特的实体，在男性形态下，它与黑暗魔君米尔寇非常相似。事实上，对于具有生命的黑暗形态，魔苟斯和乌苟立安特本质相同。这个藏教的撒旦是身形巨大、表面焦黑的恶魔，关于它，卷轴上的记载是这样描述的："像长矛一样高的黑人、非存在之主、动荡之主、谋杀之主、毁灭之主。"就像乌苟立安特和魔苟斯一起毁坏了不死之地的双圣树一样，这位藏教中描述的主人毁灭了太阳与月亮，让恶魔进入行星，消灭星星。有时候，人们会称乌苟立安特为"黑暗编织者"，她编织了一张黑暗与恐惧的蛛网，托尔金将其描述为"乌苟立安特之黑"。

26—27 页图：乌苟立安特的女儿们——荡国斯贝谷的蜘蛛们

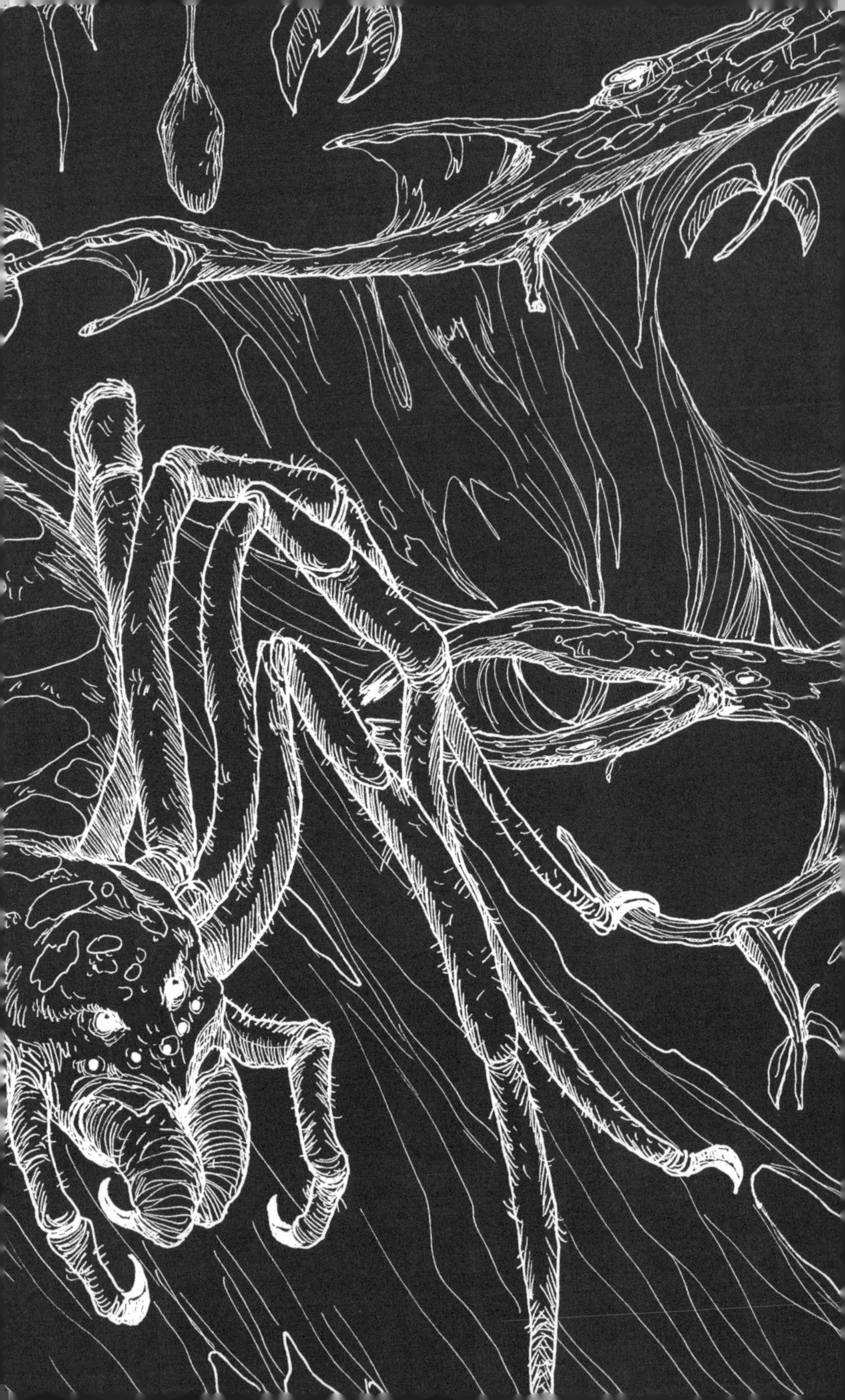

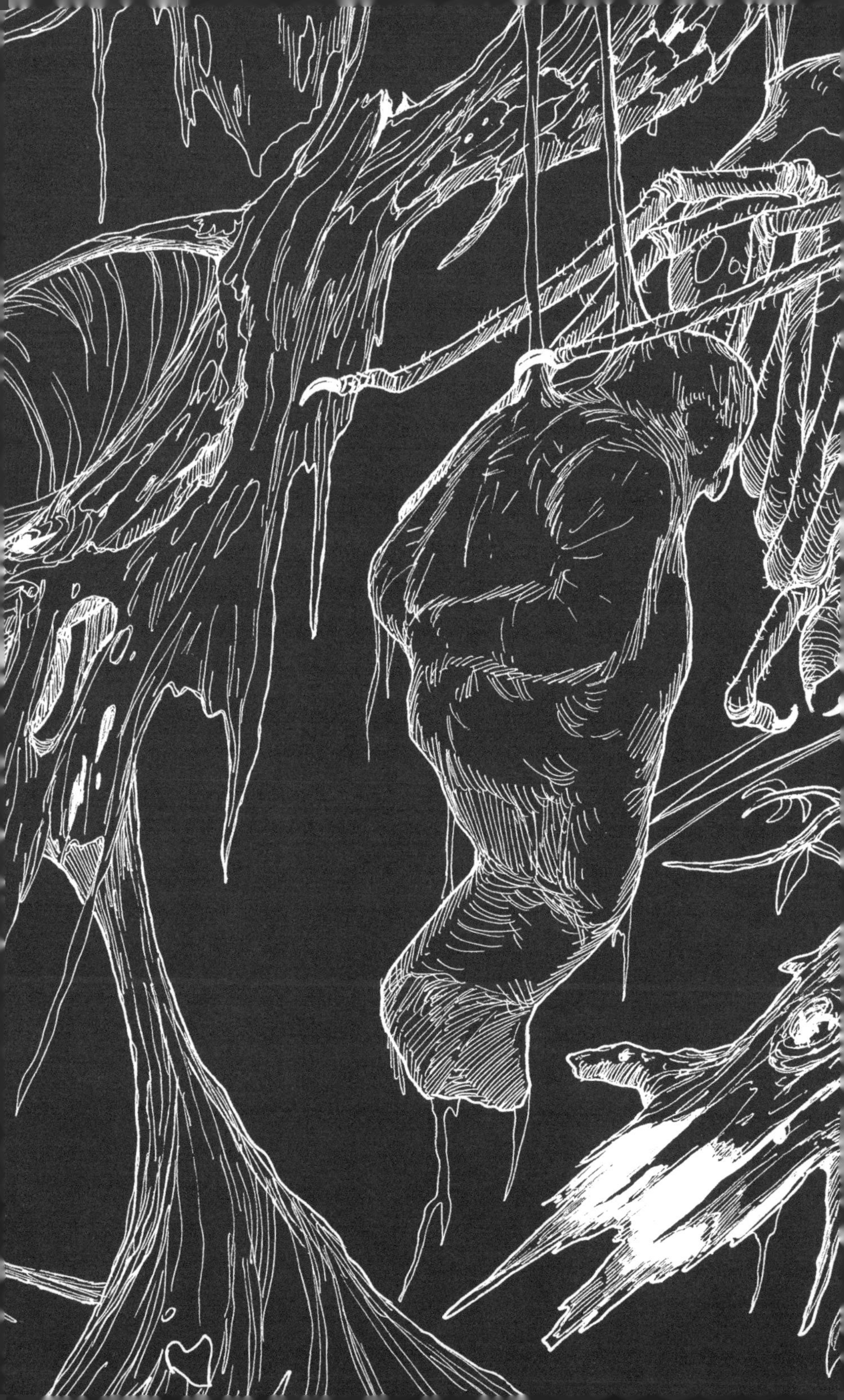

托尔金的黑暗力量

乌苟立安特的故事证实了邪恶之物自欺欺人的本性。在托尔金基于圣奥古斯丁神学的天主教观点来看，邪恶不过是善的缺失。托尔金在一封信中解释了自己对邪恶的理解："在我看来，没有绝对的邪恶，也没有绝对的善良。"因此，乌苟立安特和魔苟斯注定会自食恶果，注定回归太虚、回归"非存在"的虚无。

29 页图：黑暗编织者乌苟立安特诱捕黑暗大敌魔苟斯

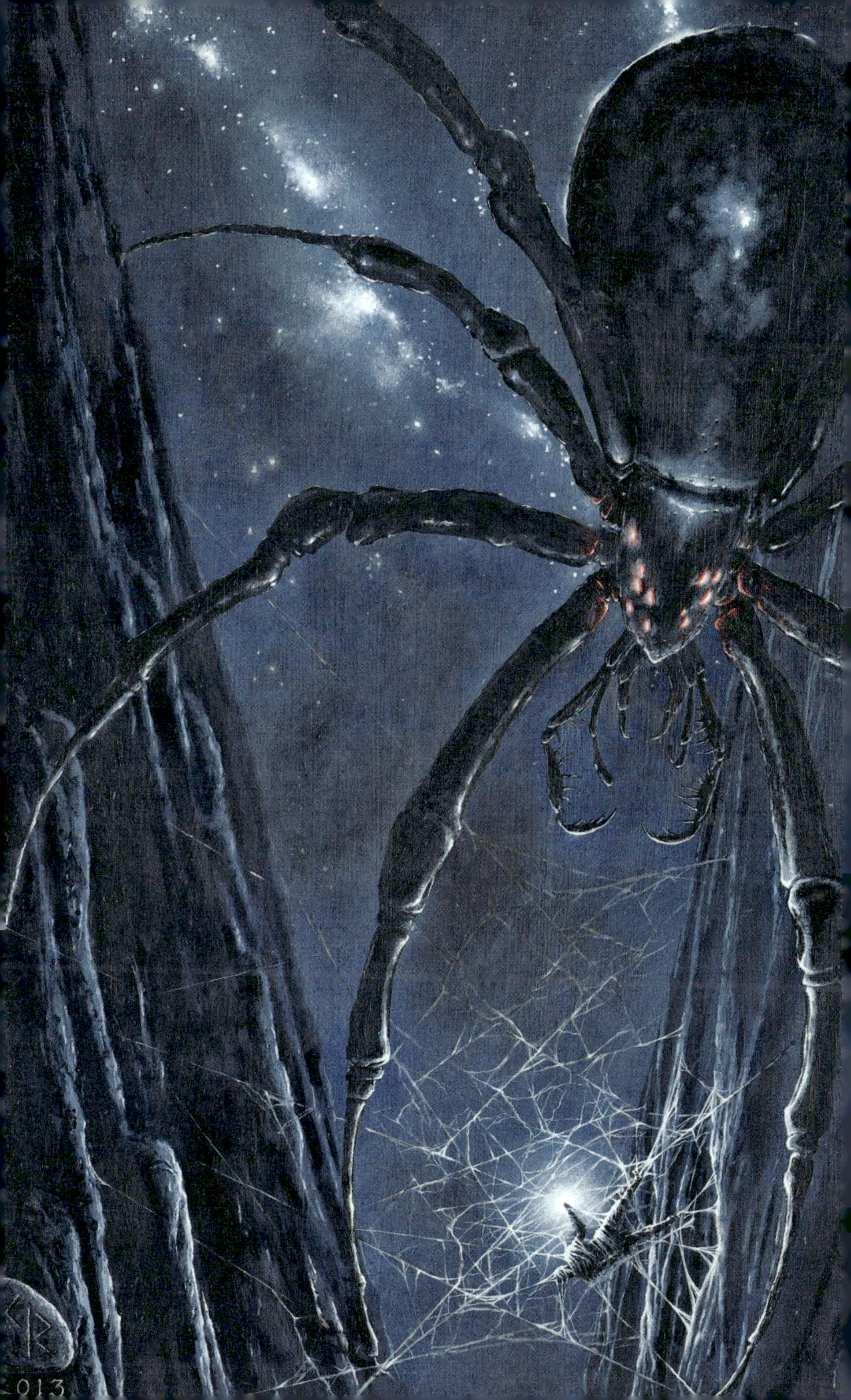

第二部分

魔苟斯：第一纪元的黑暗大敌

勾斯魔格——炎魔之王

在精灵宝钻争夺战中，魔苟斯最恐怖的手下是炎魔（Valaraukar），或者可以称他为"残忍的恶魔"。他们是强大的迈雅火精灵，贝尔兰的辛达族精灵把他们称作炎魔（Balrogs）——力量强大的恶魔。在中土世界，炎魔以巨状人形的形式存在，他们通身黑色，周围笼罩着阴森的暗火，眼睛像燃烧的煤炭一样发着亮光，鼻孔的火苗随着呼吸一进一出。炎魔的武器是灼热的火焰长鞭，配合狼牙棒、战斧或是火焰剑使用。

在某些方面，炎魔能跟希腊罗马神话中的复仇女神相提并论。尽管两者性别不同，但复仇女神却是冥界的神灵，为了复仇，她从地狱深渊中走出。关于复仇女神的形象，人们众说纷纭，如以蛇为发、身体漆黑、双眼血红、翅膀呈蝙蝠状等。复仇女神会用熊熊燃烧的火把和镶有铜钉的火鞭攻击受害者。

33 页图：炎魔之王勾斯魔格大战诺多族至高王芬巩

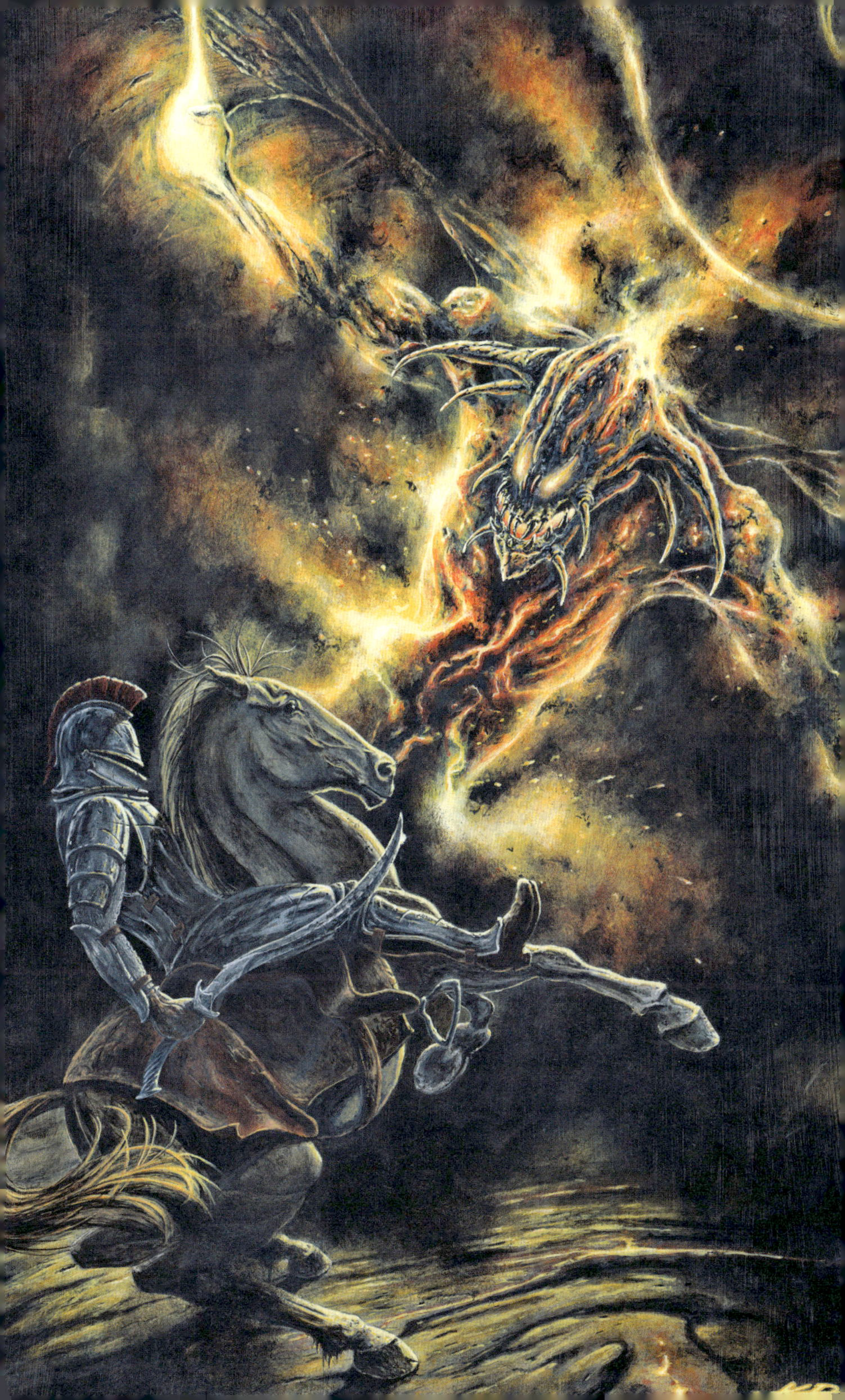

安格班大厅

第二部分 魔苟斯：第一纪元的黑暗大敌

但是，无论托尔金是否受到其他神话故事里一些怪物的启发，有一点毋庸置疑，那就是他的灵感主要来自北欧神话中火之国——穆斯贝尔海姆——的火巨人们。这些居民体形庞大，像是带火的恶魔一般，一旦释放，便像冰岛的北欧居民熟悉的火山熔岩一样势不可当。

此外，从语言学的角度来看，穆斯贝尔海姆和托尔金的盎格鲁-撒克逊（古英语）研究有关。自从霍安·特维尔-彼得（Joan Turville-Petre）出版社出版了托尔金为古英语版《出埃及记》做的笔记，一些学者把这篇文章同炎魔的创造联系了起来。在笔记中，托尔金表示文本中的 Sigelwara land（埃塞俄比亚人之地）本来应该是 Sigelhearwa land（太阳-烟灰之地），这是后来的笔误造成的，因此，在古英语中，它指的应该是穆斯贝尔海姆。所以，西格尔赫万人（Sigelhearwan）就是火巨人，用托尔金的话来说，他们更像是穆斯佩尔的儿子而不是哈姆（译者注：《圣经》中诺亚的儿子，被认为是埃塞俄比亚人的祖先）的儿子，西格尔赫万人的祖先双眼炽红，冒着火星，脸像煤炭一样黑。

在托尔金笔下所有的迈雅火精灵中，能力最强的是勾斯魔格，他既是炎魔之王又是安格班的高级将领。在《精灵宝钻》早期的版本中，勾斯魔格（意为"恐怖的压迫者"）的名字是 Kalimbo，书中关于他的描述五花八门，如野蛮人、巨人、怪物和食人妖等。在这之后，托尔金构思出了类似于《吉尔伽美什史诗》中苏美尔巨人洪巴巴的形象。《吉尔伽美什史诗》的作者是这样描述洪巴巴的:"叫声如洪水,口吐烈火,口喷剧毒气息。"奇怪的是,在《刚多林的陷落》一书的早期版本中,勾斯魔格是"魔苟斯和食人魔覆苟林的儿子",后来托尔金打消了维拉有孩子的想法,对此进行了修改。第二个也是最后一个托尔金命名的炎魔是伦戈廷,在《胡林的子女之歌》的早期版本中,他是一个黑魔领主。

随着时间的推移,托尔金也改变了关于炎魔的想法。炎魔的数量越来越少,力量却越来越强大。作为迈雅精灵,他们本可随意变换形状,无声无形地移动,但自从魔苟斯进入贝尔兰后,他们也像自己的主人一样,失去了这种能力。此外,托尔金多次更改之后,炎魔的数量也从"一群"(数千甚至数万)减到了"最多七个",这在托尔金的旁注中有所记载。

不管数量多少,在第一纪元末期,托尔金告诉我们炎魔在愤怒之战中几乎全军覆没,剩下的一小部分逃到了地底的深洞里,人们无法进入。

37 页图:炎魔和格罗芬德尔展开决斗

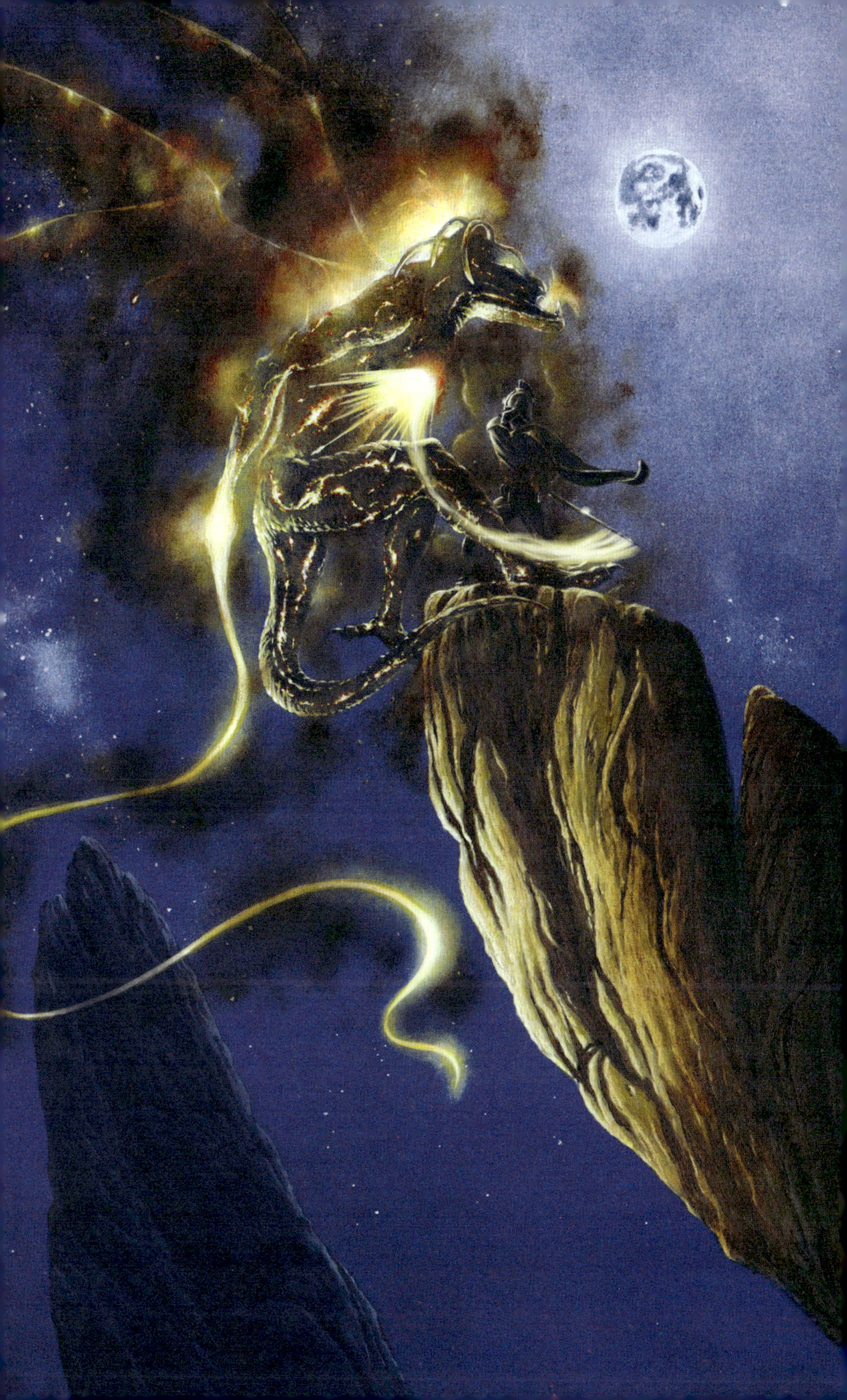

贝尔兰战争年表

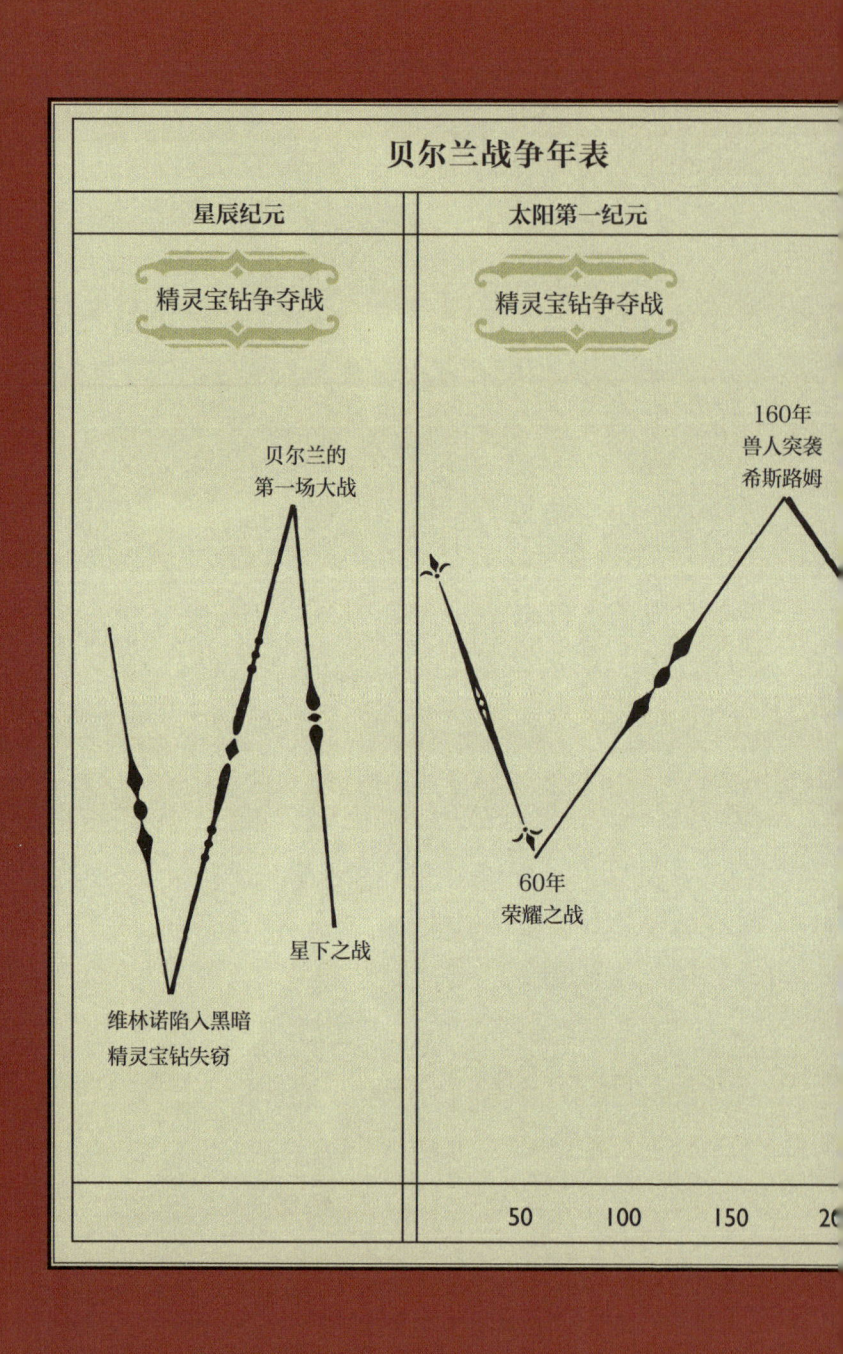

星辰纪元

精灵宝钻争夺战

贝尔兰的第一场大战

星下之战

维林诺陷入黑暗
精灵宝钻失窃

太阳第一纪元

精灵宝钻争夺战

160年
兽人突袭希斯路姆

60年
荣耀之战

50　100　150　20

愤怒之战

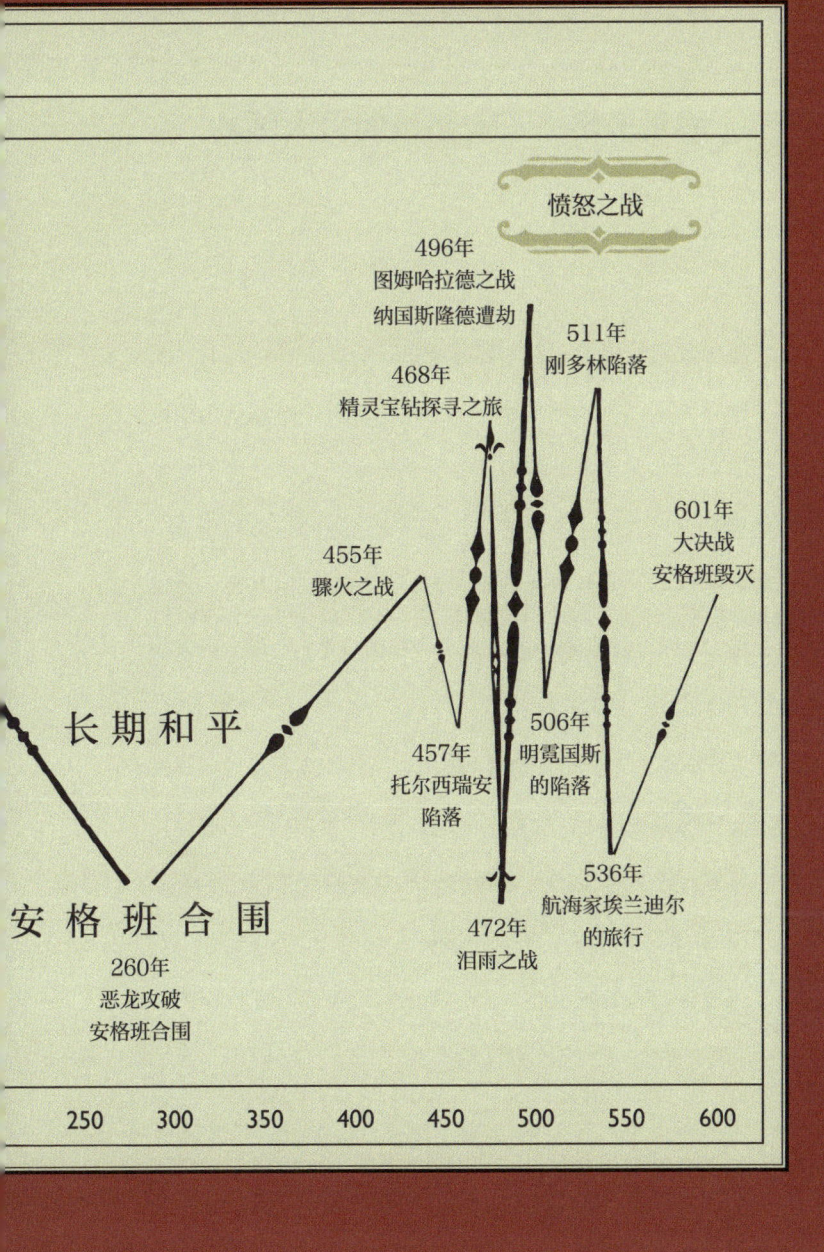

496年
图姆哈拉德之战
纳国斯隆德遭劫

511年
刚多林陷落

468年
精灵宝钻探寻之旅

601年
大决战
安格班毁灭

455年
骤火之战

506年
明霓国斯
的陷落

长期和平

457年
托尔西瑞安
陷落

536年
航海家埃兰迪尔
的旅行

安格班合围
260年
恶龙攻破
安格班合围

472年
泪雨之战

250　300　350　400　450　500　550　600

博尔多格——安格班的兽人领袖

在托尔金的故事中，兽人起源于第一纪元之初。当时，米尔寇捕获了很多刚刚诞生的精灵族，他先是将精灵们带到了乌图姆诺的众多地牢中，然后又把他们带到安格班要塞。这些精灵被米尔寇不断扭曲形态之后变成了一群兽人，成了米尔寇的奴隶和士兵。从前的精灵有多美好，这些兽人就有多鄙陋。他们形态各异，被痛苦和憎恨扭曲；他们样貌丑陋，身材矮小，肌肉发达；他们面容发黑，长着黄色的毒牙和红色的斜眼。

托尔金的兽人似乎由盎格鲁-撒克逊文学（尤其是《贝奥武夫》）中的邪恶怪物派生而来。比如"奥纳西亚"（意为"行走的尸体"），他们有着僵尸般的外形，是一具具被邪恶力量控制的行尸走肉。"orc"由拉丁语 orcus 派生而来，该词也出现在 16 世纪的一些英文词典中，意为"正在大口吞食的怪兽"。在太阳第一纪元，安格班的兽人是

41 页图：博尔多格——安格班的高等兽人领袖

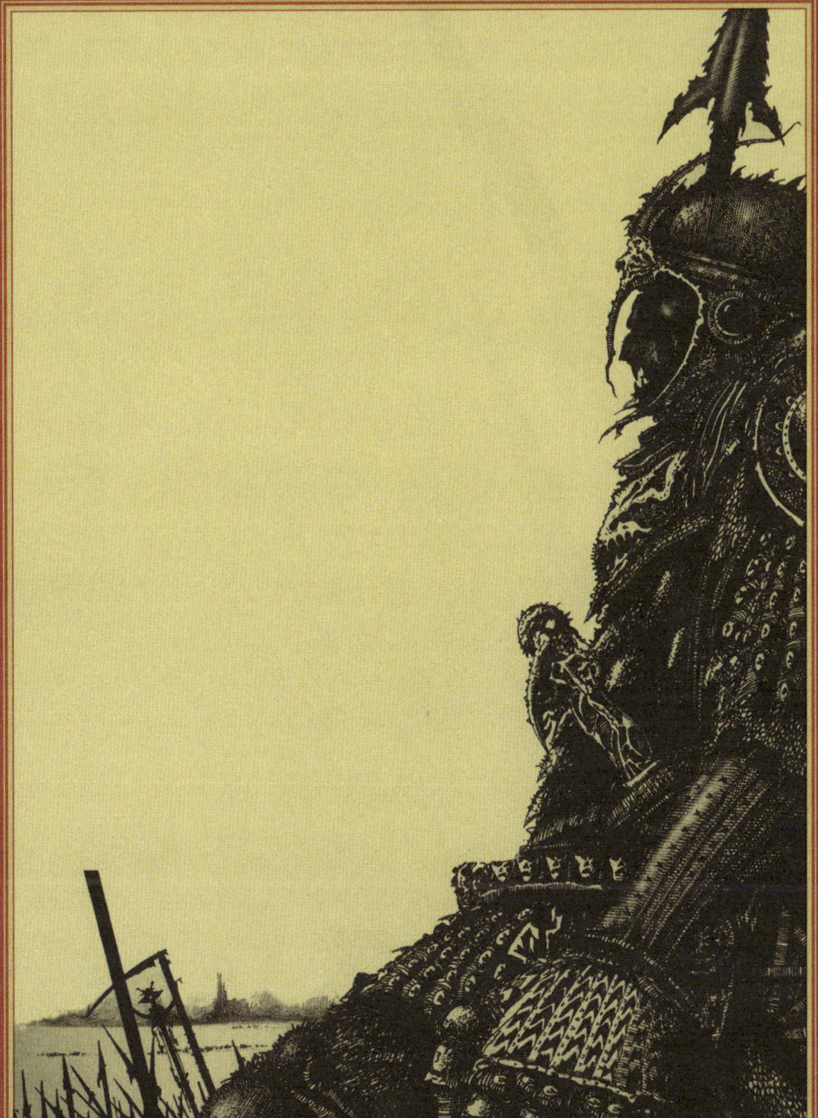

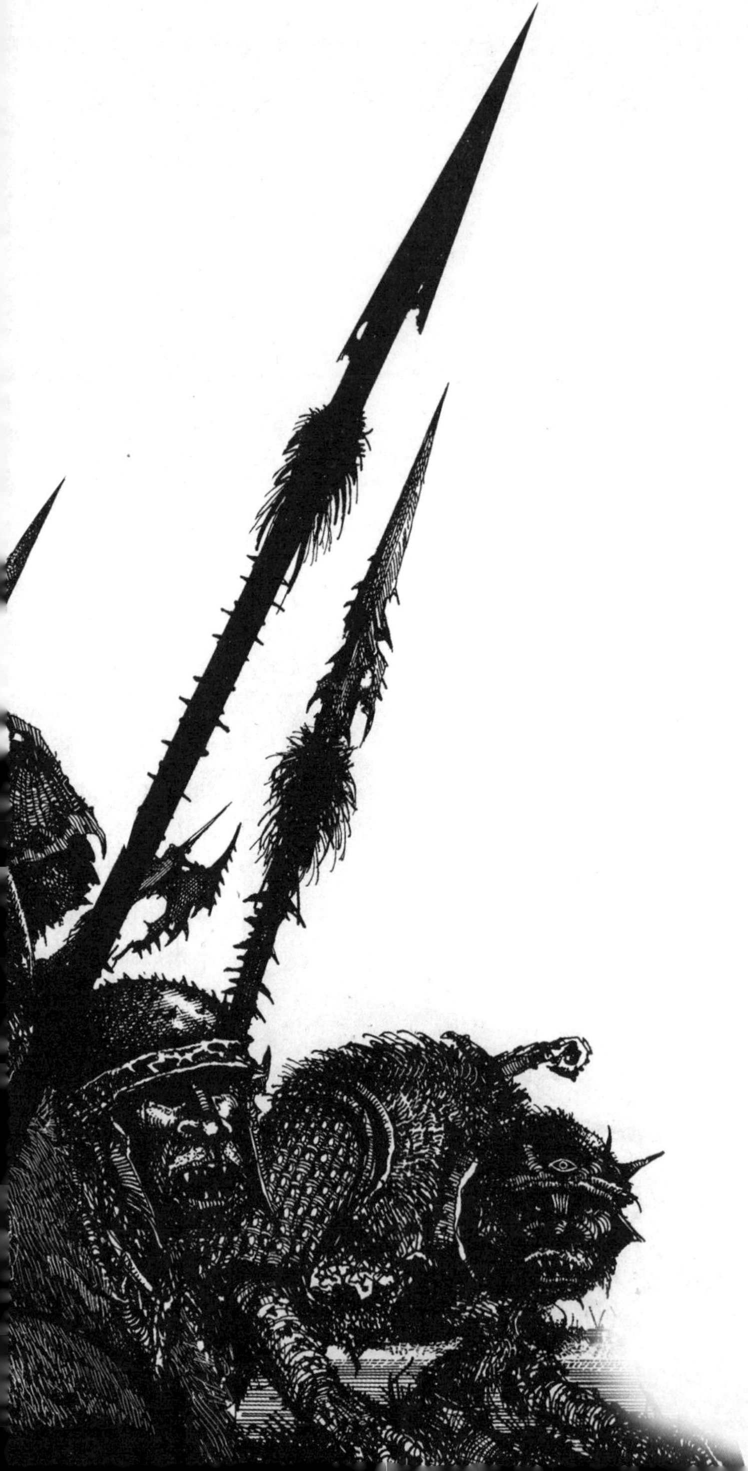

第二部分 魔苟斯：第一纪元的黑暗大敌

魔苟斯庞大军团的主力。他们捕食同类、残酷无情、令人厌恶；他们不断繁衍，为黑暗魔君制造新的奴隶。

兽人的独立程度和人类饲养的狗或马大致相同。兽人的领袖往往比兽人更强大、更残忍，但他们常常会自己选择兽人的外形。强大的博尔多格多半就是如此。博尔多格是兽人领袖，在"贝尔兰的歌谣"一章中，曾领导安格班守卫军对战辛葛王。他由魔苟斯亲自调遣，很有可能是有着兽人外形的迈雅。托尔金也曾暗示过这一点，他提到有些迈雅会自主选择兽人外形，而"博尔多格"可能就是用来称呼这些迈雅的。令人恐惧的兽人领袖、屠夫戈格尔可能也是如此。戈格尔被为父报仇的伊甸的勇士贝伦所杀。第一纪元有确切姓名的兽人还有路格、奥科巴尔和欧斯罗德，他们都在刚多林的陷落一战中战死。

托尔金曾在一封给读者的书信中透露了有关兽人的信息："我觉得和维拉一样制造出同等力量，甚至是同等形式的灵魂或精神是不可能的，这是一种'降格'。我认为兽人们在变成兽人之前曾是其他形态的生命，黑暗魔君灌注魔力，使他们扭曲和堕落，而并非黑暗魔君造就了他们。"

这一点很重要，因为托尔金并不认为恶魔可以真正创造出任何形式的生命。因此，米尔寇／魔苟斯一定改造了其他精神或肉体形式。有些生灵被他改造得非常强大，比如博尔多格；有些则只是变成了劣等的恶魔，比如兽人。大多数兽人只是精灵在生物学上的简单变形，有些出现较晚的兽人则是由人类变形而来。

兽人的所有特点都与精灵背道而驰：精灵外形美丽，兽人外形丑陋。在更为广阔的故事框架中，他们展示了魔苟斯强烈的傲慢在其日渐猖獗的报复行为中有何影响。而在更加直白的叙事层面，兽人组成了黑暗势力所必需的军队，他们战斗力强大，且数量众多，黑暗势力由此在战斗人数上压倒了光明力量。

托尔金的所有描写都表明了兽人数量巨大：他们往往和不计其数的蜂群、奔涌的黑色海浪等意象相联系。他们从自己的巢穴中涌出，带着非人的、昆虫般的冷酷，作者经常把他们比作苍蝇或蚂蚁。在战斗中，他们有一种不经思考的力量和忠诚。但他们同时也十分脆弱，一旦注意力被扰乱，整群兽人就会停在半路，失去方向，无所适从，易受攻击。精灵、人类和矮人可以独立思考，但兽人只会听从命令。

托尔金作品中黑暗势力的奴仆——兽人——与世界上很多神话传说中的恶魔都有共通之处，尤其是在《旧约》和《新约》中，恶魔们往往不计其数、不见踪迹。这一共通点在《启示录》第十二章中表现得尤为突出。《启示录》第十二章描绘了大天使米迦勒与恶龙撒旦的战斗，两方分别率领天使和堕天使大军。能被看见的恶魔更喜欢住在偏僻、肮脏的地方，比如荒漠和废墟，他们令人恐惧，夜间尤甚。

他们既袭击动物，也袭击人类，引发身体和精神疾病。他们还能激起强烈的激情和愤怒，是嫉妒、性欲和贪婪的源泉。

魔苟斯在他创造兽人的地牢中使用黑暗魔法，源源不断地为自己制造军队，直到他赢得骤火之战，打破安格班合围。在那之后，兽人军团、龙、炎魔、食人妖、狼和狼人组成的庞大军队占领了贝尔兰。经过一次次战斗和围剿，所有的精灵王国都被毁灭，西方再无繁荣的城市，大部分精灵和伊甸人惨遭屠戮。

然而，维拉和迈雅带着不死之地的高等精灵来到中土世界，开启了愤怒之战，魔苟斯给人们带来的恐惧也就此结束。安格班要塞与北部所有山脉都被摧毁，米尔寇被永远地掷入太虚中，安格班的兽人在贝尔兰的废墟沉入沸腾的大海时尽数毁灭。

这与《启示录》第十二章又有相似之处：撒旦和他的"天使"们同样"失去了他们在天堂的位置，被掷入人间"。

46—47 页图：骤火之战中聚集的兽人军团和安格班食人妖

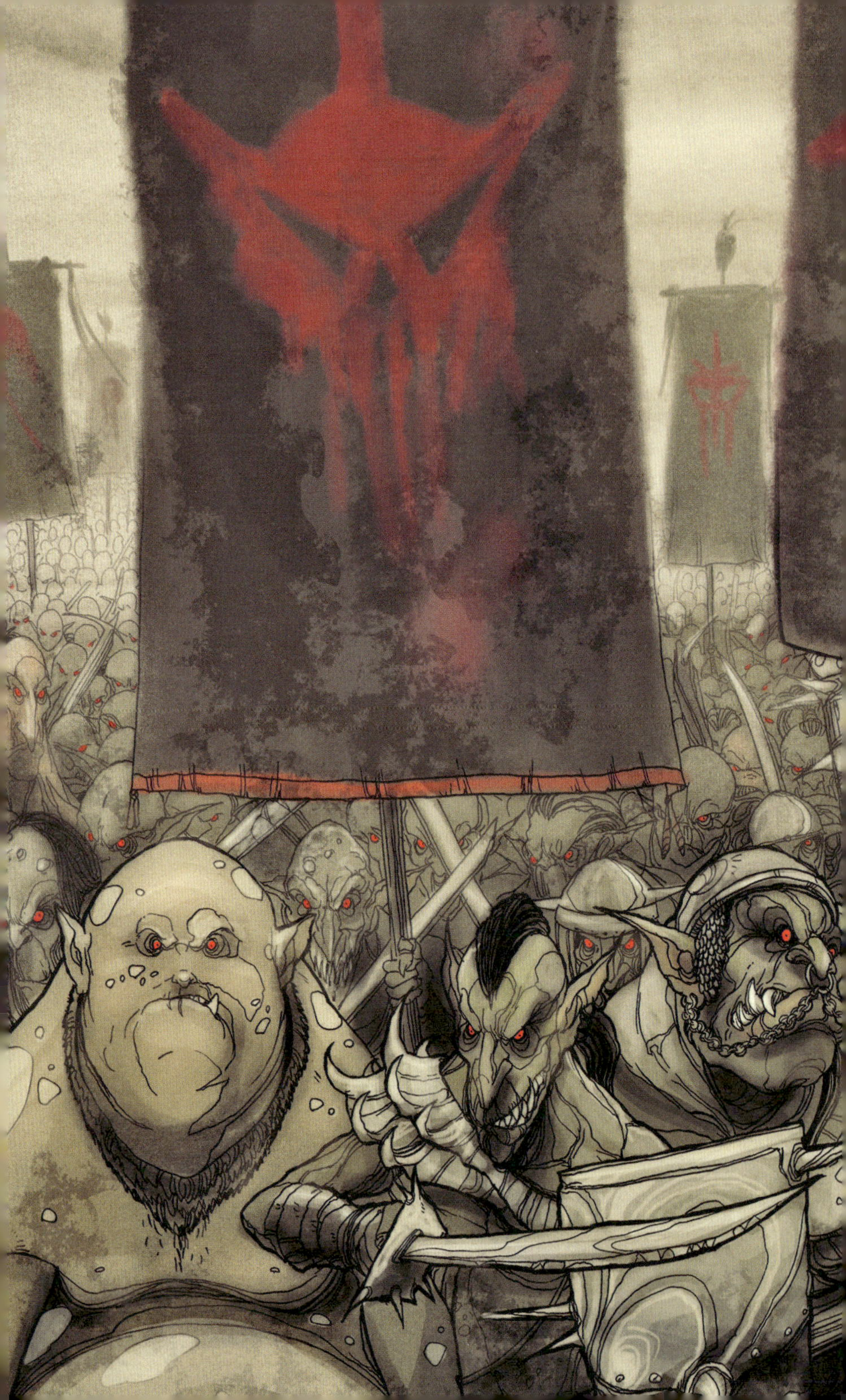

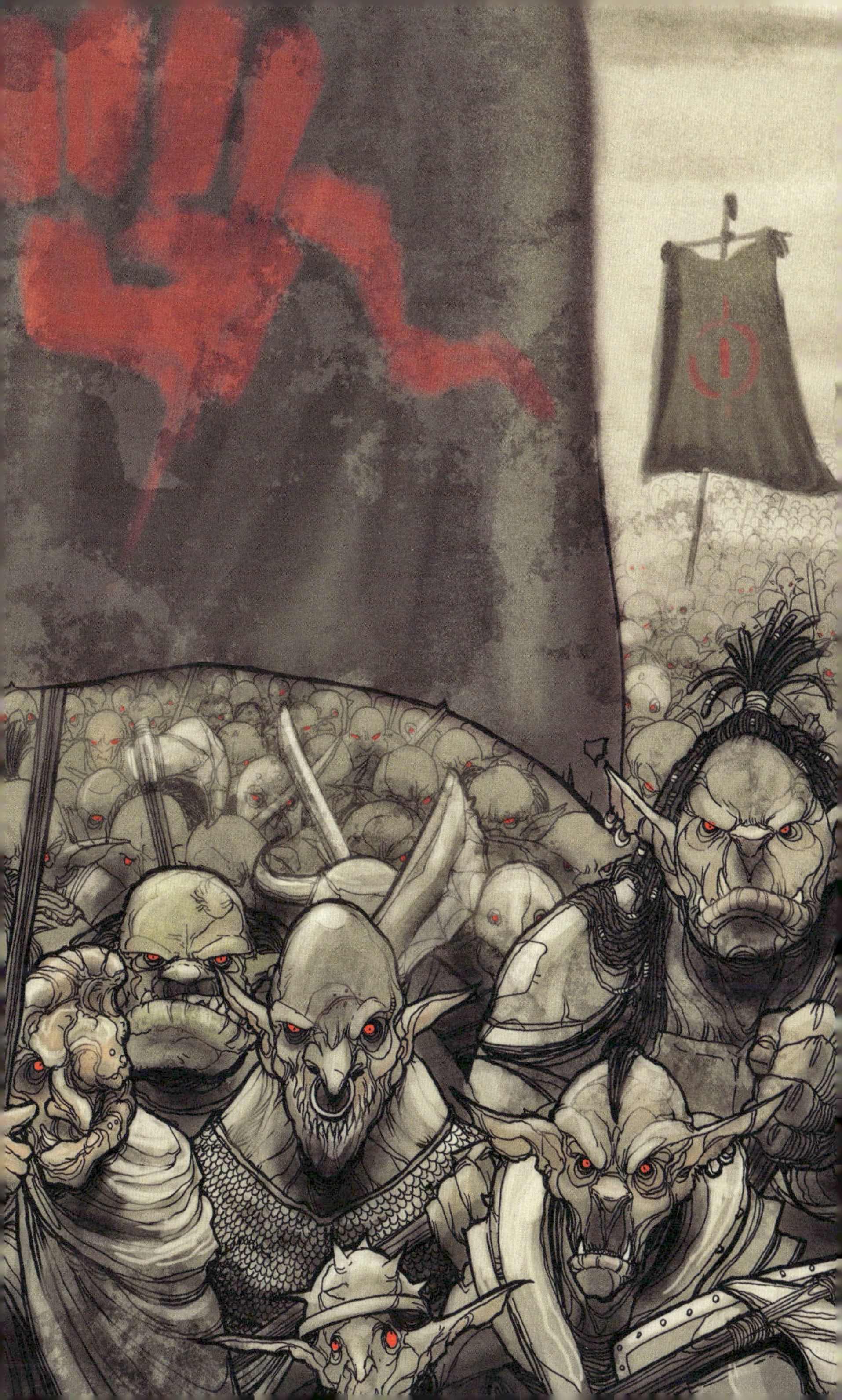

安格班的食人妖

正如托尔金笔下的炎魔灵感来源于穆斯贝尔海姆（北欧神话中的火之世界）中的火巨人，托尔金创作食人妖的灵感则来源于约顿海姆（北欧神话中的寒冷黑暗世界）中的石巨人和霜巨人。北欧神话中"巨人之地"的居民约顿巨人的形象与晚些年在日耳曼和斯堪的纳维亚传说中出现的形象有相同之处：都是力大无穷但头脑愚蠢的食人妖。

巨大的人形食人妖在世界各地的民间故事和神话传说中都出现过。他们踏遍每一寸土地，改变山峦的位置、河流的方向。在很多民间故事中，食人妖暴露在阳光下会变成巨石。和托尔金笔下的食人妖一样，他们是黑暗生物，偏爱住在山洞和森林洞穴中，经常猎食走失的孩子和毫无防备的旅人。

在传统神话中，食人妖通常独自潜伏在黑暗之地。托尔金保留了这一特点，他故事中的食人妖随机、残忍地伤害和欺骗他人，从中获取快感。托尔金的许多故事中都有食人妖、炎魔和龙组成的军团大战维拉众神的场面，这一场面的灵感更多来源于北欧神话中众

第二部分 魔苟斯：第一纪元的黑暗大敌

约顿巨人与火巨人、龙组成的军团大战阿斯加德众神的情节。

"食人妖"一词来源于古挪威语，本意为魔鬼、恶魔或约顿人。食人妖形象的起源尚不明确，但值得注意的是，在《贝奥武夫》中，怪物格伦德尔被称作"食人水妖"，是《圣经》中的凶手该隐被诅咒的后代。托尔金笔下的食人妖是由被抓捕、被扭曲的树人们转变而来的。这一愚钝、受诅咒的物种无疑是对智慧、神圣的树人的莫大讽刺。此外，托尔金食人妖的原始形象借鉴了更为黑暗的斯堪的纳维亚神话，在这类神话中，食人妖是山林巨大的精神能量具象化的产物。很多出类拔萃的斯堪的纳维亚食人妖比山还高，头上长着冷杉树，但更多则接近托尔金笔下的形象——残忍的巨人，身高约为人类的两倍，重量达人类的三倍。在托尔金的作品中，他们有岩石般僵硬的皮肤，上面长着绿色鳞片。与神话中相同，托尔金笔下的食人妖以人类的血肉为食，而在中土世界，食人妖也猎食矮人和精灵。

神话中的食人妖有贪财的恶习，他们会把从受害者身上抢来的珍宝和战利品储存起来。中土世界多见食人妖的藏品，冒险者常常因发现食人妖的宝藏而变得富有，几位托尔金作品中的英雄还会在食人妖的藏品中意外找到精灵铸造的古代宝剑和匕首。这种获取魔法武器的方式与日耳曼、北欧史诗中的英雄十分相似。

在几乎所有神话传说中，食人妖都是笨拙的，托尔金笔下的食

石食人妖

人妖也不例外：很多食人妖学不会说话，或者只能学会最简单的兽人的黑语。传统神话和民间故事的常见情节（同样出现在托尔金的故事中）是充满智慧的英雄从愚蠢的食人妖手中用计骗取宝藏。如果不是食人妖有些致命的缺点，比如杀人和食人，读者几乎要同情这些智力低下的可怜生物了。

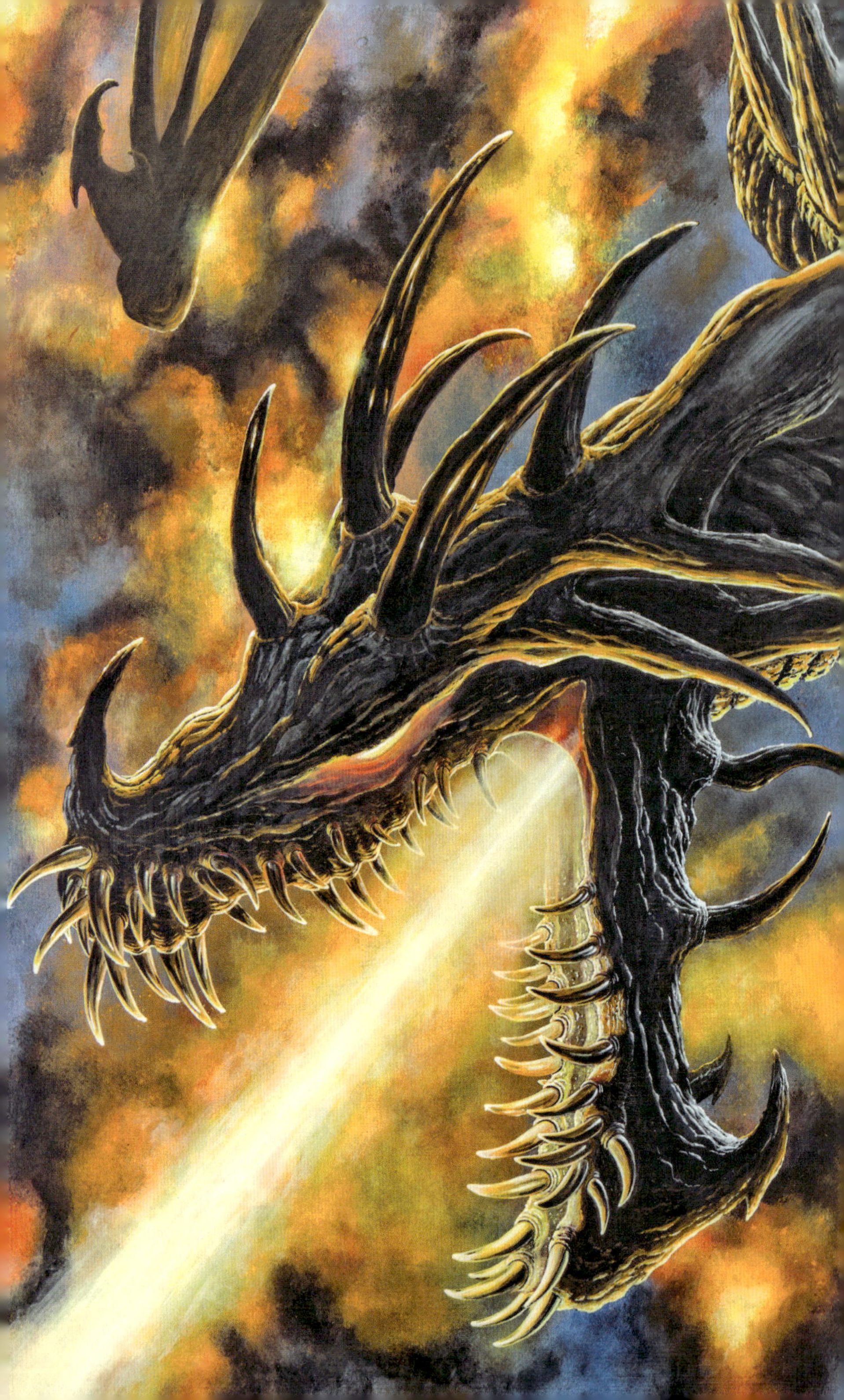

第二部分 魔苟斯：第一纪元的黑暗大敌

格劳龙——恶龙之父

魔苟斯作为恶魔的才华在创造"恶龙之父"格劳龙时体现得淋漓尽致。格劳龙是中土世界第一只也是最大的一只恶龙和火龙。这只强有力的大虫体形巨大，力量惊人，全身覆盖了无法穿透的钢铁鳞片。它的毒牙和利爪如长剑般锋利，它的巨大尾巴可以横扫任何军队的盾墙。格劳龙和托尔金笔下所有的生物一样，有着古老的文学起源。托尔金的龙来自极其古老和邪恶之地——这地方与古老的日耳曼悲剧史诗中展现的残忍、原始的世界有相似之处。

尽管如此，在那个注定会走向悲剧的惨淡世界中，托尔金仍设法找出了一个与魔苟斯在安格班的邪恶王国相匹配的恶龙形象。托尔金需要一个残酷无情、杀人如麻却缺乏智慧的生物，需要一个沉迷于折磨人的精神、肉体和灵魂的生物。

52 页图：格劳龙——恶龙之父

托尔金的黑暗力量

托尔金知道他要的是什么,也知道该去哪里找:他要找的是集合所有日耳曼人和挪威人的想象力创造出的最为邪恶的怪物。

几乎人人都会同意托尔金最终的选择(也是他创作格劳龙的灵感):"最好的莫过于伏尔松格的西格德传奇中的北无名,众龙的王子。"这条"众龙的王子"杀死自己的父亲、兄弟,屠杀自己的种族。它名为火龙芬尼尔,曾窃取神秘而已绝迹的尼伯伦人被诅咒的黄金宝藏。

从格劳龙身上,我们能看到与芬尼尔相似的邪恶。除了喷火的能力和蛇一般的强健,格劳龙还有更加微妙的能力:最为犀利的眼神、最为灵敏的听觉和嗅觉。它是一条充满智慧和诡计的龙,但它的智慧——和所有北欧及日耳曼神话中的恶龙一样——有着虚荣、饕餮、贪婪、狡诈的缺陷。实际上,托尔金作品中的所有恶龙都和它们神话中的祖先一样,承载着精灵、人类和矮人身上的主要邪恶特质,被毁灭其他种族的强烈意愿驱使着。

托尔金说他最早知道芬尼尔是在小时候读安德鲁·朗的《红色神话》(1890)时。

这本书中有《西格德的故事》,由威廉·莫里斯的版本简化而来,还有埃里克·马格努森由古挪威语翻译成的《伏尔松格传奇》,后者成为托尔金一生中源源不断的想象力源泉。这种童年时代的热情不仅使他开始研究北欧和日耳曼的文学和语言——这是他作为学者

芬尼尔——托尔金口中的"众龙的王子"

研究的重点，也激励他在 22 岁时第一次认真尝试原创故事。

这些早期的积累——早在创作《魔戒》和《霍比特人》的灵感进入他脑海之前——让托尔金最终创造出了自己的恶龙形象。欺诈者格劳龙的诞生和毁灭是小说《精灵宝钻》的主要线索之一。《精灵宝钻》创作后约 60 年，于作者身后出版。格劳龙是其中充满力量的原创角色。这个故事以《伏尔松格传奇》为灵感。然而，"恶龙之父"的外貌和性格在许多方面都比其原型更加微妙和复杂。

在托尔金的故事中，格劳龙被图林·图伦拔所杀。图林的人生经历与芬兰史诗《凯莱维拉》中的英雄库勒沃有很多相似之处。而图林与《伏尔松格传奇》中的英雄西格德在性格和冒险经历上的相似之处则最为明显，他们的计谋与战斗技巧无疑类似：图林将他的剑插进格劳龙没有盔甲保护的柔软下腹，杀死了"恶龙之父"；西格德也将他的宝剑格拉姆刺进芬尼尔的柔软下腹，杀死了"众龙的王子"。

第二部分 魔苟斯：第一纪元的黑暗大敌

卓古路因——狼人之父

对狼人和吸血鬼传说的笃信，自人类诞生之时就已经存在了，从古埃及的记录中便可见一斑。从人类到动物、从动物到人类的转换是所有萨满文化中不可或缺的部分。即使是在已开化的苏格拉底时代，阿卡迪亚仍有一个崇拜宙斯·莱卡斯（狼）的异教。

魔苟斯在中土世界创造的第一个"行走的狼形生物"是卓古路因——狼人之父。卓古路因在辛达林语中意为"蓝色的狼"，指其皮毛的颜色。他曾是迈雅神，被魔苟斯扭曲形态，并选为安格班的狼人领袖、中土世界的狼人之父。在贝尔兰，他与魔苟斯强大的助手、残酷的戈沙乌尔一起居住在名为托尔-因-高霍斯的"狼人之岛"上。戈沙乌尔也是堕落的迈雅，在第二纪元，他以索伦——魔戒之主——之名更为人所知。

在中世纪，人们普遍认为吸血鬼确实存在，他们会变成蝙蝠，从人类身上吸取血液。托尔金作品中的这些邪恶生物也具有这一特点。无论是在民间故事中，还是在托尔金的小说中，吸血鬼都和狼人一样，可以变幻自己的形态。他们有时变成人形，有时变成蝙蝠

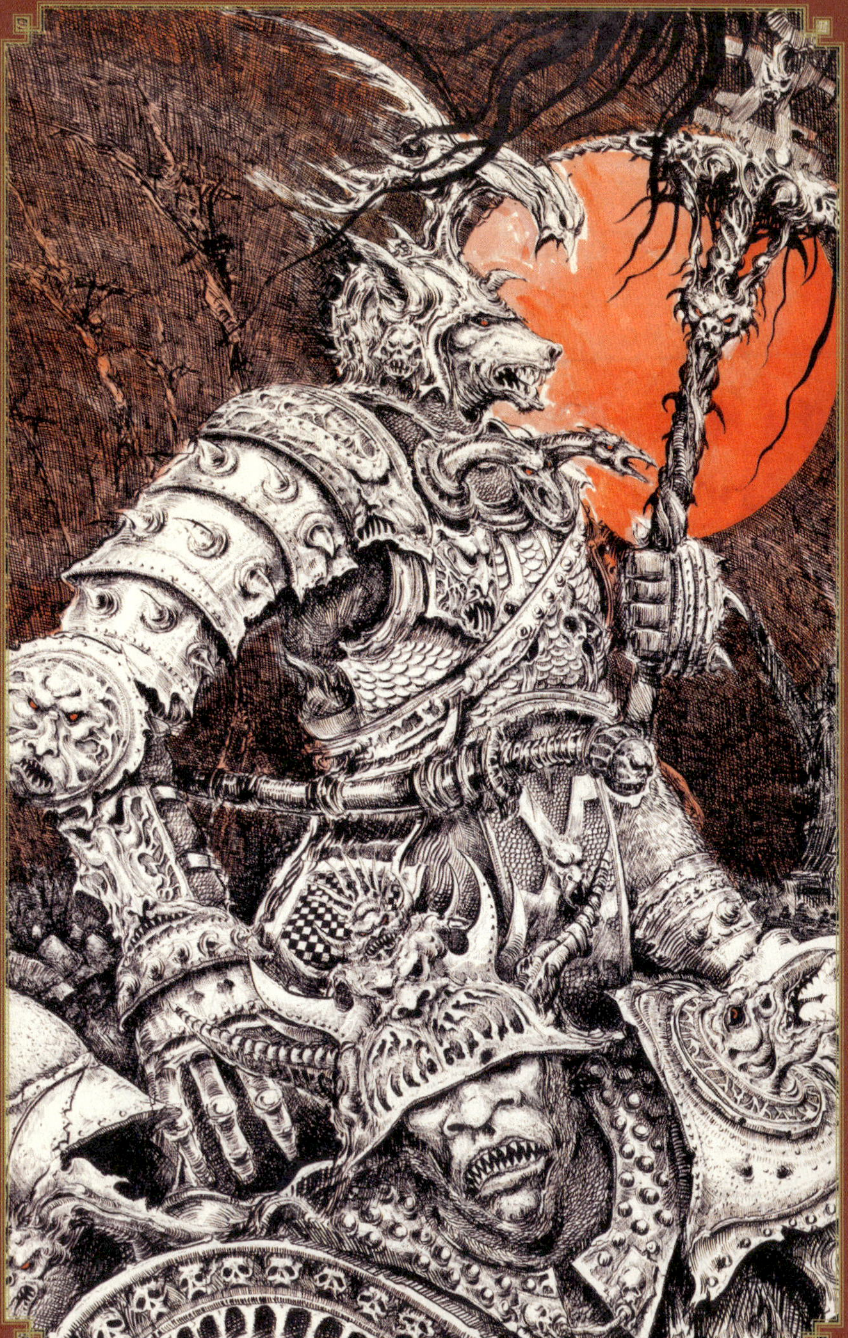

的样子,在夜色的掩盖之下从熟睡的人类体内吸取血液。托尔金作品中最为强大的吸血鬼是瑟林威西——秘影之女。她也住在托尔-因-高霍斯的高塔上。

在精灵宝钻探寻之旅中,露西恩的爱人贝伦被关在托尔-因-高霍斯布满狼人的地牢里。这一情节的灵感来源于北欧的《伏尔松格传奇》中迷人的西格尼把哥哥西格蒙德从一个类似的狼人地牢中解救出来的故事。

卓古路因也是巨狼卡哈洛斯(意为"红色的咽喉")的祖先。卡哈洛斯由魔苟斯亲手用活物喂养长大,不眠不休地守护着安格班的大门。作为族群中最大的一只,卡哈洛斯和其他地下世界的守护者有相似之处,比如北欧神话中的加姆、守护冥界的巨型猎犬。

然而,如托尔金所说,精灵宝钻探寻之旅脱胎于希腊神话中俄尔甫斯从冥界找回欧律狄克的故事,只是对调了男性和女性角色。在希腊神话中,代替卡哈洛斯角色的是刻耳柏洛斯——守护冥界的不眠三头犬。

与俄尔甫斯和欧律狄克的故事一样,精灵宝钻探寻之旅也在最后一步遗憾失败。凭借着露西恩魔法的力量,这对恋人再次回到安格班,

58 页图:卓古路因——狼人之父
60—61 页图:瑟林威西——秘影之女

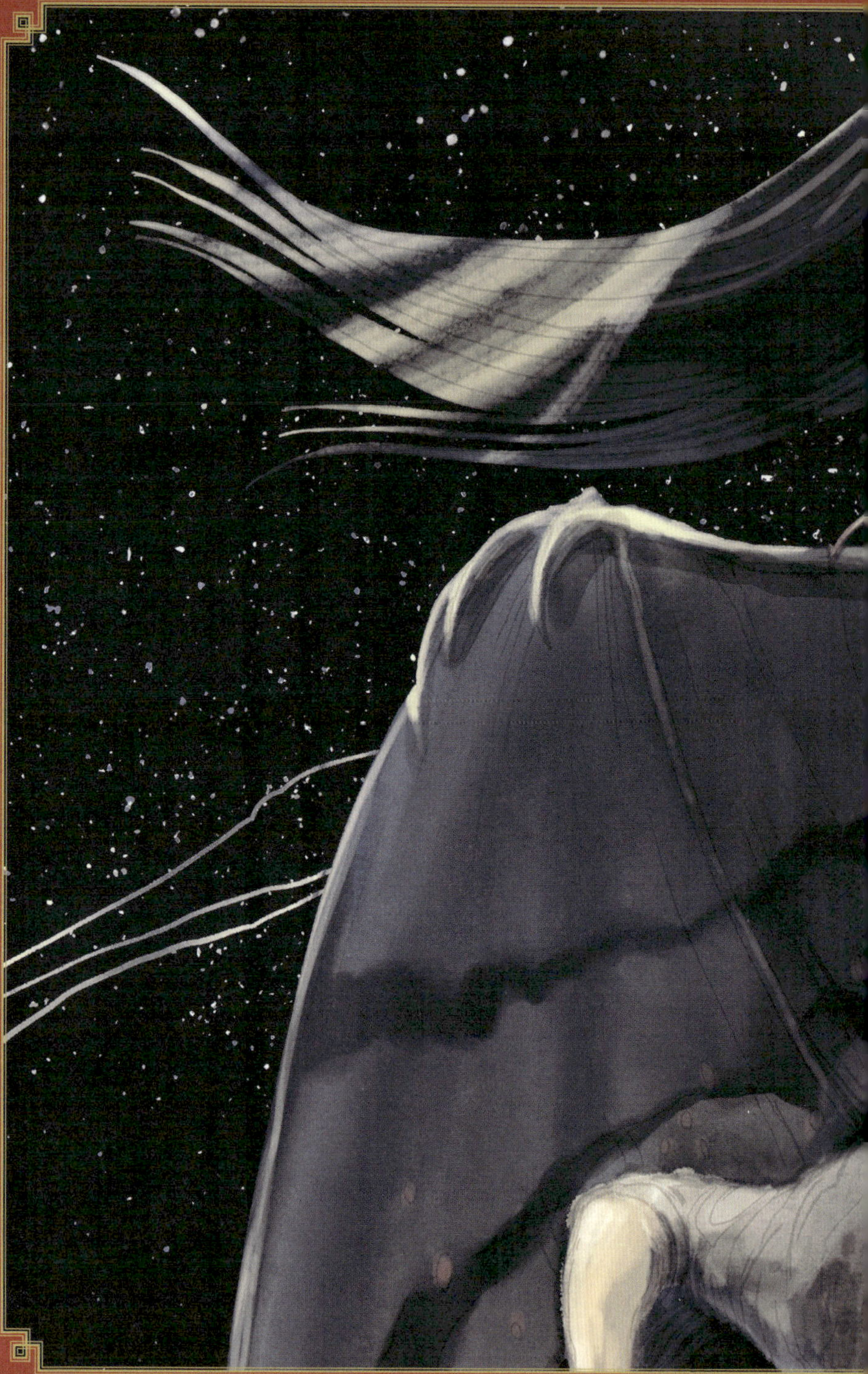

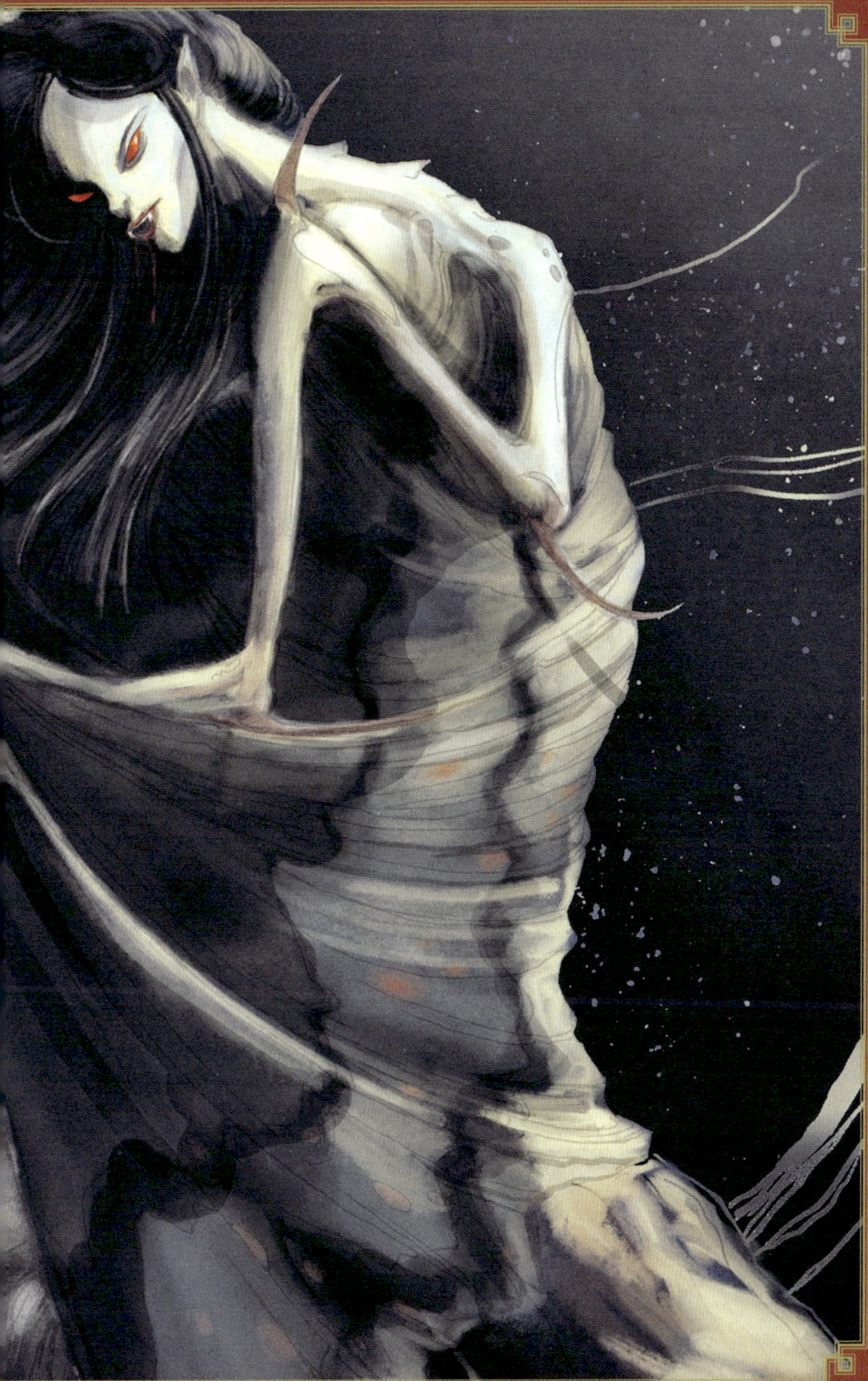

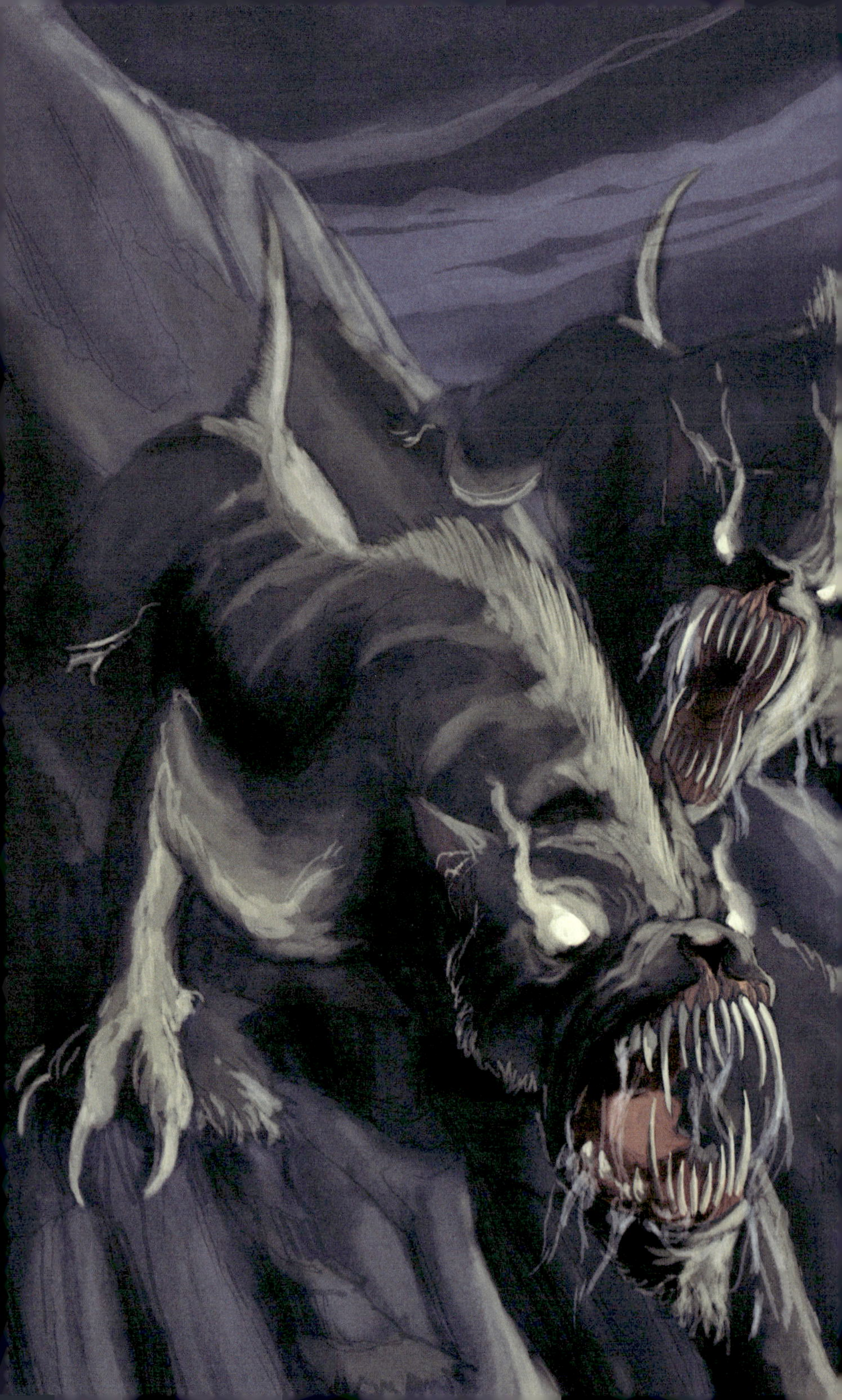

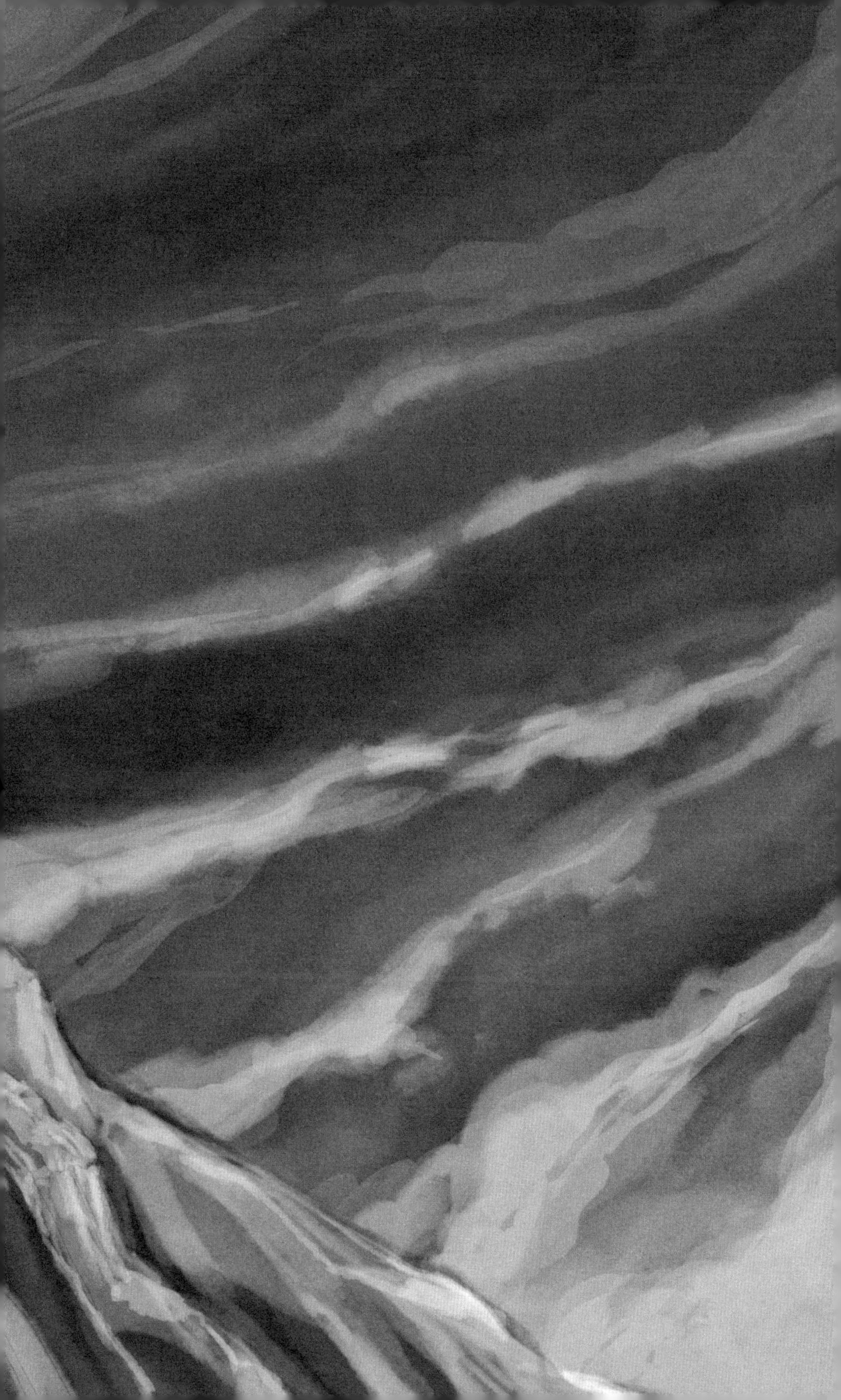

托尔金的黑暗力量

拿到了精灵宝钻。不幸的是，卡哈洛斯在这对恋人逃走之前苏醒了。之后，就和北欧神话中"众龙的王子"芬尼尔咬下了天神提尔的头一样，卡哈洛斯咬下了贝伦拿着精灵宝钻的手，把它和精灵宝钻一起吞入腹中。最后，经过一场激烈的狩猎，卡哈洛斯和他强大的祖先卓古路因一样，在维拉的狼犬胡安的尖牙之下迎来了自己最后的命运。在最后一战中，胡安与卡哈洛斯同归于尽。

卡哈洛斯

62—63 页图：托尔‐因‐高霍斯的狼人们

第二部分 魔苟斯：第一纪元的黑暗大敌

乌方——黝黑的东方人

就像精灵们随着星辰重燃而初诞，人类也随着太阳在中土世界东部的初升而诞生了。与精灵不同的是，人类并非永生，甚至比矮人还要短命。留在中土世界东部的人类长久地生活在黑暗大敌魔苟斯的阴影之下。这些人大多过着族群生活，被统一称作"东方人"，他们与黑暗势力有着密切的关系。

托尔金作品中的东方既是中土世界的地理位置，也象征着历史上的欧亚大陆，尤其是公元 300—700 年大迁徙时代的欧亚大陆。迁徙的族群先是在西欧定居，几世纪之后，诺曼底民族不断入侵。托尔金的世界中也有这一事件的对照。中土世界的东方人持续威胁着西方的王国。

东方人在第一纪元的第 5 世纪进入了贝尔兰。起初，他们被精灵称作"黝黑人类"，因为他们的肤色和发色都比较黑，身材矮小，但胳臂强健、胸膛宽厚。黝黑的乌方是伟大的东方人的领袖之一，他带领人民抵达了贝尔兰。他的形象部分取材于历史上伟大的日耳曼领袖阿米尼乌斯（赫尔曼），他宣誓效忠罗马，并参与了罗马守

黝黑的东方人乌方

卫战。与之相似，乌方和他的儿子乌法斯特、乌瓦斯和乌多对埃尔达宣誓效忠，并参与了贝尔兰守卫战。然而，阿米尼乌斯和他的人民私下与东日耳曼野蛮民族互通，乌方和他的人民也与东部的魔苟斯的野蛮人秘密联络。公元前9世纪，在条顿堡森林战役中，阿米尼乌斯对罗马的背叛使罗马军团几乎全军覆没。乌方对精灵的背叛也造成了同样的后果——在爆发于第一纪元472年的泪雨之战中，精灵被尽数消灭。

  乌方的名字在精灵语中意为"可怕的大胡子"。除此之外，他的外号"黝黑的乌方""漆黑的乌方"也暗示着他将背叛精灵。

  在北欧神话中，最强大的火巨人名为苏尔特尔，意为"黑皮肤的人"。黑皮肤的苏尔特尔带领着黑皮肤的"穆斯贝尔的子民"对战阿斯加德诸神，而黑皮肤的乌方带领着他黑皮肤的子民对战中土世界的精灵军队。然而，苏尔特尔和"穆斯贝尔的子民"与乌方和他的东方子民一样，并没有从这场胜利中获取任何好处，他们都在胜利当日战死沙场。在对北欧神话的解读和他的原创故事中，托尔金表达了自己的道德观：邪恶仅仅是美德的缺失。也就是说，邪恶本身没有任何内涵，它只是一种"无美德"的状态。因此，恶魔的胜利最终只能导致自我的覆灭。

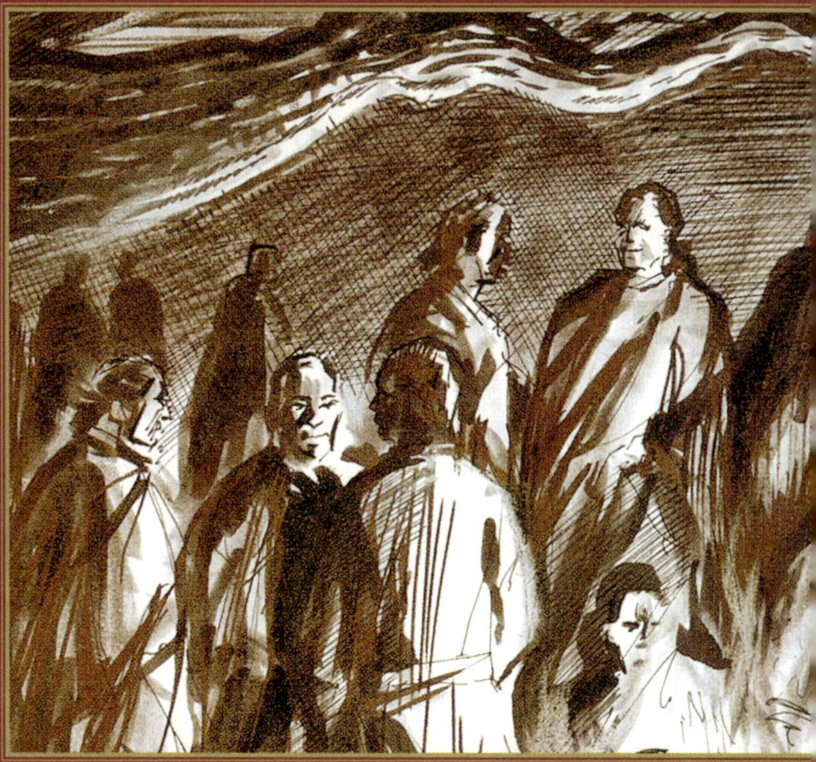

贝尔兰的东方人

安卡拉刚——有翼火龙

如托尔金所说，第一纪元的结局是一场灾难，它以"一场类似北欧神话中诸神的黄昏的最终之战"作结。诸神的黄昏指的是阿斯加德诸神与巨人们的最终之战，它导致了中庭的毁灭。而在维拉与魔苟斯的愤怒之战中，大决战同样导致了贝尔兰的毁灭。诸神的黄昏开始的标志是守护之神海姆达尔的号角声，托尔金的大决战则以维拉的传令官伊昂威的号角声为开端。号角声响起时，疯狂的炎魔挥着他们的鞭子和烧红的剑加入了愤怒之战的最后一战，就像穆斯贝尔海姆的火巨人们挥着烧得火红的剑加入诸神的黄昏一样。这两场伟大的战役中，善良与邪恶的军团以及所有的生物、精神体、恶魔及野兽都在进行最后的拼死厮杀。在托尔金版的"诸神的黄昏"中，魔苟斯释放了最后一只令人恐惧的魔物，那就是黑龙安卡拉刚。它是第一只，也是最大的一只有翼火龙。安卡拉刚是世界上最强的龙。它的名字意为"噬咬风暴"，它将敌人笼罩在巨大黑影下，然后从天空对他们喷射强力的火焰。

大决战中安卡拉刚的攻击在古代北欧诗歌《女预言者的预言》

对诸神的黄昏的描述中也能找到先例。诗歌描述了"飞翔的龙，发光的大虫"，即巨龙尼德霍格（意为"邪恶的攻击者"），它从黑暗的地下世界尼弗尔海姆中诞生。而《小爱达经》对诸神的黄昏的描写提到了尘世巨蟒耶梦加得，它与巨人和怪物们一同对抗阿斯加德诸神，为世界带来毁灭。

值得注意的是，安卡拉刚在大决战中出现的灵感也可能来自《新约》中天使与堕天使的战争。与航海家埃兰迪尔和黑龙安卡拉刚的决战相对照，大天使米迦勒和红龙也发生了决战：

"随后战争在天堂爆发，米迦勒和他的天使对战红龙，而红龙和它的天使予以反击。但红龙的力量不够强，因此丧失了在天堂的位置，被掷下天堂——人们称它为恶魔或撒旦，将世界引入歧途。它和它的天使都被掷入凡间。"

红龙的坠落标志着撒旦的失败，黑龙的坠落也标志着魔苟斯在中土世界的失败。西方大军取得了胜利，安格班要塞被彻底根除、土崩瓦解。人们在最深的地穴中发现了魔苟斯。诸神对战败的魔苟斯没有一丝同情与宽恕，他被掷入了永恒黑暗的太虚。

72—73 页图：愤怒之战中的有翼喷火龙

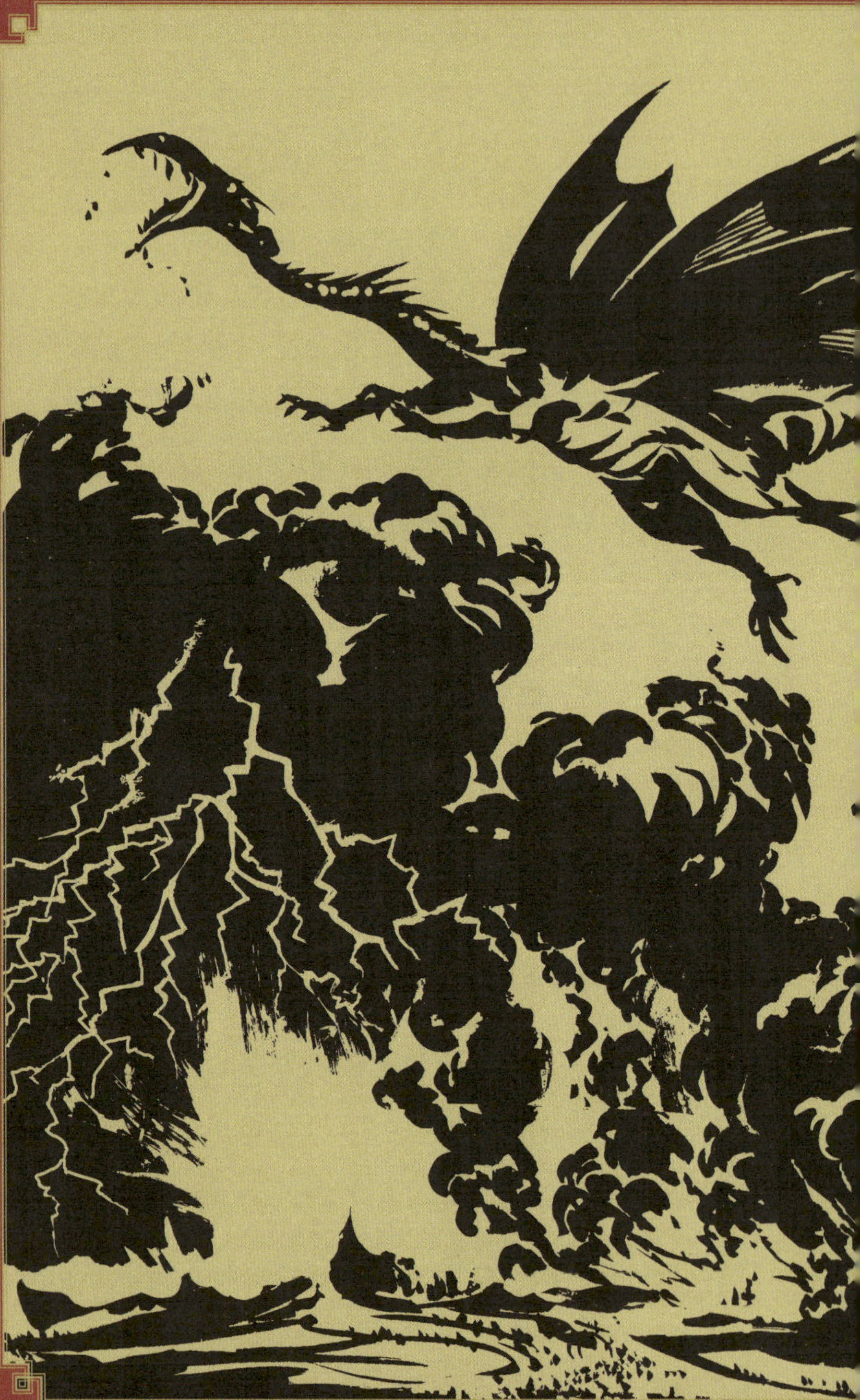

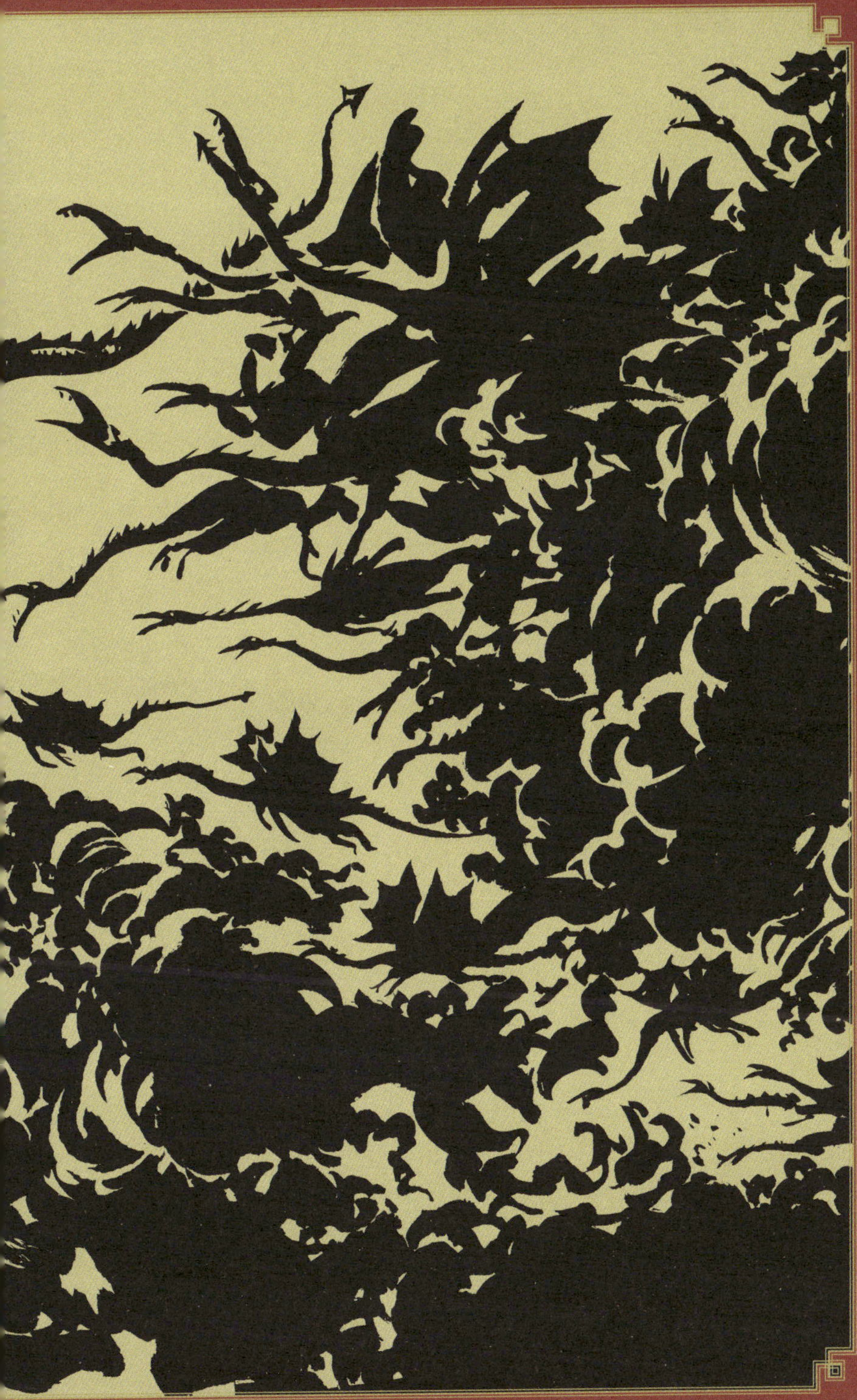

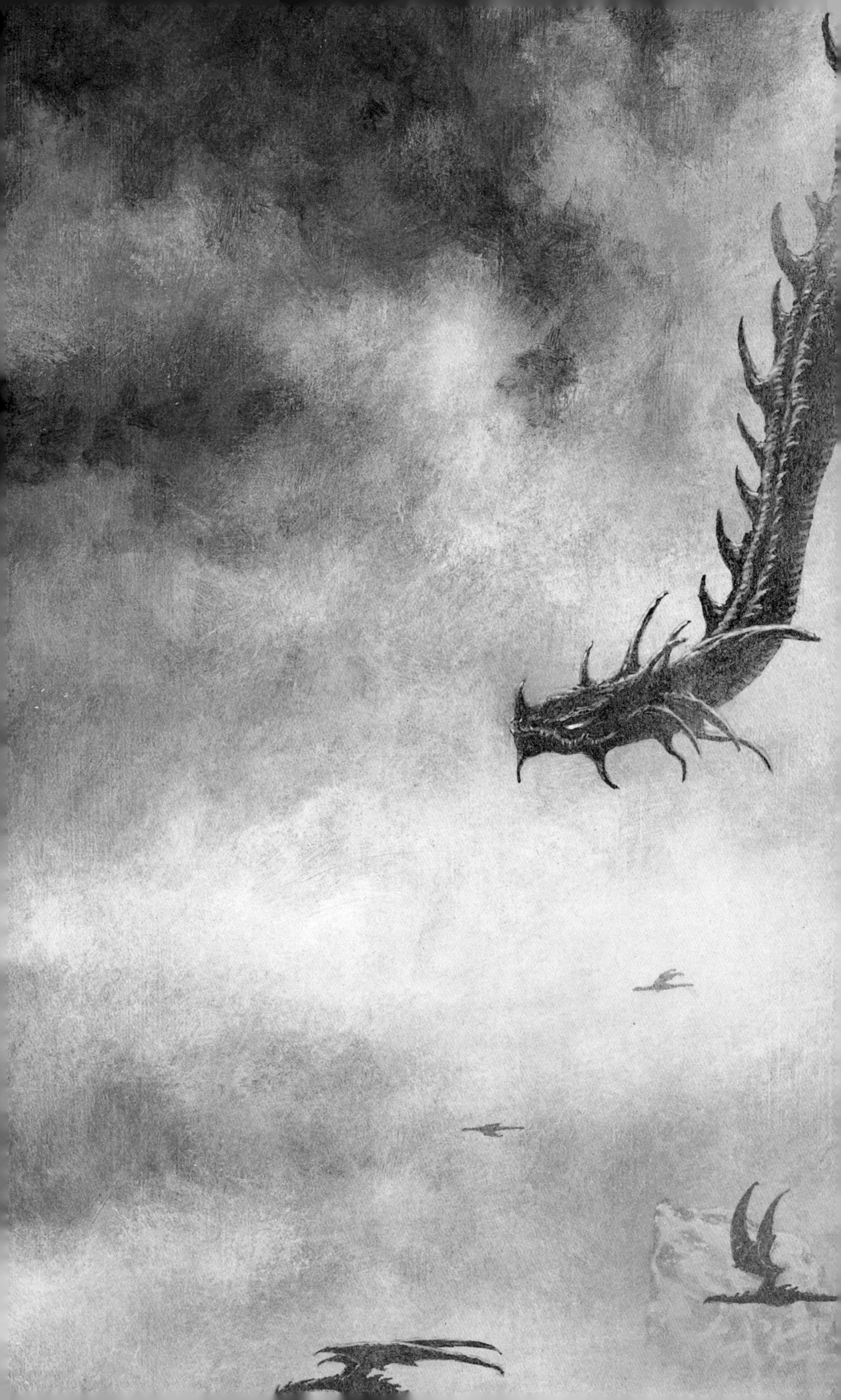

安卡拉刚在愤怒之战中死亡

一只曼威的巨鹰在最后一战中攻击魔苟斯的有翼龙

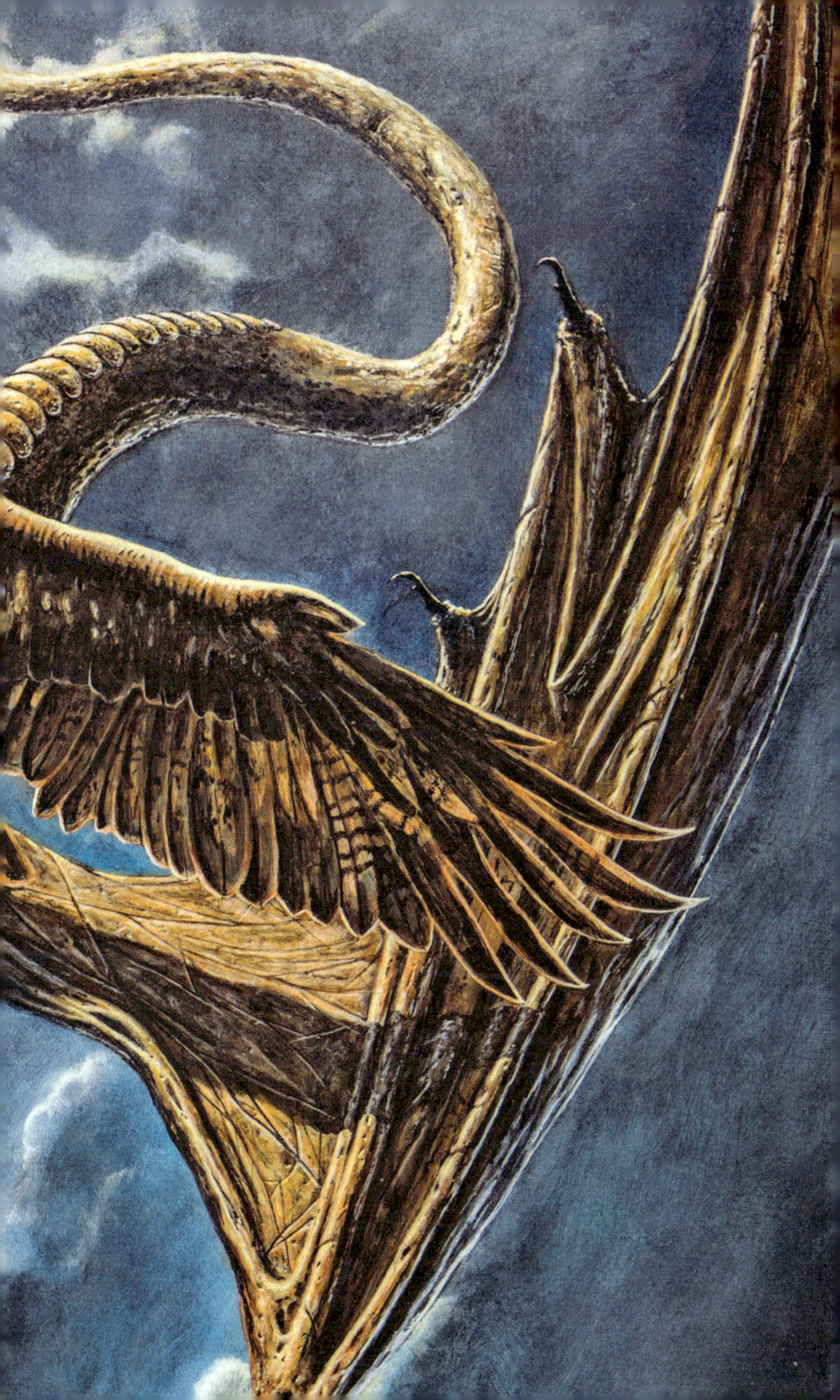

第三部分

索伦：
第二纪元的魔戒之主

太阳第二纪元

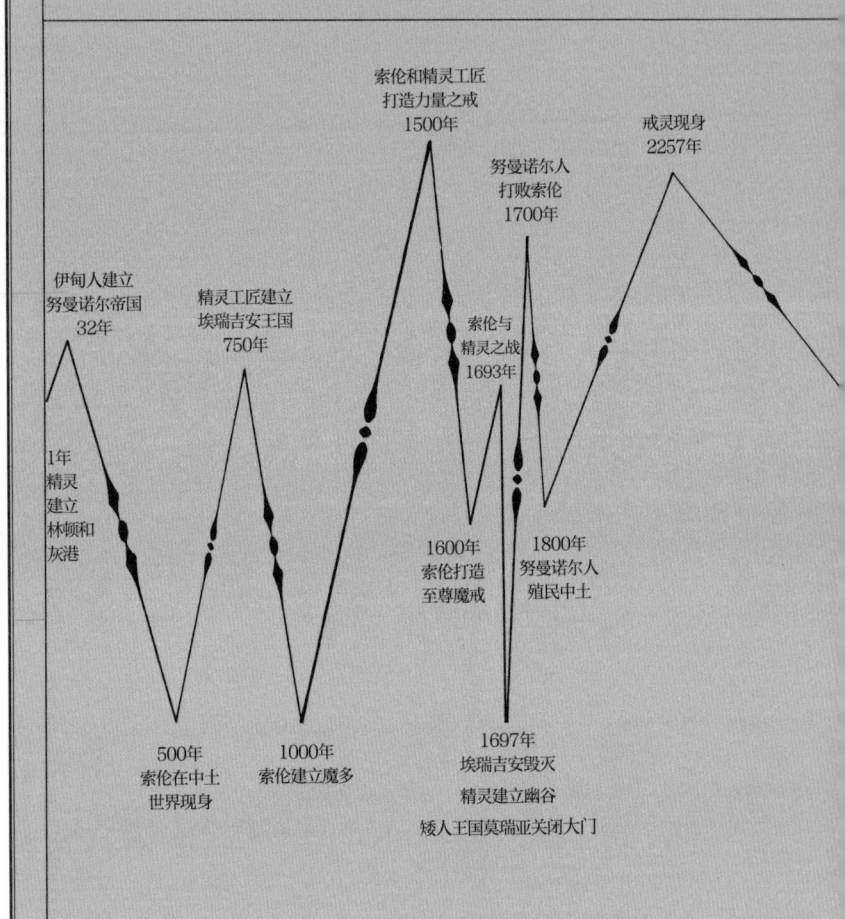

- 伊甸人建立努曼诺尔帝国 32年
- 1年 精灵建立林顿和灰港
- 500年 索伦在中土世界现身
- 精灵工匠建立埃瑞吉安王国 750年
- 1000年 索伦建立魔多
- 索伦和精灵工匠打造力量之戒 1500年
- 1600年 索伦打造至尊魔戒
- 索伦与精灵之战 1693年
- 1697年 埃瑞吉安毁灭 精灵建立幽谷 矮人王国莫瑞亚关闭大门
- 努曼诺尔人打败索伦 1700年
- 1800年 努曼诺尔人殖民中土
- 戒灵现身 2257年

世界剧变

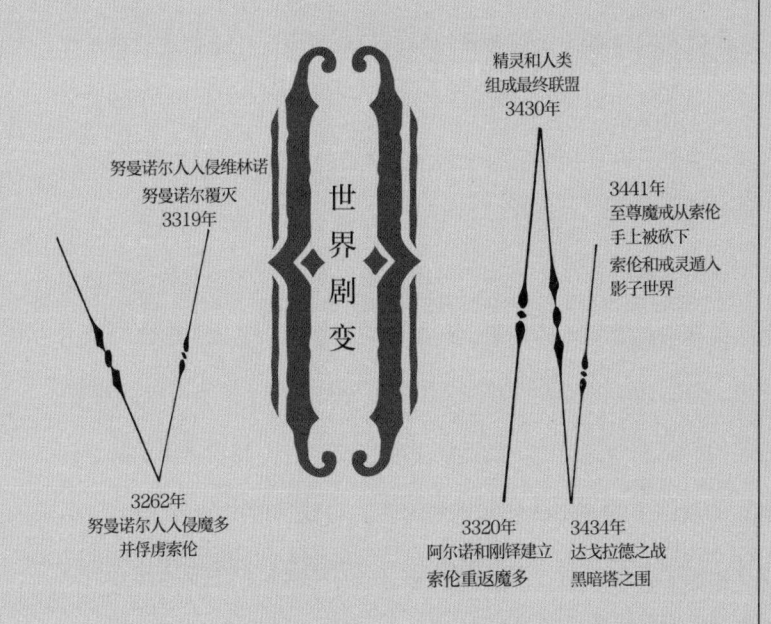

努曼诺尔人入侵维林诺
努曼诺尔覆灭
3319年

3262年
努曼诺尔人入侵魔多
并俘虏索伦

精灵和人类
组成最终联盟
3430年

3441年
至尊魔戒从索伦
手上被砍下
索伦和戒灵遁入
影子世界

3320年
阿尔诺和刚铎建立
索伦重返魔多

3434年
达戈拉德之战
黑暗塔之围

托尔金的黑暗力量

索伦——魔多的黑暗魔君

古代北欧诗歌《女预言者的预言》预言道,在诸神的黄昏毁灭中庭之后,闪耀的山之国吉姆利(意为"烈火中的庇护所")建起一个富丽堂皇、有着金屋顶的长廊,灾难中的幸存者可以在那里避难。在这首诗中,吉姆利的长廊相当于一个新的瓦尔海拉,其褒奖正义善良之士、使其免于大火的情节隐含着一种基督教的意味。在托尔金版的诸神的黄昏(即愤怒之战的大决战)中,贝尔兰沉入了西方大海。但与诸神的黄昏的幸存者不同,愤怒之战的幸存者家园被毁,因而他们必须向东行进,到达精灵和伊甸人在大海和迷雾山脉之间建立的新的王国——林顿和埃利阿多。与预言诗中的吉姆利不同,这片土地上并不只有"正义善良之士"。在这些战争难民中,有许多魔苟斯的怪物和追随者,他们逃入大地深处和中土世界的山下。

在魔苟斯的追随者中,最为强大的是残酷的索伦(也被称作索伦·戈沙乌尔,意为"令人畏惧和厌憎的")。他在第二纪元崛起,成为中土世界新的黑暗魔君。托尔金对索伦的塑造吸取了其他很多神话传说——凯尔特神话、希腊神话、日耳曼神话、芬兰神话和北

残酷的索伦

欧神话——的要素。在这些神话中，维京神话尤其是至高无上的神奥丁的故事与索伦最为相似。

神祇、魔法师、战争之神、魔戒之主、变形术士、死灵法师等，没有任何神话中的人物比奥丁更像索伦。奥丁统治中庭的欲望恰如索伦对统治中土世界的渴望。他们还有着相似的野心，那就是夺取无所不能的魔法戒指——对索伦而言是至尊魔戒，对奥丁来说则是德罗普尼尔。

至尊魔戒和力量之戒的铸造需要索伦和埃利阿多的领主凯勒布林博手下的精灵工匠们齐心协力，德罗普尼尔也需要矮人工匠布洛克和伊特里共同打造。索伦的至尊魔戒控制着中土世界魔法师和国王手上的力量之戒，而德罗普尼尔每九天生出八个相同的戒指，由奥丁赠予中庭的魔法师和国王，使他们听从自己的意愿。

至尊魔戒之主想要在中土世界成为与"独一之神"一如相同的存在，和一如一样拥有创造生命的能力，成为创造生命的权威。托

85 页图："中土"被埋葬的恶魔又掀波澜"

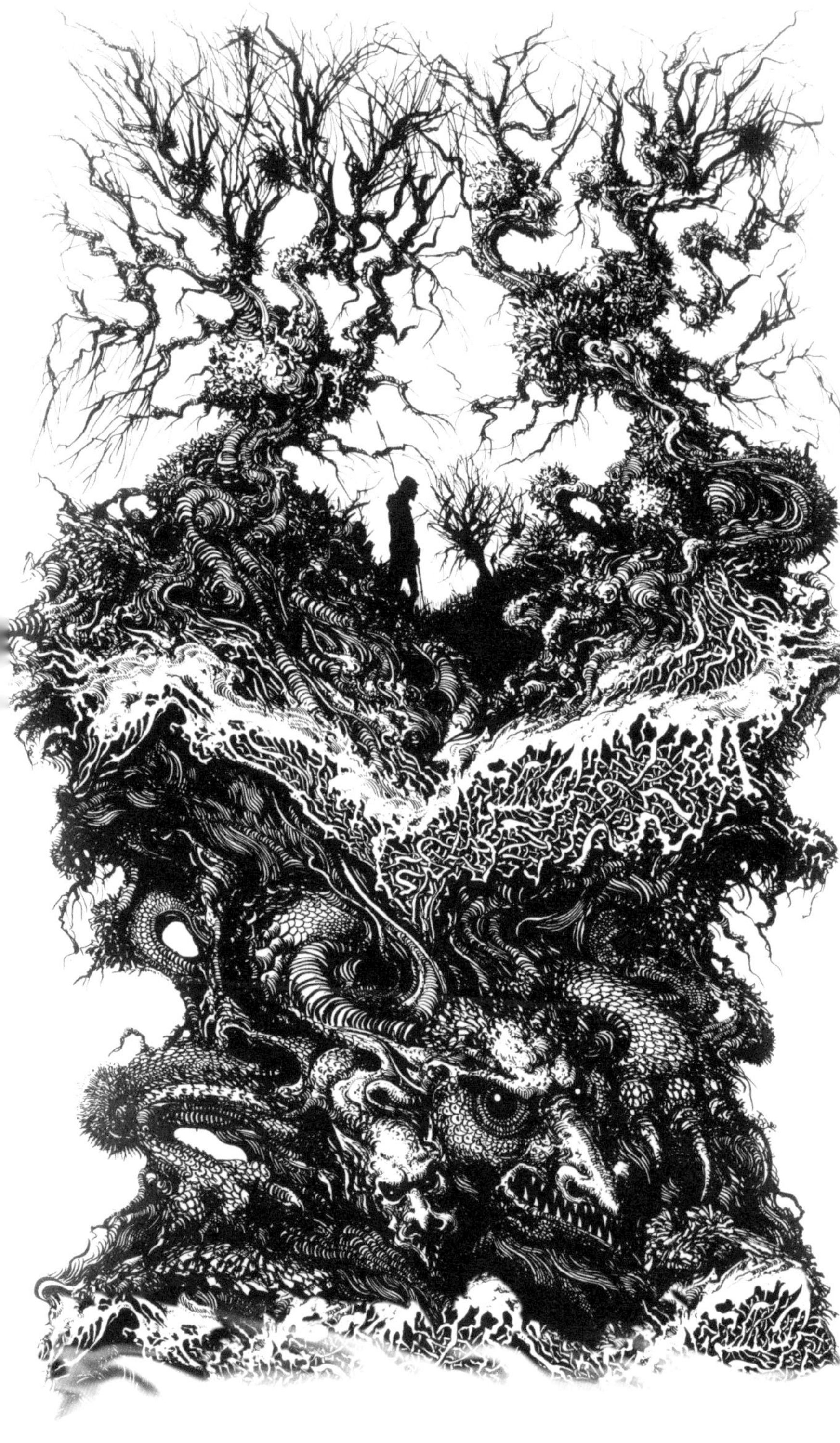

尔金小说中魔苟斯和索伦的野心与玛丽·雪莱小说中的弗兰肯斯坦男爵十分相似。和弗兰肯斯坦一样，魔苟斯和索伦篡夺了神的能力，却只能创造出兽人和食人妖这样的赝品。弗兰肯斯坦创造出的无名怪物竭力获得善良的天性，希望通过模仿人类的行为让自己变得更好，而兽人和食人妖的本性中则毫无道德和自由意志可言。

在第二纪元，这些怪物成群结队地从藏身之处蜂拥而出，前往山中王国魔多，来到新的黑暗魔君身边。

魔多苍蝇：最微小的生物也难逃索伦的邪恶魔爪

安那塔——赠礼之主

反叛之前，索伦曾是一位迈雅。他当时叫迈隆，意为"受人欣赏的"，他曾在维拉的工匠奥力手下工作（此处的奥力无疑相当于希腊神话中的工匠之神海菲斯特斯，即罗马神话中的伏尔甘）。作为工匠奥力的学徒，索伦精于冶炼和铸造，因此他在第二纪元打造了力量之戒，成为新的黑暗魔君。他披上美丽而"令人欣赏"的伪装，用"赠礼之主"安那塔的身份诱惑和腐化了埃利阿多的精灵们。

在西藏神话中，有一个和索伦相似的魔法工匠，住在类似魔多的山中。这位工匠是戒王克卡，即山中王国霍尔的国王。和索伦一样，戒王克卡依赖戒指的超自然能力掌控他的黑暗王国。然而，克卡的戒指是一个巨大的曼陀罗铁戒，据说其中藏有克卡及其祖先的"生命"或"灵魂"。

克卡认为，只要能将戒指严密看守在山中，就无人能够威胁他的权力和生命，尤其是因为没人知道如何熔化或重铸这巨大的铁戒。在这一点上，铁戒和索伦的至尊魔戒也颇为相似，因为即使是熔炉的猛火也无法将至尊魔戒熔化。克卡把他的恶魔和人类同盟召集到

第三部分 索伦：第二纪元的魔戒之主

他的山中王国霍尔，索伦也把兽人和人类同盟召集到他的山中王国魔多。

犹太教传统神话中最为著名的戒指传说与所罗门王有关。在传统意义上，所罗门不仅是强大的君主、智慧的化身，也是同时代最为强大的魔法师。他的魔法力量大多来源于他的戒指。

和索伦一样，所罗门用魔法戒指号令所有恶魔为自己效忠，托尔金是否读过这个故事仍有待商榷，但《圣经》里所有的魔法戒指中，所罗门的戒指和至尊魔戒最为相像。

所罗门的戒指是一枚金色小戒指，刻有上帝的标志：一颗五角星的图案和耶和华名字的四字母缩写（YHWH）。

索伦的戒指也是一枚金色小戒指，但上面刻着邪恶的控制咒语，用兽人的黑语写就，内容是"至尊魔戒驭众戒……"。

所罗门魔法戒指的故事和在莫里亚山上修建耶和华圣殿的故事密切相关。凭着戒指的力量，所罗门得以平息大地上的恶魔，指挥他们去修建圣殿。为了自己的邪恶目的，索伦也用至尊魔戒号令中土的黑暗力量，在魔多灰烬山脉的山坡上修建可怖的黑暗之塔巴拉杜尔。

那兹古尔——戒灵

在第二到第三纪元，索伦手下最为重要的随从是九黑暗骑手，在兽人的黑语中被称作那兹古尔，意为"戒灵"。他们曾是国王或魔法师，但被索伦用九枚人类之戒的力量腐化。在描写索伦创造戒灵这一情节时，托尔金挖掘了大量的神话传说作为参考。

"灵"指的是妖怪或幽灵，他们要么是活体，要么是死亡之人的化身。在英语中，这是一个相当新的词，最早于1513年出现在文献中，但这个词传达的概念却由来已久。对于人类而言，生与死是最初的谜题，而在二者之间，死更令人难以理解。在所有文化中，对死的恐惧都是一种强大的驱动力。而已死之人的回归几乎无一例外都是邪恶和灾难的先兆。

索伦的戒灵们可以用强大的力量操控敌人的思想和意志，但他们自己的一举一动却都受到索伦的操控。

91页图：戒灵向魔戒之主索伦宣誓效忠

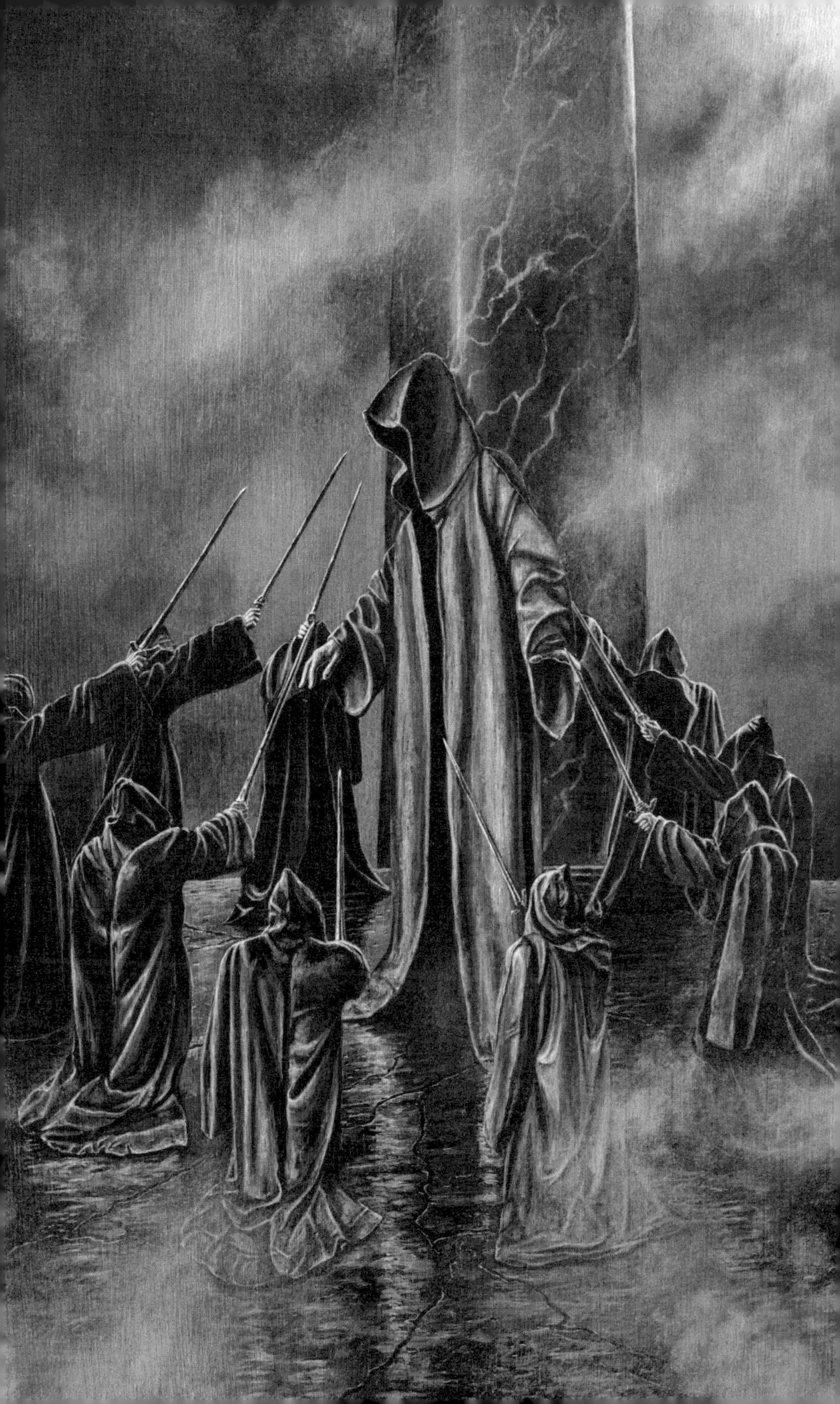

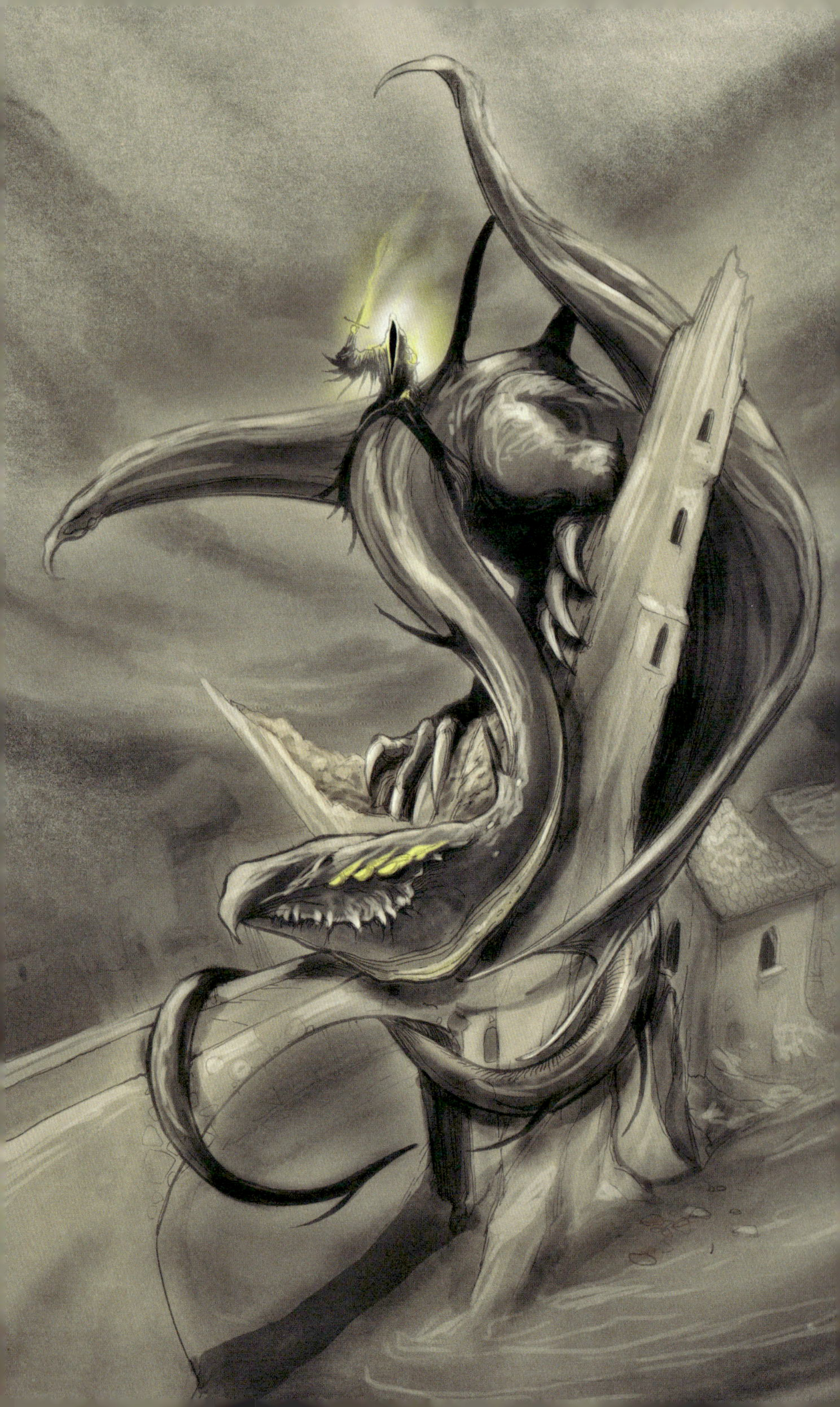

第三部分 索伦：第二纪元的魔戒之主

他们只是魔戒之主麾下的幽灵和爪牙，替他实现对权力永恒的渴求和奴役所有生灵的欲望。

九枚人类之戒让拥有它们的戒灵得以维持不死的形态，以戒灵的外观存活约千年。戒灵与僵尸类似，都是缺乏思想的行尸走肉，任凭魔法师控制他们的行为。戒灵的权势更强，也更为邪恶。在听命于索伦、成为黑暗魔君的奴仆之前，他们都是强大的魔法师和国王，有的是鲁恩的东方人，有的是哈拉德的南方人，有的是努曼诺尔的贵族。

别忘了戒灵共有九人。在许多国家的黑魔法和白魔法文化中，九都是神秘的数字——俗话说猫有九命；在毕达哥拉斯的数字命理学中，九是代表暴君的数字；在北欧神话中，九是最重要的数字，宇宙被分割成九大世界，众神之父奥丁在世界树上倒吊了九个夜晚；维京人宗教最为盛大的庆典每九年在乌普萨拉召开一次。九是个位数的最后一个，因此，在北欧神话和其他神话中，它被当成生和死的象征。在托尔金笔下，人类九戒是索伦让九个永远受诅咒的灵魂成为戒灵而付出的代价。

92 页图：骑着有翼兽的那兹古尔

魔戒圣战

至尊魔戒
（索伦）

人类九戒　　精灵三戒　　矮人七戒

安格玛巫王
—
黑东方人可哈穆尔
—
（三枚）
黑努曼诺尔人
—
（四枚）
东方人和南方人

能雅，白色水之戒
由加拉德瑞尔持有
—
维雅，蓝色气之戒
由埃尔隆德持有
—
纳雅，红色火之戒
由奇尔丹持有

长须一族（都灵一族）
—
宽梁一族
—
铁拳一族
—
火须一族
—
硬须一族
—
黑锁一族
—
石足一族

第三部分 索伦：第二纪元的魔戒之主

努曼诺尔人——"亚特兰蒂斯人"

亚特兰蒂斯的故事最为显著地体现了古希腊文学作品和托尔金小说之间的联系。托尔金承认，他在《努曼诺尔沦亡史》中对努曼诺尔的描写是对亚特兰蒂斯传说的再创作。这是一个十分典型的例子：托尔金借用古代传说并重新创作，用以暗示这一传说来源于他故事中的"真实历史"。在昆雅语中，努曼诺尔读作"亚特兰蒂斯"（"沉沦之地"之意）。

亚特兰蒂斯初次出现在《柏拉图对话集》中的"蒂迈欧篇"和"克里提亚篇"，柏拉图引用了雅典政治家梭伦的话，声称梭伦在学习古代埃及史时了解到了亚特兰蒂斯。据柏拉图说，在大西洋中央，大力神赫居里士的众柱之上，有"亚特兰蒂斯岛，上有国王的联盟，力量无比强大，统治全岛，也统治着一些其他岛屿和部分大陆"。

96—97 页图：努曼诺尔人——"亚特兰蒂斯人"

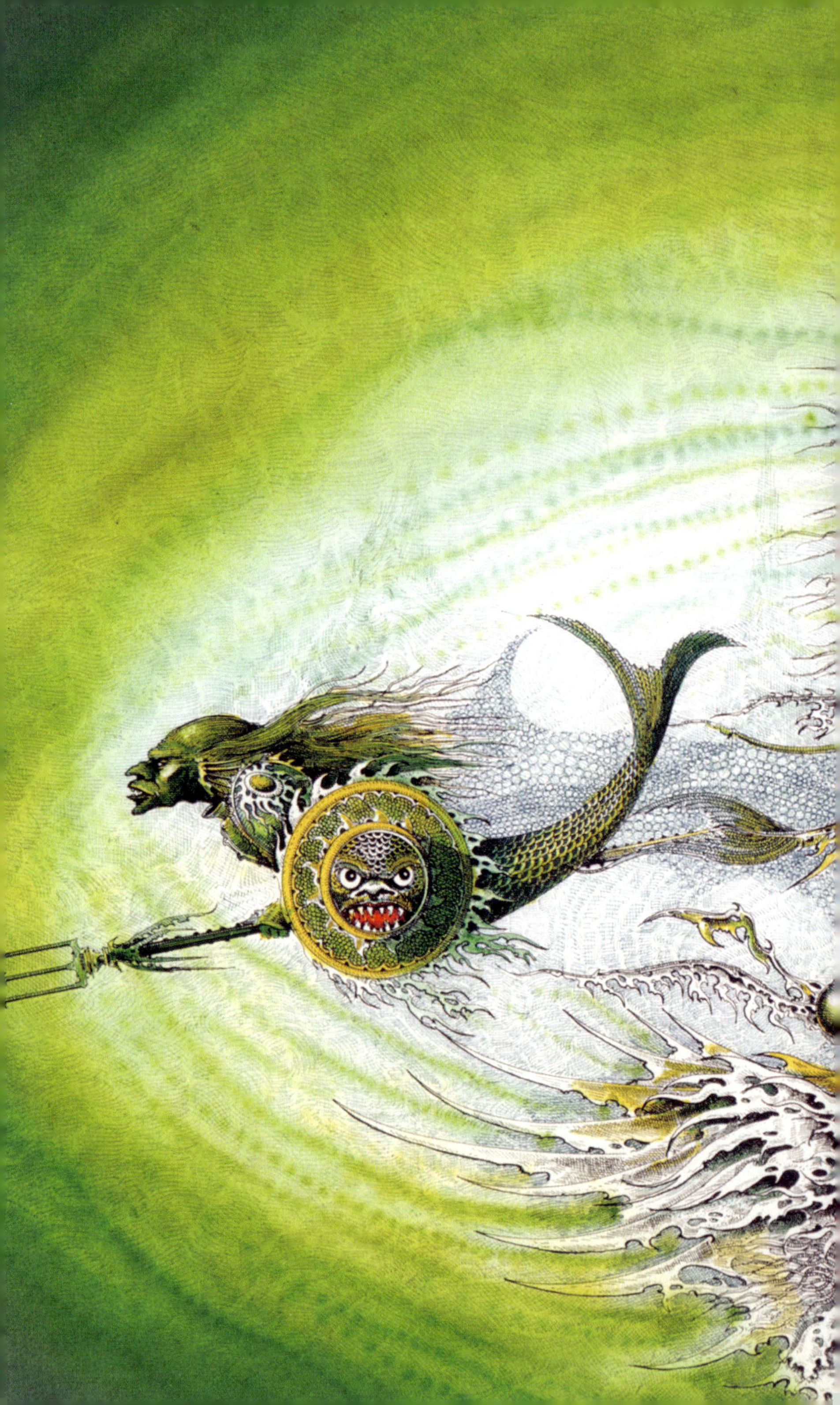

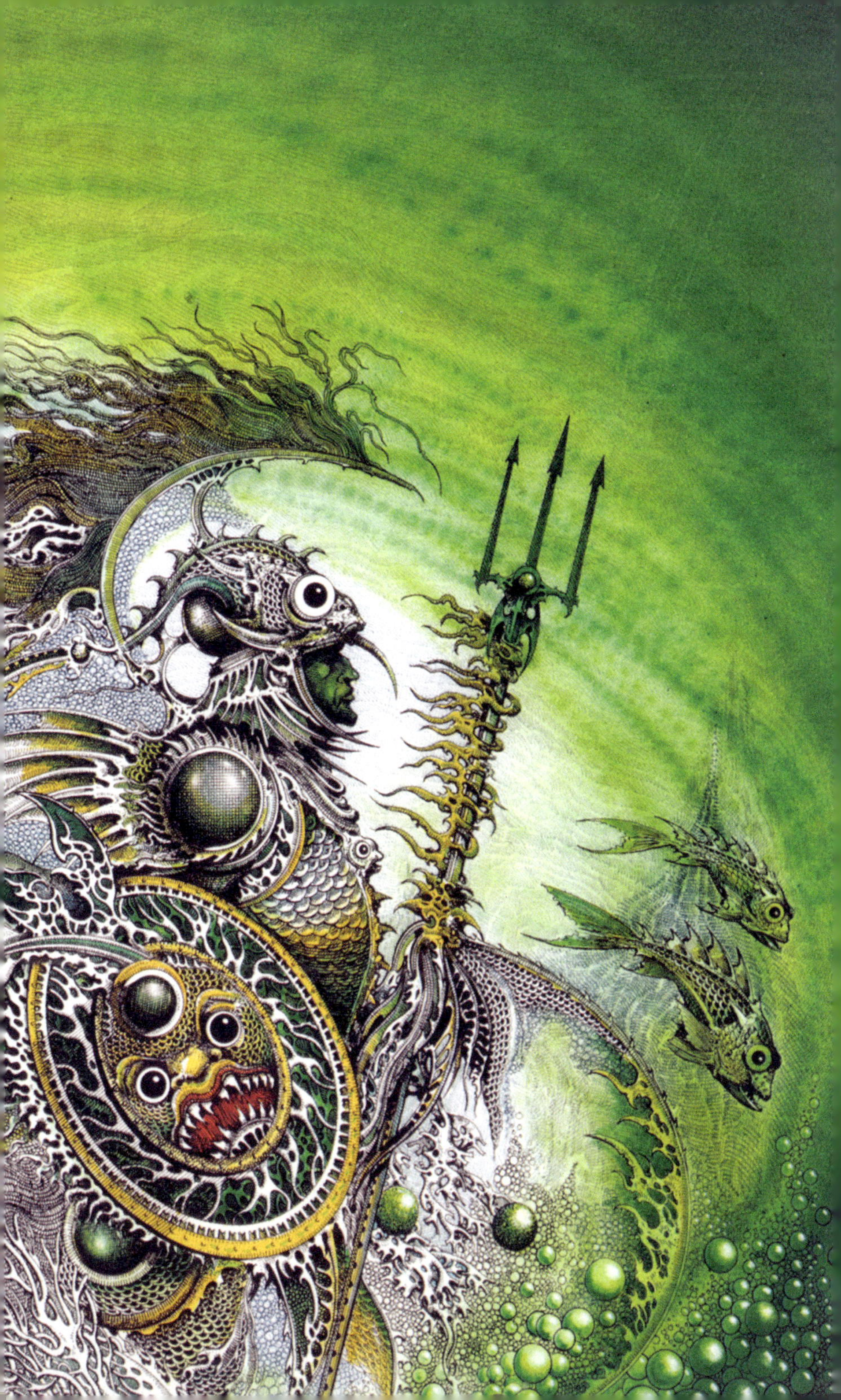

托尔金的黑暗力量

在托尔金的再创作中,这块叫作努曼诺尔的岛屿位于西方大海,在中土世界和不死之地之间。和亚特兰蒂斯一样,努曼诺尔也拥有惊人的财富和肥沃的土地,国王拥有强大的权力,不仅统治全岛,也凭借强大的舰队统治了中土世界的多片土地。

在努曼诺尔的故事里,伟大的文明被权力和傲慢腐化,逐渐变成威胁世界和平的暴政,最终自我毁灭。亚特兰蒂斯通过古代遗物为公众所知,这一古代乌托邦文明吸引了许多哲学家和思想家。《亚特兰蒂斯:太古的世界》(1882)出版后,亚特兰蒂斯的形象在大众的想象中变得更为鲜明。该书的作者伊格内修斯·唐纳利支持这一传说的真实性。实际上,见神论者和不计其数的其他神秘学派都相信亚特兰蒂斯真实存在,也曾有人实地搜寻过亚特兰蒂斯旧址。

就托尔金个人而言,他似乎相信亚特兰蒂斯是真实存在的——至少作为代代相传的记忆,存在于人类的记忆中。虽然他承认自己有某种"亚特兰蒂斯综合征",但他完全拒绝承认某些过激的纳粹理论,这些理论称亚特兰蒂斯人是为世界带来文明的高等雅利安种族。

实际上,克里斯托弗·托尔金认为,他父亲对努曼诺尔的描写隐藏着对纳粹的批评:二者都实行军国主义暴政,施虐于人民,妄图建立帝国、奴役世界。

纳粹与努曼诺尔确有相似。纳粹当局改良军备,秘密发展武器;

世界变迁：努曼诺尔的覆灭

托尔金的黑暗力量

努曼诺尔在索伦的技术指引下建立无敌舰队，装备无帆金属船和武装堡垒等。这些都为努曼诺尔出于自负和虚荣侵略不死之地铺下了悲剧的道路，导致努曼诺尔最终灭亡。

与亚特兰蒂斯的传说相同，努曼诺尔是帝国崛起和覆灭的范本。历史上和传说中常有强大的帝国毁于自负的故事，努曼诺尔的故事、《圣经》中人类的第二次灭亡（《创世记》第六章到第九章）的故事、希腊神话中的英雄因自负和渎神而自我毁灭的故事也恰是如此。

黑努曼诺尔人

第三部分 索伦：第二纪元的魔戒之主

黄金大帝——阿尔-法拉宗

索伦的欺骗导致了第二十五位也是最后一位努曼诺尔国王阿尔-法拉宗的覆灭，这一情节和《圣经》中的魔法戒指持有者所罗门王的故事有所相似。在众多以《圣经》中的国王为主角的神话和民间故事中，也有一个像索伦一样诡计多端的恶魔——强大的阿斯莫蒂斯，他得到了所罗门的戒指，并腐化了以色列所有强大却自负的国王。

索伦向阿尔-法拉宗投降，并祈求成为他忠实的仆人；邪恶的阿斯莫蒂斯也伪装成忠实的仆人引诱所罗门。他向所罗门展示了未来的权力和辉煌，所罗门因而抛弃了耶和华的仁爱。他开始向众神献祭自己的妻子，并在莫里亚山的山坡上修建神庙，祭拜亚斯托雷斯女神。索伦也向阿尔-法拉宗展示过他将征服的土地和拥有的永生，阿尔-法拉宗也因此抛弃了一如的仁爱。他在美尼尔塔玛山上为魔苟斯建立了巨大的庙宇，并为这位邪恶的"神"献祭。无论是耶和华还是一如，都无法忍受这样的嘲弄。

有人曾向所罗门王预言，他的王国在他身后将被分裂，他的庙宇和著作将被销毁，疾病和战争之神将肆虐整个世界。努曼诺尔的

托尔金的黑暗力量

　　结局甚至更加悲惨，与亚特兰蒂斯也更加相似，公元 1 世纪的希腊犹太教哲学家斐洛说："一日和一夜之间，巨大的地震和洪水来临，亚特兰蒂斯被海水淹没，突然沉入海底，任由洋流和漩涡席卷。"

　　在托尔金的宇宙中，诺曼努尔的沉没也造成了世界的分裂和变化。阿尔达（至少在更早些的版本中）不再是那个以外环海埃凯亚海——北欧神话中庭的边界也是一片环海——为分界的扁平世界。托尔金把这种变化叫作"世界剧变"，自那以后，凡人和不朽种族居住的世界再也没有了分隔，中土世界变成了我们现在居住的世界。

103 页图：阿尔-法拉宗

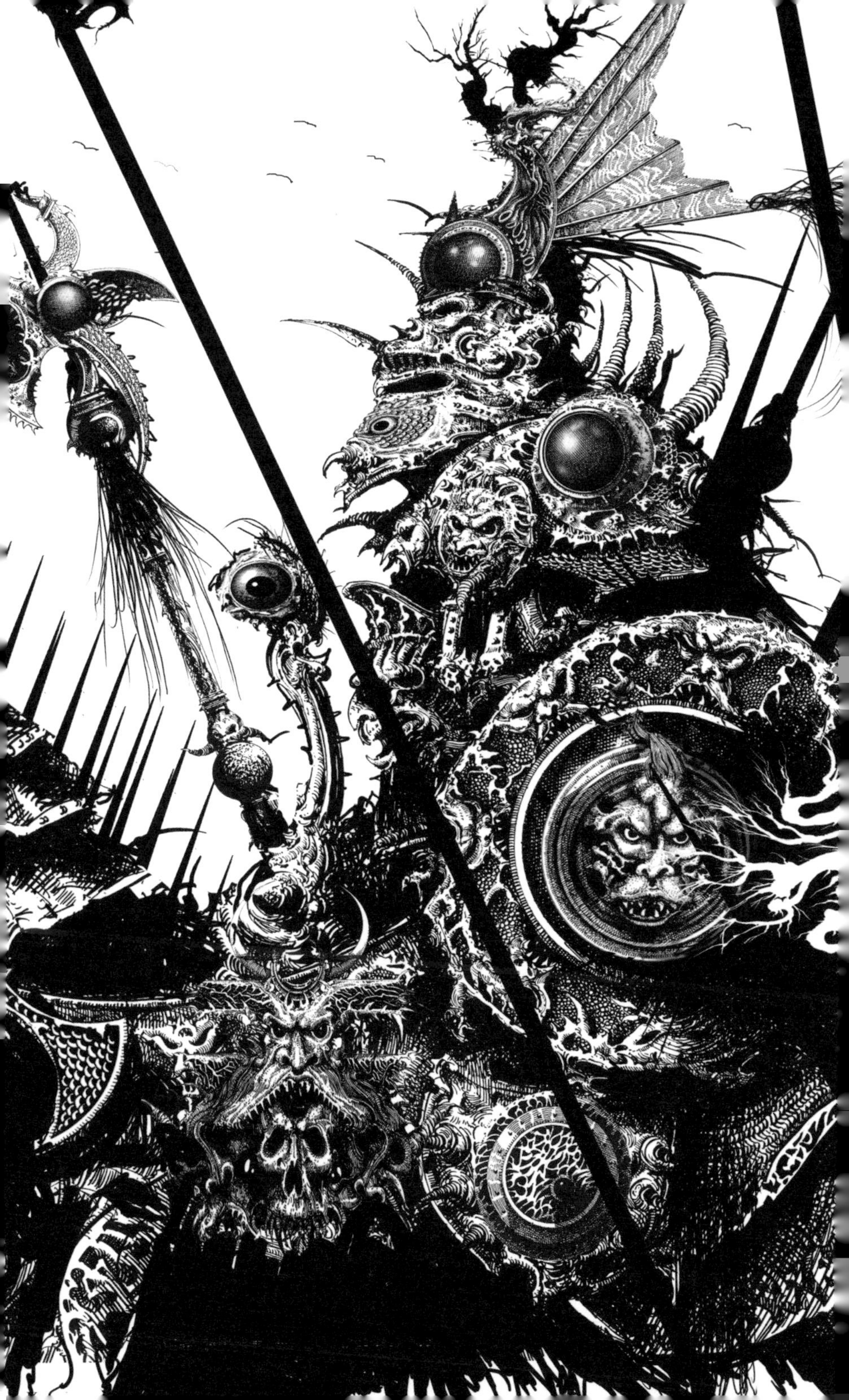

黑暗魔君与黑暗骑士

如托尔金所说,第一纪元的灾难性结局来源于北欧神话中的诸神的黄昏,第二纪元末索伦与精灵和人类的最终联盟之间的战争则来源于亚瑟王与圆桌骑士覆灭的故事。

虽然托尔金的故事借用了亚瑟王传奇的主旨,但他本人并不中意亚瑟王传奇中的浓厚法国宫廷元素。所以,他未完成的《亚瑟王的覆灭》(大部分在20世纪30年代写就,于作者去世后的2013年出版),是一首头韵诗,包含一千多个诗节,格式和韵律与古英语诗歌《贝奥武夫》相同。这本书讲述了亚瑟王领导英国军队对抗由他的宿敌——邪恶骑士莫德雷德——领导的侵略者大军的故事。

在《亚瑟王的覆灭》中,托尔金这样形容莫德雷德的黑暗军队:"无边的东方在愤怒中苏醒/漆黑的雷电在地穴中聚集/其上大军压境、气势汹汹。"这些诗句可以直接用来形容中土世界魔多的黑暗军队。由戒灵领导的魔多大军恰如托尔金笔下的莫德雷德——"苍白的骑士在风起云涌间奔驰",好似幽灵战士一般"为战争蒙上灾难的阴影"。

第三部分 索伦：第二纪元的魔戒之主

在最终联盟之战中，精灵们的至高国王吉尔-加拉德（意为"璀璨之星"）让人不可避免地想起加拉哈德和圆桌骑士，而莫德雷德则是亚瑟王传奇中和索伦最为相似的反面角色。自莫德雷德在12世纪第一次出现在文学作品中开始，他的名字就等同于叛徒和邪恶势力。在但丁的《地狱》中，莫德雷德在地狱的最后一层，是叛徒们的领袖："转瞬之间，他的胸膛和影子／就被亚瑟王击得粉碎"。

很讽刺的是，大多数人认为莫德雷德的名字是"more dread"（更多恐惧）的同音词，而实际上，他的名字派生于拉丁语"温和"。话虽如此，但在托尔金的命名法则中，莫德雷德是一个完美的反派名字。在辛达林语中，魔苟斯意为"黑暗之敌"，莫瑞亚意为"黑暗峡谷"，魔古尔意为"黑巫术"，魔多意为"黑暗之地"，莫德雷德名字的含义和他在亚瑟王传奇中的绰号相近，即"黑暗骑士"。

达戈拉德之战

在有关亚瑟王和圆桌骑士的冒险故事中,最为著名的莫过于15世纪托马斯·马洛里的《亚瑟王之死》。马洛里对于亚瑟王战争的描述基于作者本人在血腥残酷的玫瑰战争(1455—1485)中做骑兵的亲身经历。在马洛里的笔下,亚瑟王和莫德雷德在最后一战中同归于尽,亚瑟王的乌托邦王国和代表骑士理想的圆桌骑士就此画上句号。

如果我们继续考证下去,会发现马洛里的《亚瑟王之死》是在1485年作者死后由威廉·卡克斯顿出版,恰是长达30年的玫瑰战争结束九天后。博斯沃思战役是玫瑰战争的最后一场战役,也是英国最后一场骑士战。这历史性的"最后战役"被称作"英国骑士精神的绝笔"。和亚瑟王的最后一战、托尔金小说中的达戈拉德之战一样,它象征着一个时代的终结。

达戈拉德之战(最终联盟之战的最大战役)也基于作者本人在第一次世界大战,尤其是1916年的自杀式战役(索姆河战役)中的真实经历。在索姆河战役中,托尔金亲眼见到美丽的法兰西大地变成一片狼藉、寸草不生、血流成河、尸堆如山的废土。这场战役全无意义，而多方军队交战数月，伤亡人数超过100万。

达戈拉德（意为"战争平原"）之战在魔多的黑门前打响，战争中"所有生物，即使是野兽和鸟类都各自选择立场参战"。这场战役也持续数月，开阔的平原变成被毁灭的废土，散落着成千具尸体。

达戈拉德之战的影响持续数个世纪，据《魔戒》中的描述，这片土地变成了噩梦般的、充满毒气的沼泽，死去多年的士兵在沼泽下向外凝视着——这显然是托尔金以西线战场为蓝本进行的创作。自第一纪元的愤怒之战之后，达戈拉德战役是参与人数最多的一次，并且和索姆河战役一样，伤亡人数超过百万。

达戈拉德战役中的戒灵

力量之戒——第二纪元

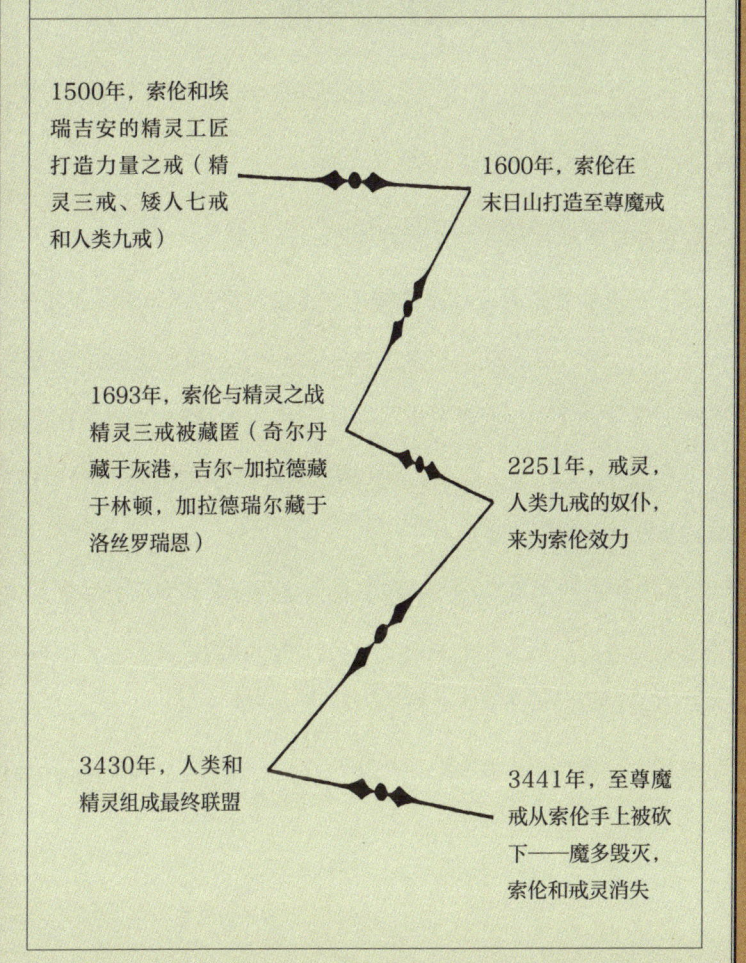

1500年，索伦和埃瑞吉安的精灵工匠打造力量之戒（精灵三戒、矮人七戒和人类九戒）

1600年，索伦在末日山打造至尊魔戒

1693年，索伦与精灵之战 精灵三戒被藏匿（奇尔丹藏于灰港，吉尔-加拉德藏于林顿，加拉德瑞尔藏于洛丝罗瑞恩）

2251年，戒灵，人类九戒的奴仆，来为索伦效力

3430年，人类和精灵组成最终联盟

3441年，至尊魔戒从索伦手上被砍下——魔多毁灭，索伦和戒灵消失

索伦被击败

在亚瑟王传说和托尔金的作品中，这两场战争都以决战作结。亚瑟王在决战中杀死宿敌莫德雷德，也被莫德雷德所杀。在魔多，索伦杀死了吉尔-加拉德和埃兰迪尔（译者注：请勿与第一纪元中的埃兰迪尔混淆），但埃兰迪尔的儿子伊熙尔杜在战争中幸存，并把至尊魔戒从索伦手上砍下。索伦被打倒，他的精神体失去了实体，逃往幽灵所在的影子世界。

亚瑟王时代的最后一战和精灵与人类的最终同盟之战导致了莫德雷德和索伦黑暗力量的崩溃。然而，在这两个故事里，正义与美德的胜利都以国王的死亡、联盟不可挽回的损失为代价。圆桌骑士最终解散，精灵与人类联盟亦是如此。下一个千年，精灵返回他们的隐匿王国，而人类的阿尔诺和刚铎王国分裂并走向衰落。

111 页图：索伦大战吉尔-加拉德和埃兰迪尔
112—113 页图：索伦的精神体逃亡往荒废之地藏匿

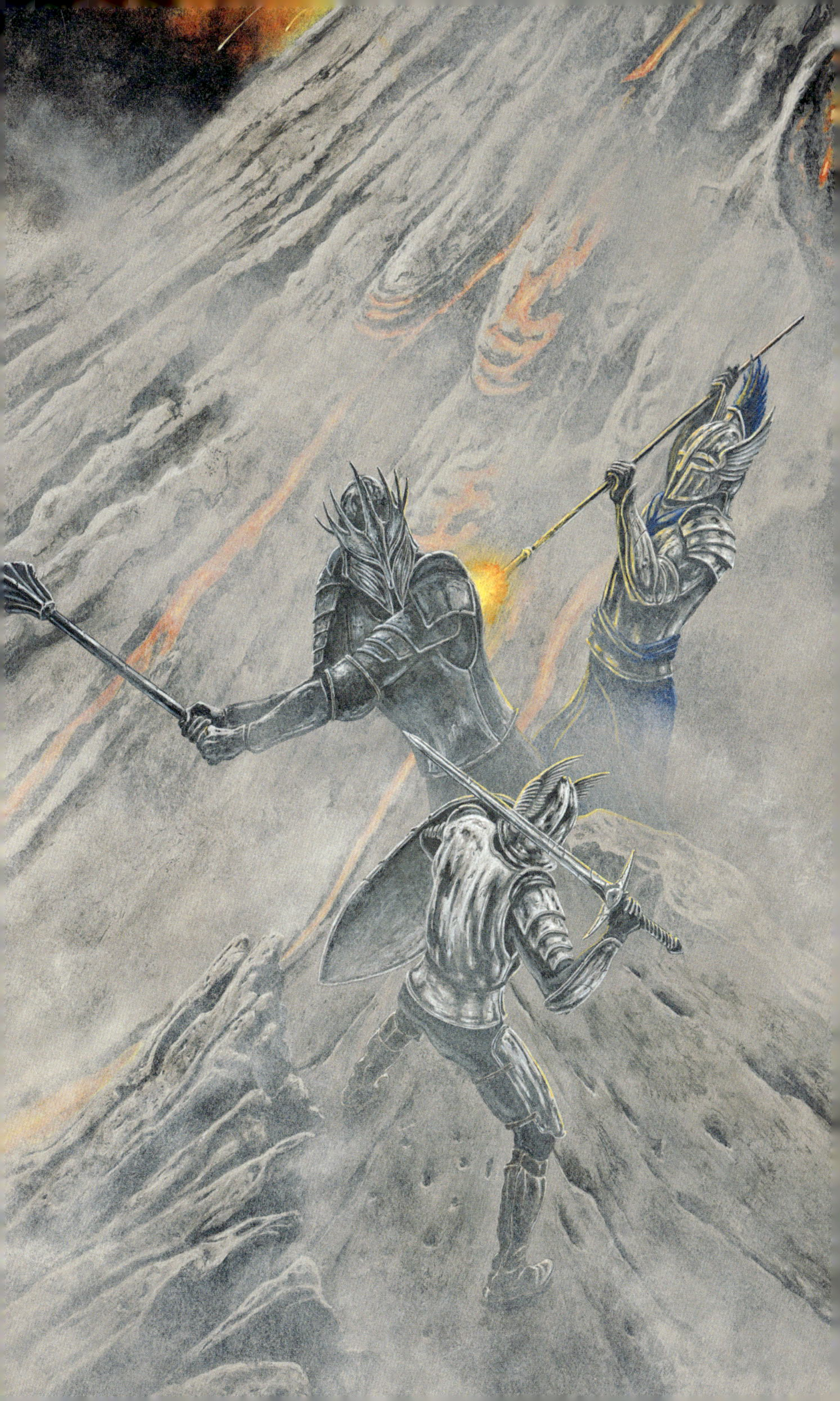

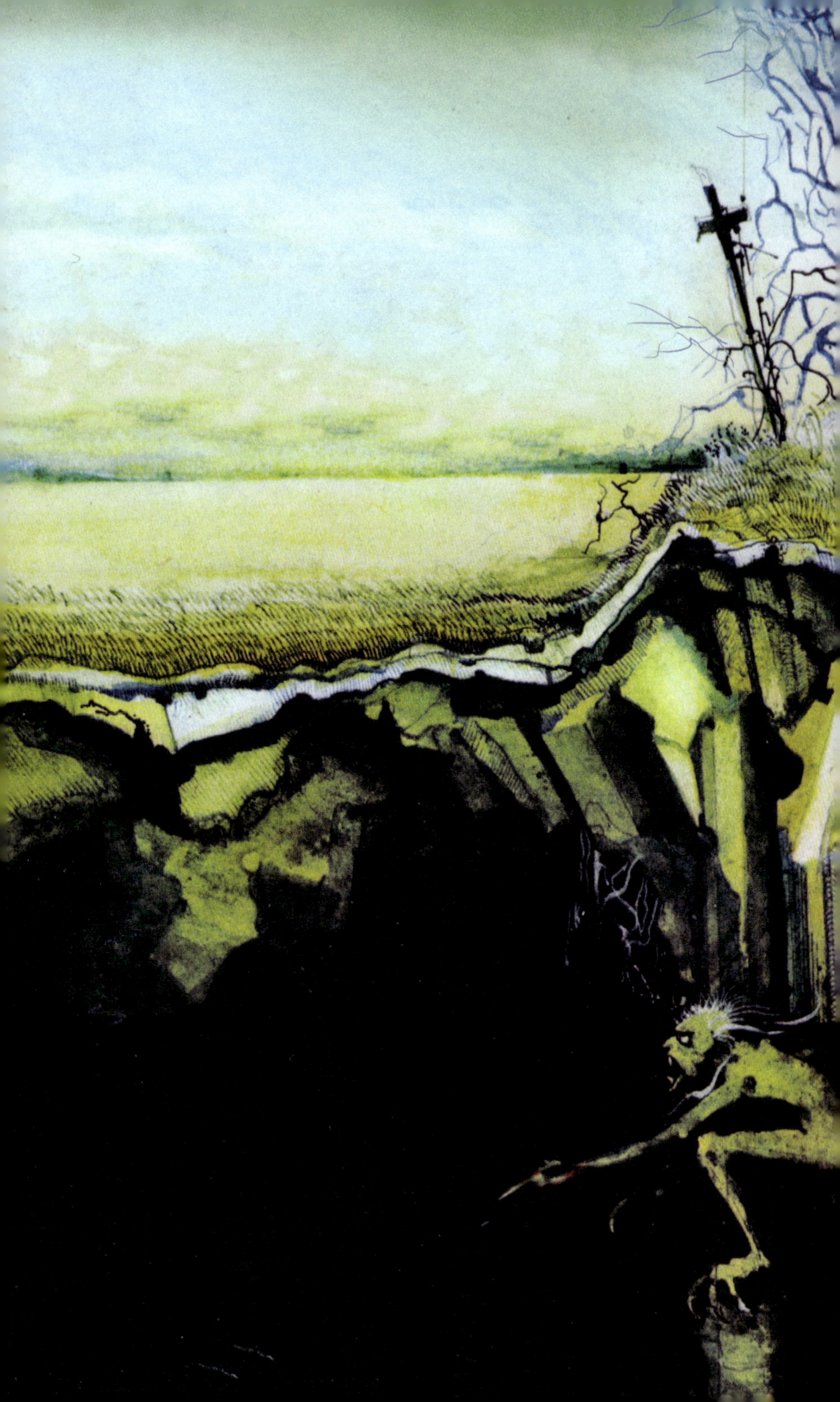

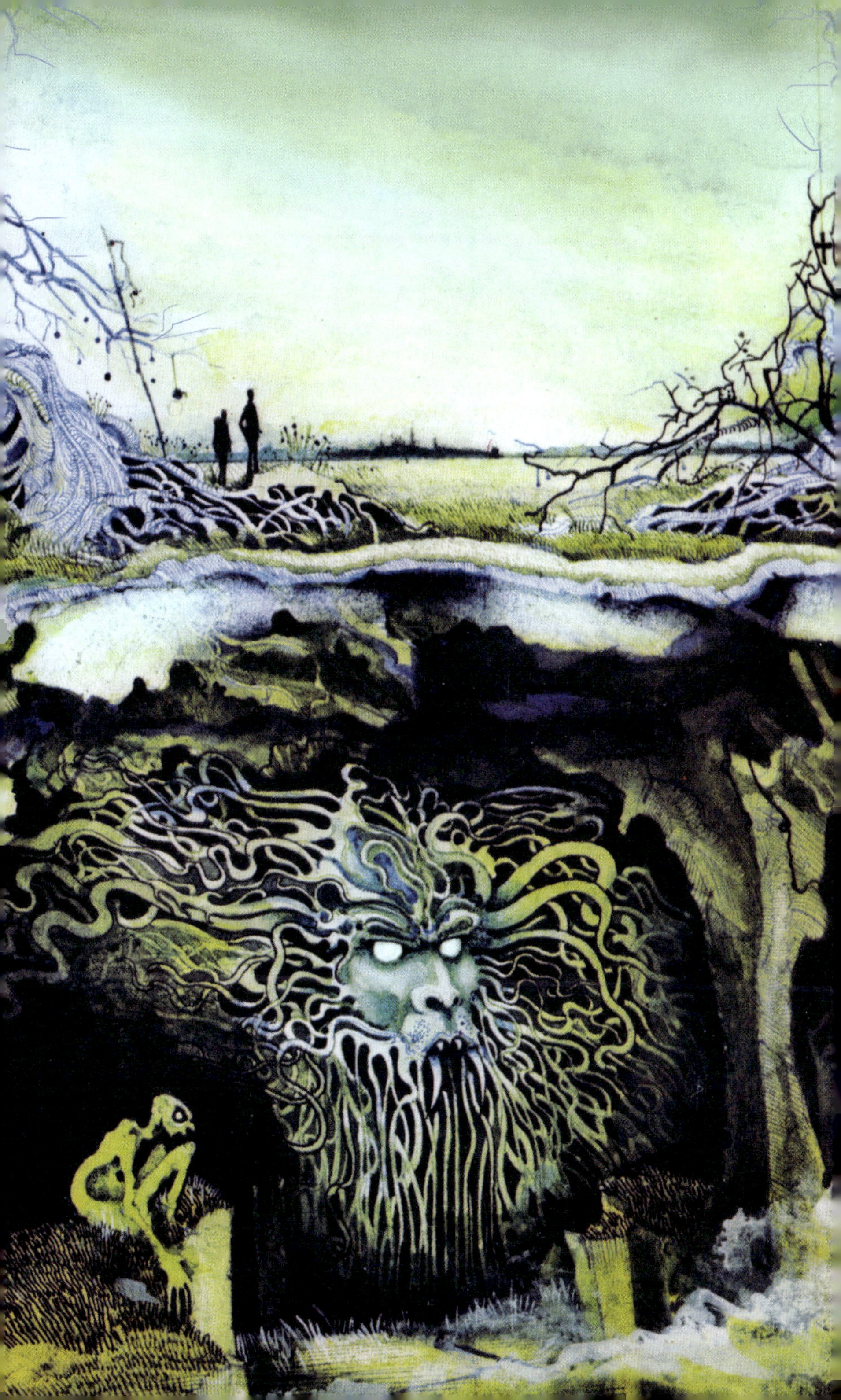

第四部分

索伦：
第三纪元的死灵法师

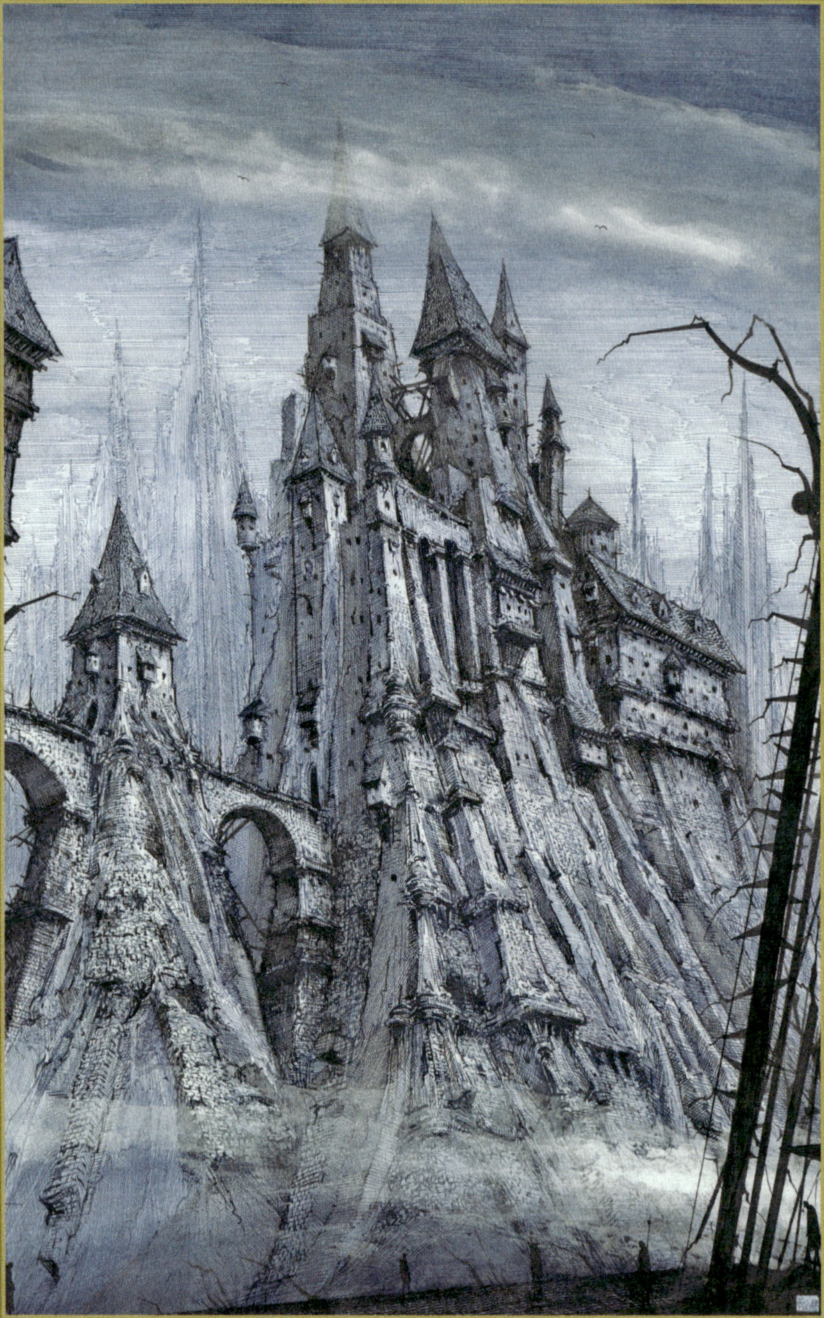

第四部分 索伦：第三纪元的死灵法师

多古尔都的死灵法师

第三纪元 1000 年之后，邪恶的魂灵将可怕的阴影笼罩在大绿林南部。人们将其称为死灵法师，他将大绿林变成了恐怖的幽暗密林，并建立了强大的堡垒——"妖术之山"多古尔都，其他黑暗生物也朝这个方向聚集着。

死灵法术能召唤已死之人的灵魂，甚至复活他们的肉体。这类法术的目的有很多：占卜、预言、禁忌的知识、复仇或其他更邪恶的行动。这一词从希腊语派生而来，意为"借用死去的肉体占卜"。

死灵法师用魔法召唤死人的灵魂，并借此影响仍活着的生命。他们从亚述人、巴比伦人、埃及人、希腊人和罗马人时代开始就实施这种法术。犹太教和基督教都强烈谴责这种行为。

《圣经》"申命记"中特别谴责了死灵法术，称它是巫师的邪恶行径，为神所厌憎。实际上，"厌憎"这个词在《旧约》中多次用来

116 页图：死灵法师的堡垒多古尔都

形容死灵法术。最终，人们发现死灵法师正是索伦，而他的名字在高等精灵的昆雅语中正是"厌憎"的意思。虽然伊熙尔杜将至尊魔戒从索伦的手上砍下，索伦因此失去了肉体，但他邪恶的精神体存活了下来，因为至尊魔戒只是丢失，并未被毁灭。所以，10个世纪以来，被"厌憎"的索伦的精神体以死灵法师的形态缓慢而隐秘地重现。

在欧洲历史上，虽然基督教会谴责死灵法术为黑魔法、和祭拜撒旦等同的行为，但在中世纪和文艺复兴时期，死灵法术极为流行。在这一时期，我们可以在巫师审判中找到很多和死灵法术相关的案件。在很多戏剧中都能找到死灵法术的影子，如克里斯托弗·马洛的《浮士德博士》（1592）和威廉·莎士比亚的《麦克白》（1606）。

19世纪，沃尔特·斯科特爵士在他的《鬼神学信件》和《巫术》（1830）中写道，他了解很多死灵法师用戒指囚禁和控制精神的案例。用戒指施法在中世纪的欧洲很常见。1431年，在对圣女贞德提出的多项严厉指控中，就包括用魔法戒指蛊惑和控制精神。在被坎伯雷的乔吕恩记录的案件中，一个孩子被水晶戒指奴役，所以他能"看见体内的所有恶魔对他发号施令"。戒指中的恶魔深深折磨着他，因此，这个孩子在绝望中打碎了水晶戒指，魔咒就此解除。

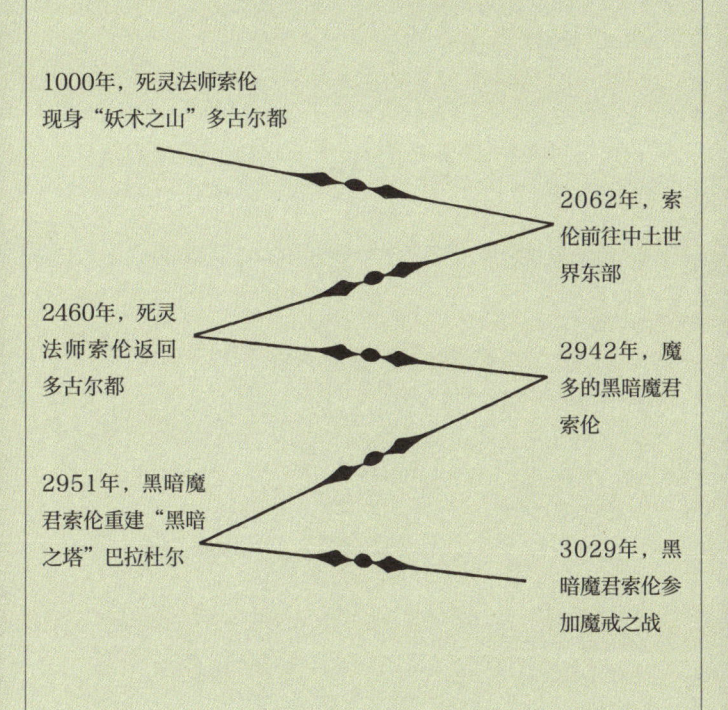

第三纪元的索伦

1000年，死灵法师索伦现身"妖术之山"多古尔都

2062年，索伦前往中土世界东部

2460年，死灵法师索伦返回多古尔都

2942年，魔多的黑暗魔君索伦

2951年，黑暗魔君索伦重建"黑暗之塔"巴拉杜尔

3029年，黑暗魔君索伦参加魔戒之战

魔戒的历史——第三纪元

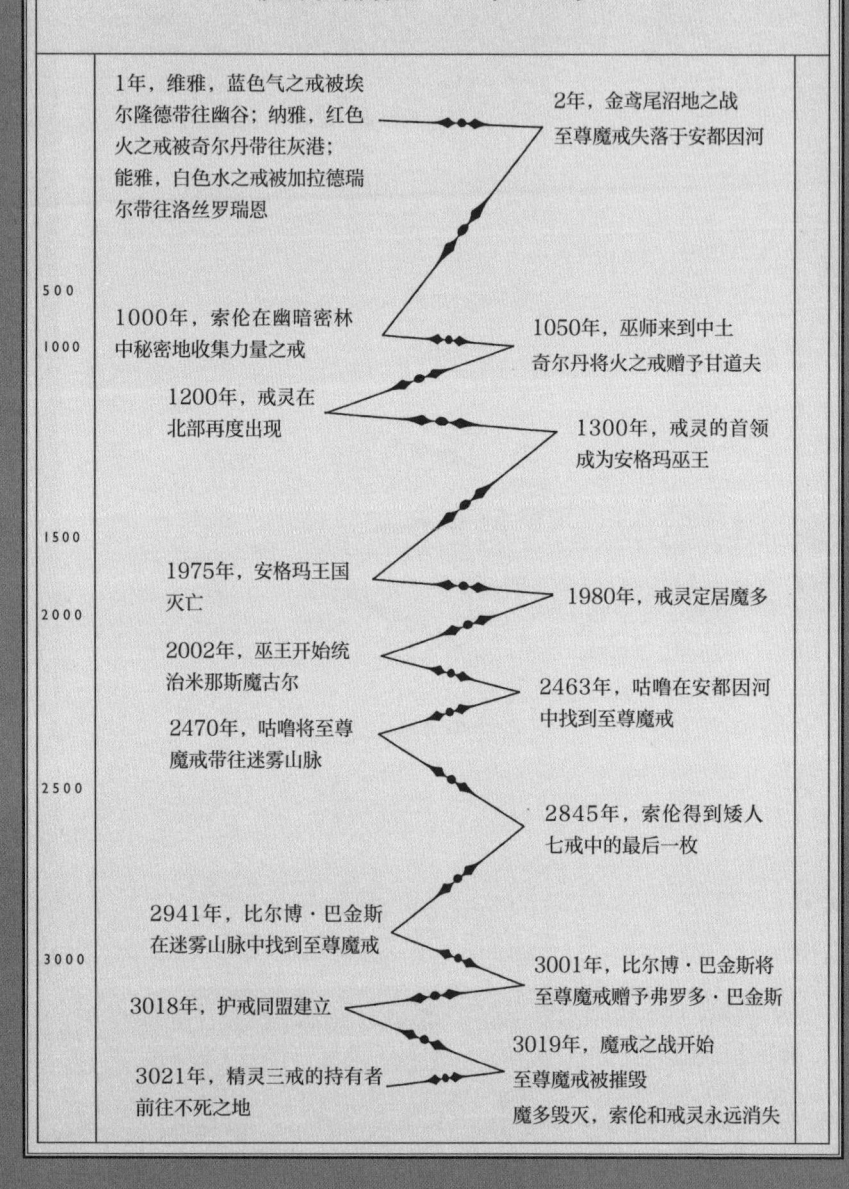

- 1年，维雅，蓝色气之戒被埃尔隆德带往幽谷；纳雅，红色火之戒被奇尔丹带往灰港；能雅，白色水之戒被加拉德瑞尔带往洛丝罗瑞恩
- 2年，金鸢尾沼地之战 至尊魔戒失落于安都因河
- 1000年，索伦在幽暗密林中秘密地收集力量之戒
- 1050年，巫师来到中土 奇尔丹将火之戒赠予甘道夫
- 1200年，戒灵在北部再度出现
- 1300年，戒灵的首领成为安格玛巫王
- 1975年，安格玛王国灭亡
- 1980年，戒灵定居魔多
- 2002年，巫王开始统治米那斯魔古尔
- 2463年，咕噜在安都因河中找到至尊魔戒
- 2470年，咕噜将至尊魔戒带往迷雾山脉
- 2845年，索伦得到矮人七戒中的最后一枚
- 2941年，比尔博·巴金斯在迷雾山脉中找到至尊魔戒
- 3001年，比尔博·巴金斯将至尊魔戒赠予弗罗多·巴金斯
- 3018年，护戒同盟建立
- 3019年，魔戒之战开始 至尊魔戒被摧毁 魔多毁灭，索伦和戒灵永远消失
- 3021年，精灵三戒的持有者前往不死之地

时间刻度：500, 1000, 1500, 2000, 2500, 3000

第四部分 索伦：第三纪元的死灵法师

魔法师与戒指

历史上对魔法戒指的故事最为生动的记载在15世纪，这个浮士德式的灵魂争夺战发生在威尼斯治下的一个小镇。在托尔金笔下，已经拥有或想要拥有力量之戒甚至至尊魔戒的人往往会遭遇痛苦，这个故事也是如此。

故事的主角是一个富有才华的艺术家和雕刻家，名叫潘西恩尼克斯。他拥有一枚魔法戒指。戒指中的灵体看起来充满智慧和魅力，凭借着戒指的力量，潘西恩尼克斯得到了一个富有才能的艺术家应有的名望。

托尔金的黑暗力量

但随着时间的流逝,潘西恩尼克斯开始害怕戒指中不朽的灵体,希望可以不再听命于它。他不知道如何摆脱,因此,他向一个善良智慧的布道修士讲出了戒指的事。

修士命令潘西恩尼克斯马上摧毁魔法戒指,但艺术家受戒指的束缚和蛊惑太深,他没法坚定自己的意志。更可怕的是,当修士说出命令的时候,戒指发出了可怕的悲鸣声,许诺给予修士智慧和名望。修士觉得,如果他不马上采取行动,自己的灵魂也将陷入危险。所以,用中世纪学者孟子的话说,"暴怒的修士拿起巨大的锤子,将戒指击作尘埃"。

121、122 页图:力量之戒

第四部分 索伦：第三纪元的死灵法师

索伦与"魔眼"

索伦的精神体在他以死灵法师的形态回归之后是否得到了新的实体仍有待商榷，托尔金对于此也只给出了模糊的线索。在第三纪元的最后一个世纪，书中偶然描写到了黑暗魔君的"黑暗之手"有四根手指，但这到底是黑暗魔君的精神形态，还是真实存在的实体形态，仍未可知。

第三纪元最常出现的索伦精神形态是燃烧的"索伦之眼"，也被称作"红眼""邪恶之眼""无睑眼""魔眼"。当然，托尔金的儿子、遗嘱执行人克里斯托弗总结道，在魔戒之战中，"我父亲确认了巴拉杜尔之眼代表索伦的思想和意志"。

所有文化都认为眼睛是有魔力的，将其比作灵魂的窗口。所以，托尔金对索伦邪恶之眼的描述可以提供很多对黑暗魔君的洞见："眼睛四周燃烧着火焰，但眼睛本身如玻璃般光滑，是猫眼般的黄色，警觉而专注。瞳孔中黑色的缝隙下是一片空洞，灵魂的窗口之内空无一物。"最后这句"灵魂的窗口之内空无一物"反映了托尔金天主教奥古斯修会式的哲学观点：邪恶只是美德的缺失，邪恶本身的终极内容只有毁灭灵魂的空洞。

邪恶之眼的意象在历史上颇为广泛。在古罗马、古希腊文本和宗教文献（从《古兰经》到《圣经》）中都曾出现。在《圣经》箴言篇第二十三章第六节中有这样的警告："有邪恶之眼的人，勿吃他的面包。"在许多文化中，护身符可以去除邪恶之眼的诅咒：护身符上画着一个或多个睁开的眼睛，可以把邪恶之眼的凝视反射回魔法师的身上。从地中海到印度洋，这个图案都被广泛地绘制和雕刻在许多船、房子、车马、念珠和首饰上。

死灵法师奥丁是与死灵法师索伦最为相似的神话角色，奥丁也被称作"独眼神"。在北欧神话中，他用一只眼睛交换了弥米尔的"智慧之井"中的一口泉水，其后，奥丁——和索伦一样——能够与幽灵和死去之人的精神体对话，并对他们发号施令。

第四部分 索伦：第三纪元的死灵法师

另一个与邪恶之眼相关的神话人物出现在爱尔兰神话中。他是魔眼巴罗尔，一个叫作弗莫尔的巨人族的国王。巴罗尔的名字可能是从凯尔特语中派生而来，意为"致死的"，他可能是干旱与瘟疫之神，又被称为巴罗尔·贝莫奈克（意为"打击者巴罗尔"）和巴罗尔·贝如德里克（意为"利眼巴岁尔"）。在一些记载中，他的外表形似希腊神话中的库克罗普斯，是一个眼睛长在额头上的独眼怪物巨人。但巴罗尔的眼睛威力过于强大，所以他只在参战时睁开眼。一旦睁眼，那能烧焦一切的眼睛会像一道镭射光一样烧穿敌人的军队。

126—127 页图：索伦的魔眼

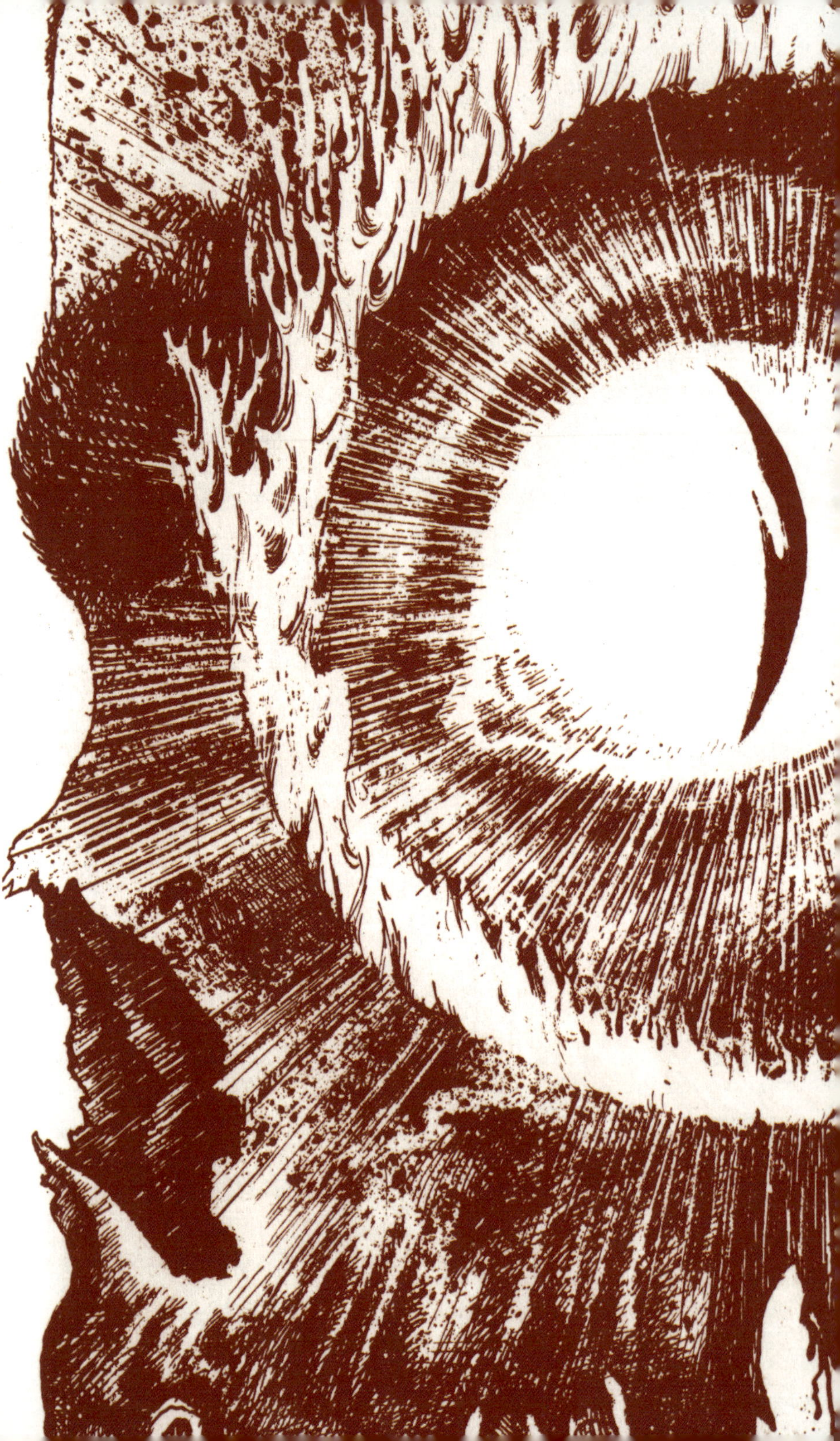

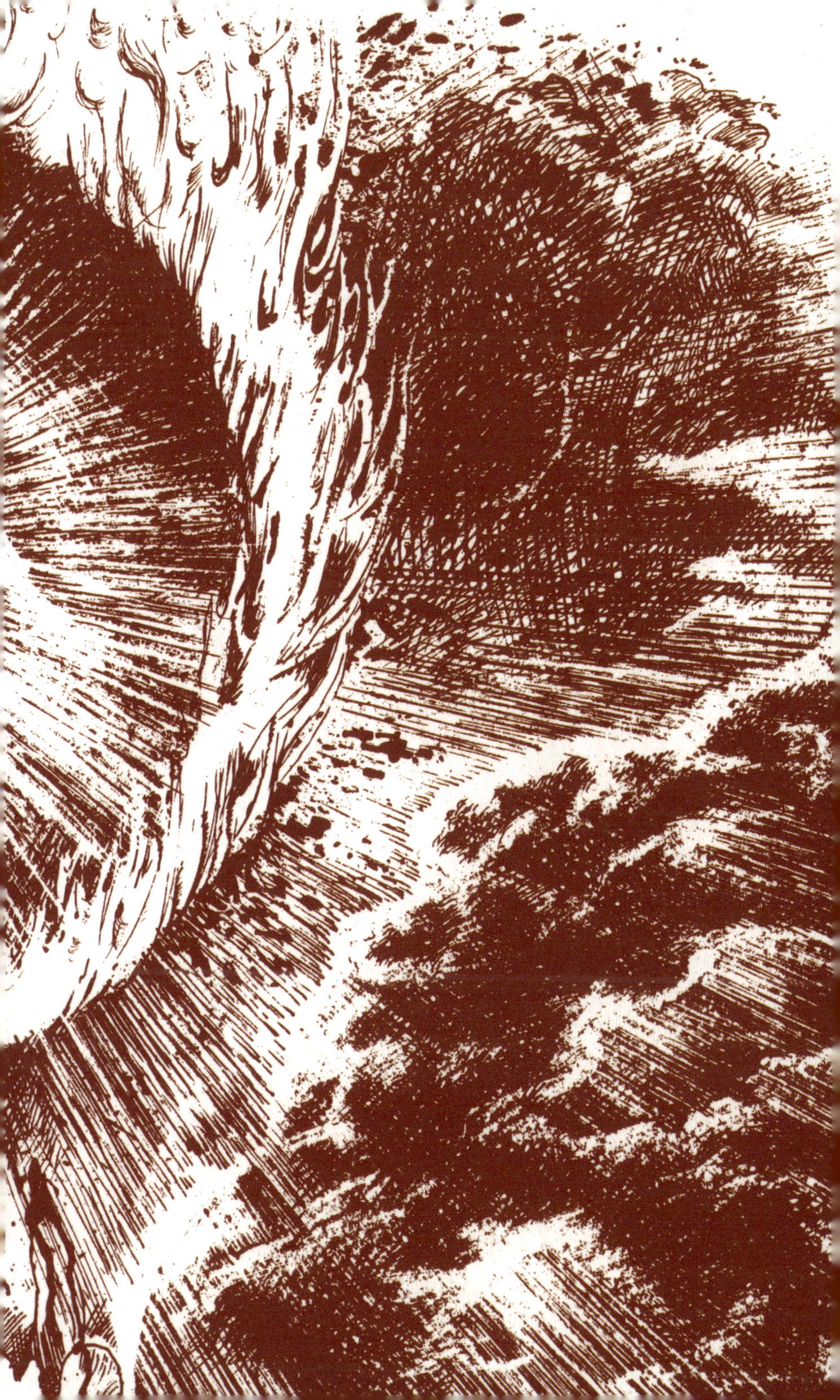

托尔金的黑暗力量

鲁恩和可汗德的东方人

在第三纪元,中土世界的登丹人王国阿尔诺和刚铎的故事原型无疑是罗马帝国的兴衰史。南部王国刚铎的历史类似东罗马帝国(即拜占庭帝国),而北部王国阿尔诺的历史则类似西罗马帝国。在托尔金笔下,一群群野蛮的东方人效忠于索伦之眼,威胁两个王国东部边界的安全长达几个世纪。信仰独眼神奥丁(亦是一位死灵法师)的日耳曼部落也曾威胁罗马帝国北部的安全。

第三纪元490年,第一批东方人入侵刚铎东部边界,引发了几场激战和长达数个世纪的冲突。与此相似,第一批日耳曼入侵者在公元前1世纪骚扰罗马边界,二者的冲突在条顿堡森林战役达到高潮。这是一场灾难性的战役,但也只是接下来长达数个世纪的战争和矛盾的开端。

第三纪元1851—1944年,战车民入侵刚铎,夺走了刚铎王国的东部领土。同样,罗马与东哥特人之间长达一个世纪之久的冲突在阿德里安堡战役中白热化,罗马帝国也因此失去了东部的省份。鲁恩的战车民是由游牧民族组成的联邦,他们的军队和国家都在巨大

巴尔寇斯人

的四轮大篷车和双轮战车上四处游荡。这一民族形象显然与游牧民族东哥特人相似,东哥特人被古代历史学家称为"四轮车上的民族"。

第三纪元 2510 年,刚铎的军队在关键的凯勒布兰特原野之战中被大量名为巴尔寇斯人的东方人部落击溃。出人意料的是,伊奥希奥德的骑士(洛汗骑士的祖先)与刚铎人合流,改变了这场战役的局面。这类情节在历史上也有先例:公元 451 年,罗马军队与西哥特人、伦巴第骑士结盟,打败了人数众多的阿提拉匈奴部落。这场战役扭转了此前亚洲人对西方看似不可阻挡的征服之势,因此被认为是欧洲历史上最为关键的战役之一。凯勒布兰特原野之战后,东方人和巴尔寇斯人组成的联盟很快分崩离析;卡塔劳尼安平原之战后,匈奴联盟内部也分成几派,后因内战迅速瓦解。

在记叙公元 6 世纪罗马历史的《罗马帝国》(托尔金创作刚铎和阿尔诺故事的最初材料之一)中,创作者——东罗马的乔丹尼斯——记叙了匈奴联盟在公元 454 年的尼达欧之战中毁灭的过程:

"就这样,那些最为勇敢的民族彼此分裂。我想那时的景象一定令人叹为观止:哥特人挥舞长枪,格庇德人手握利剑,鲁吉人将刺入自己身体的尖矛折断,苏阿维人步行进军,匈奴人挽弓搭箭,阿兰尼人的重装战士持续推进,赫卢里人的轻装战士也不甘示弱。"

卡塔劳尼安平原之战的失败和匈奴领袖阿提拉的意外身亡引发了对继承权的激烈争夺,并最终使匈奴帝国分崩离析。很容易看出,

第四部分 索伦：第三纪元的死灵法师

在托尔金创作以东方人为主角的战争时，这些生动鲜明的历史记录为他提供了灵感。

黑暗魔君的东方人与南方人盟军

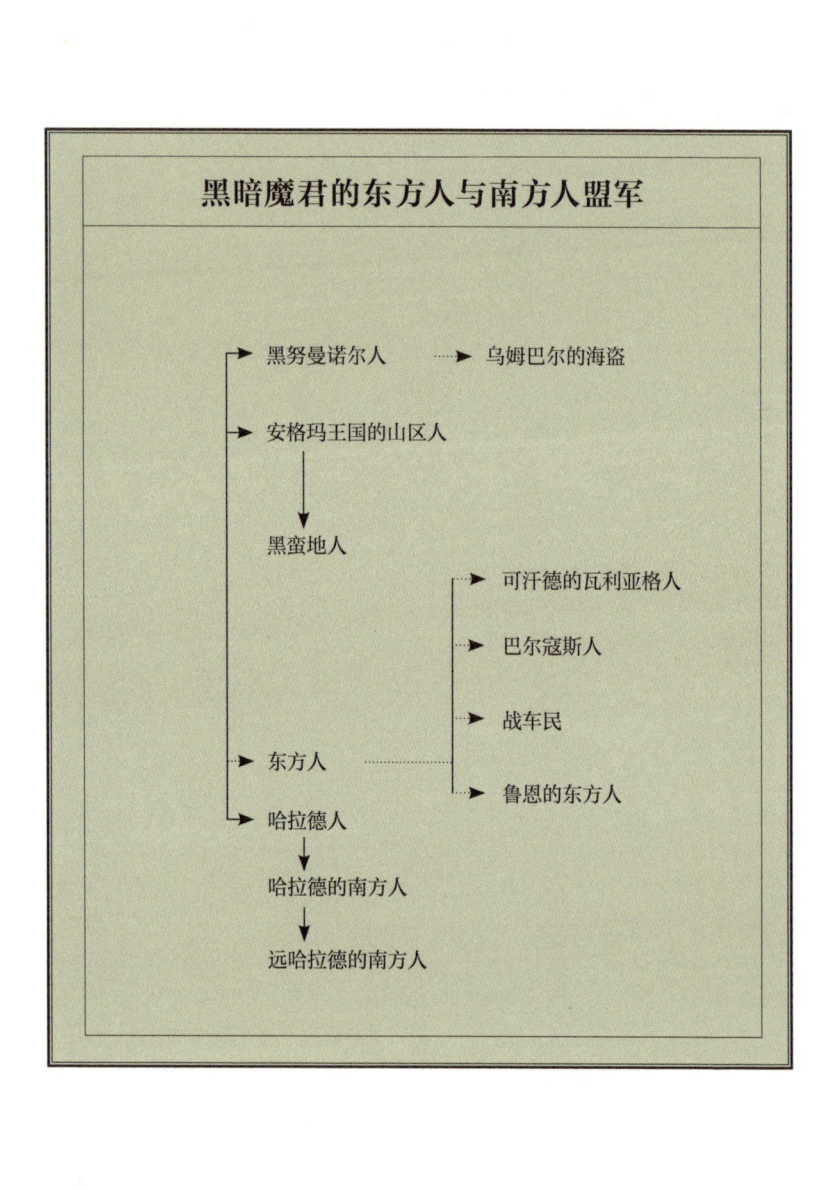

```
    ┌─► 黑努曼诺尔人 ┄┄► 乌姆巴尔的海盗
    │
    ├─► 安格玛王国的山区人
    │
    ▼
   黑蛮地人
                    ┌─► 可汗德的瓦利亚格人
                    │
                    ├┄► 巴尔寇斯人
                    │
                    ├─► 战车民
    ┌─► 东方人 ┄┄┄┄┤
    │               └─► 鲁恩的东方人
    │
    └─► 哈拉德人
         │
         ▼
        哈拉德的南方人
         │
         ▼
        远哈拉德的南方人
```

第四部分 索伦：第三纪元的死灵法师

乌姆巴尔的南方人与哈拉德人

刚铎王国在南方亦有劲敌与其争夺贝尔法拉斯湾的控制权。乌姆巴尔的首领们有着强大的军事舰队，称霸于海上，而他们的雇佣军团骑在战象背上，又能称霸陆地。乌姆巴尔与古罗马南部的强大竞争对手迦太基相似，后者与古罗马争夺地中海的控制权。迦太基人同样拥有强大的军舰和战象雇佣军。

最初，乌姆巴尔在一千年间都是强大的海上帝国努曼诺尔的殖民地，迦太基也曾是强大的海上帝国腓尼基的殖民地。努曼诺尔沉入大海并毁灭之后，乌姆巴尔获得独立，变成了刚铎强大的海上竞争者。腓尼基灭亡后，迦太基也逐渐崛起，并成为罗马帝国的海上竞争者。

第三纪元，数个世纪的竞争之后，刚铎的船王们开始了长达一个世纪的陆地和海洋战争（第三纪元933—1050年），最终征服乌姆巴尔，统治哈拉德。罗马人在长达一个世纪的布匿战争（公元前256—前146年）后也征服了迦太基及其北非领土。乌姆巴尔的黑努曼诺尔统治者在战争中被杀或流亡，乌姆巴尔的城市和港口成

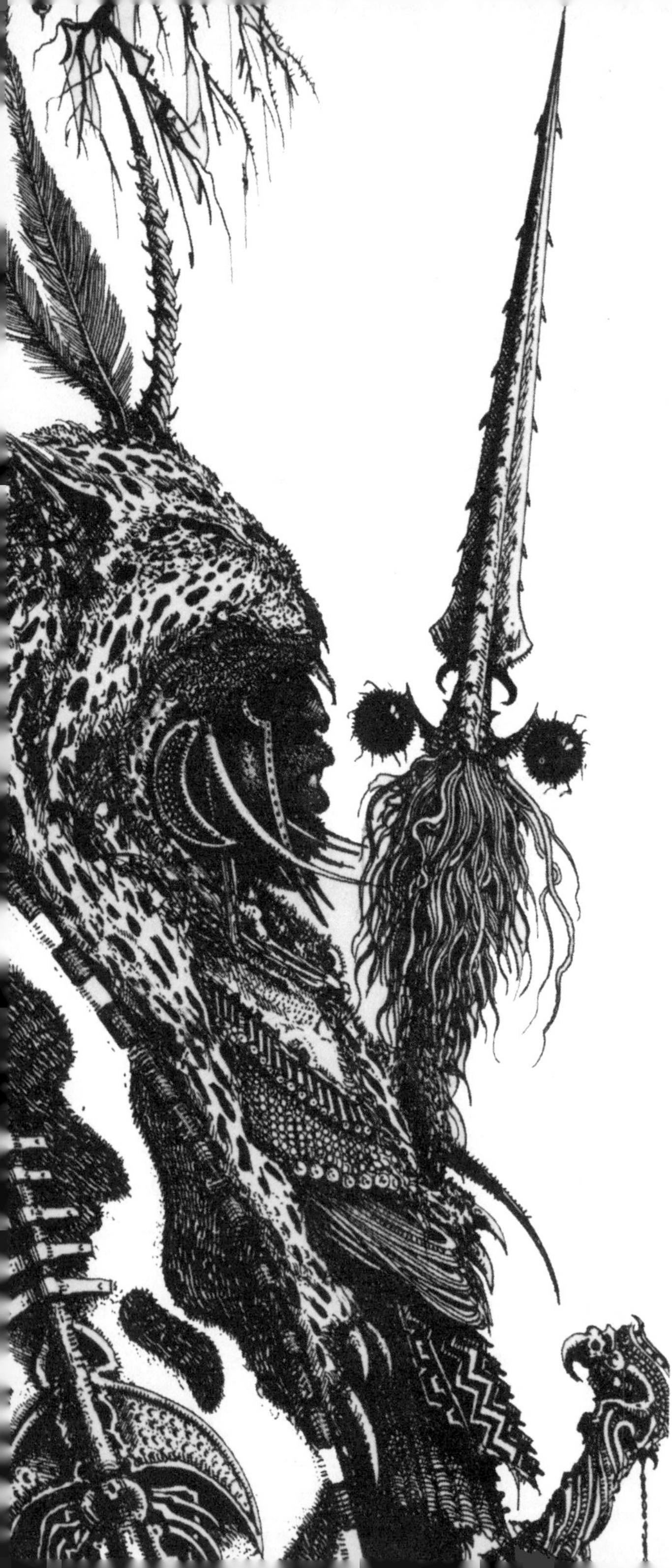

第四部分 索伦：第三纪元的死灵法师

为刚铎控制南部哈拉德的堡垒。迦太基和迦太基人的战后遭遇与之相似。

按照托尔金的故事时间线，五个世纪后，刚铎失去了对乌姆巴尔的控制。第三纪元1448年，刚铎的反叛者和哈拉德的领主们攻占乌姆巴尔。这些新的领主叫乌姆巴尔的海盗，他们的海盗舰队侵扰并攻击刚铎及其盟军。

欧洲历史与此相似，七个世纪后，迦太基也逐渐脱离了罗马的控制。公元439年，汪达尔人（曾是罗马的盟军）背叛罗马，夺取迦太基。他们和当地的柏柏尔人一起统治了北非和地中海，凭借其海盗舰队称霸海洋，侵扰罗马及其盟军。

乌姆巴尔的舰队最终被阿拉贡二世(刚铎未来的埃莱萨王)所毁，阿拉贡以此获得海洋的控制权，并重联了刚铎和阿尔诺。历史上的查士丁尼大帝为了取得海洋控制权、重联东西罗马，也曾毁灭汪达尔舰队。

134页图：远哈拉德南方部族成员
136—137页图：乌姆巴尔海盗的舰队

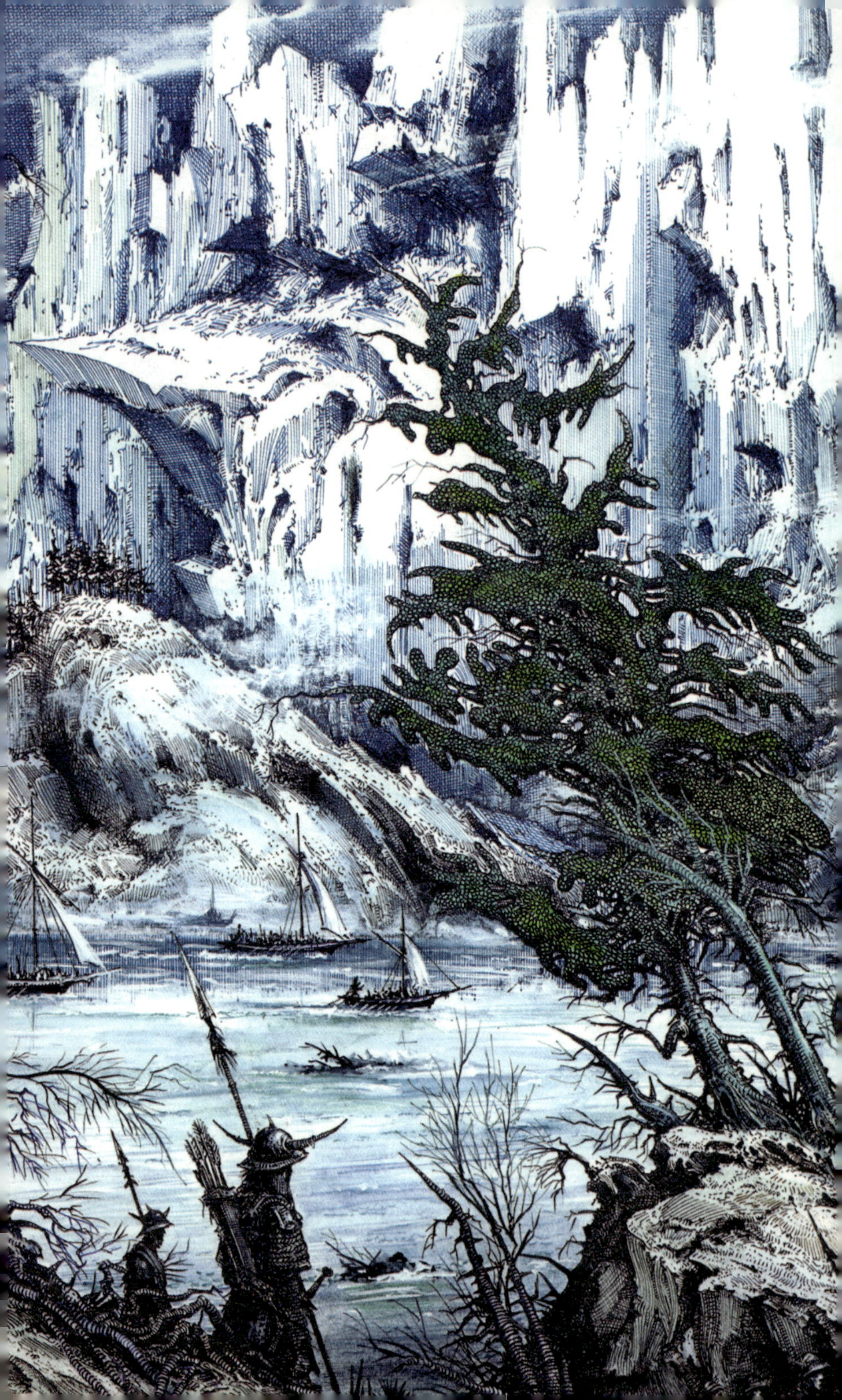

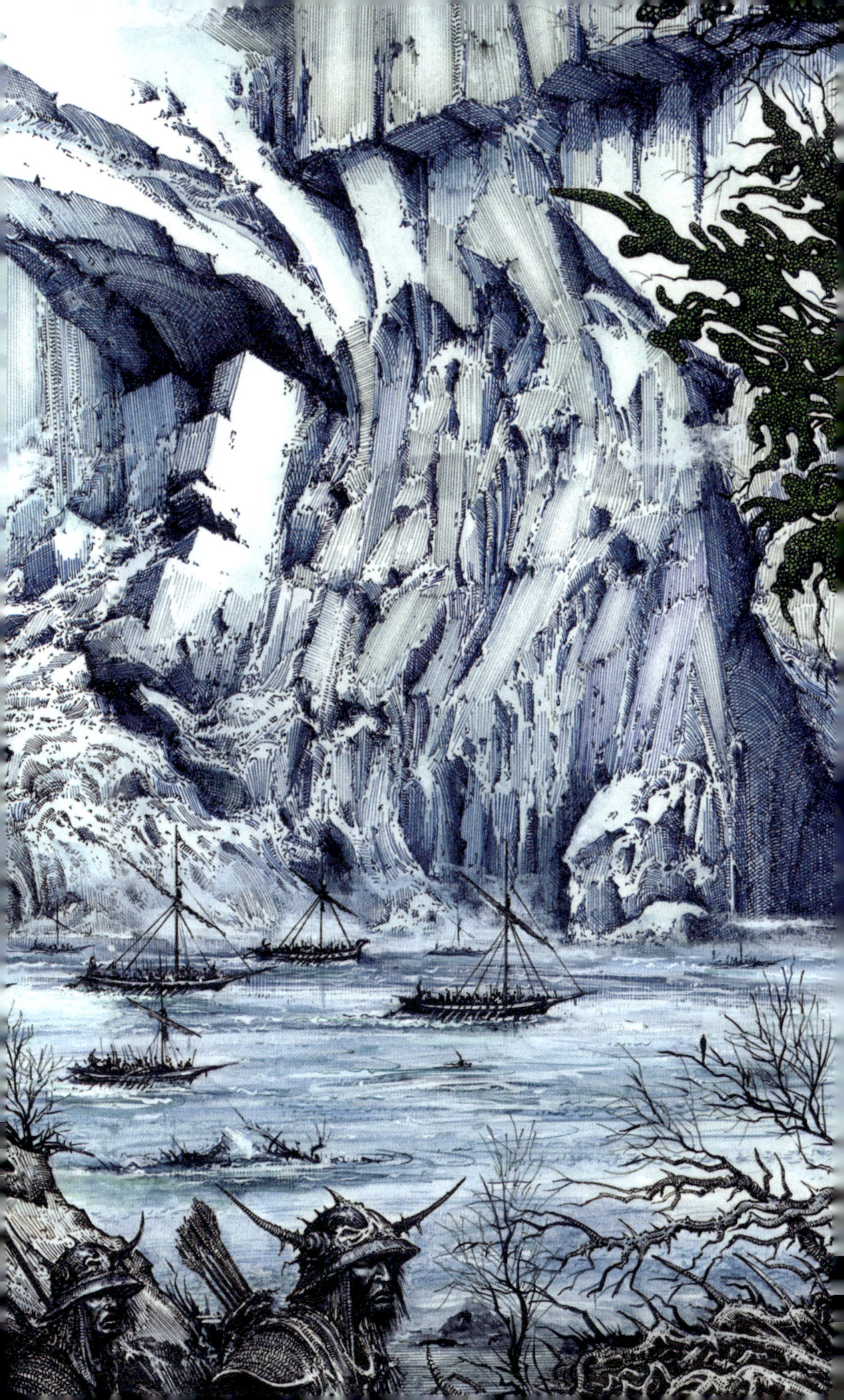

东方人战争　南方人战争
第三纪元490—3019年

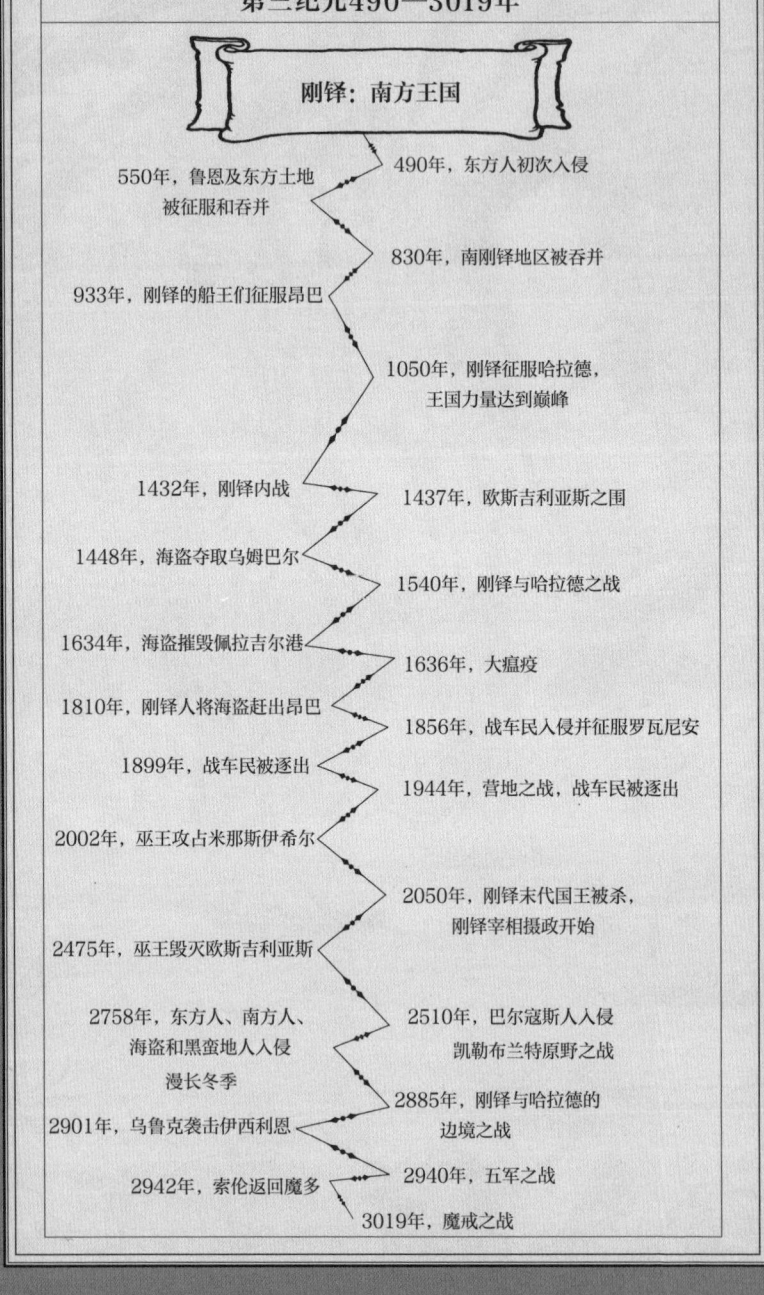

刚铎：南方王国

- 490年，东方人初次入侵
- 550年，鲁恩及东方土地被征服和吞并
- 830年，南刚铎地区被吞并
- 933年，刚铎的船王们征服昂巴
- 1050年，刚铎征服哈拉德，王国力量达到巅峰
- 1432年，刚铎内战
- 1437年，欧斯吉利亚斯之围
- 1448年，海盗夺取乌姆巴尔
- 1540年，刚铎与哈拉德之战
- 1634年，海盗摧毁佩拉吉尔港
- 1636年，大瘟疫
- 1810年，刚铎人将海盗赶出昂巴
- 1856年，战车民入侵并征服罗瓦尼安
- 1899年，战车民被逐出
- 1944年，营地之战，战车民被逐出
- 2002年，巫王攻占米那斯伊希尔
- 2050年，刚铎末代国王被杀，刚铎宰相摄政开始
- 2475年，巫王毁灭欧斯吉利亚斯
- 2510年，巴尔寇斯人入侵凯勒布兰特原野之战
- 2758年，东方人、南方人、海盗和黑蛮地人入侵漫长冬季
- 2885年，刚铎与哈拉德的边境之战
- 2901年，乌鲁克袭击伊西利恩
- 2940年，五军之战
- 2942年，索伦返回魔多
- 3019年，魔戒之战

第四部分 索伦：第三纪元的死灵法师

安格玛巫王

在《启示录》中，末日四骑士被视为毁灭和灾难的时代到来的先兆，第三纪元13世纪戒灵的重新出现也预示着这样一个时代的到来。末日四骑士分别象征瘟疫、战争、饥荒和死亡，戒灵重新出现后的两百年间，也为中土世界带来了如上灾难。一种对《启示录》的解读（写于罗马皇帝戴克里先统治时期，公元81—96年）将四骑士的故事与当时的社会现实相结合，认为这是对罗马帝国覆灭的预言。显然，戒灵的回归也预示着瘟疫、战争、饥荒和死亡将降临到阿尔诺和刚铎的人民身上。

九骑士也是古老的日耳曼野猎传说的一种变体：一队幽灵般的骑士或者超自然猎人骑马狂奔，穿过森林和原野，急切地寻找他们的猎物。在古英语中，这种行动叫"赫拉辛"（意为"赫拉的集会"）；在古挪威语中，它叫"阿斯加德的骑行"；在挪威语中，又叫"奥丁的狩猎"。在美国西部的乡村歌曲中也残留着它的影子："（幽灵）天空中的骑手：牛仔传奇"。人们认为，凡人目睹野猎预示着战争、瘟疫这类灾难，或者在最为"幸运"的情况下，预示着目击者的死亡。

安格玛的巫王

第四部分 索伦：第三纪元的死灵法师

目击这类捕猎的人也可能被劫持到地下世界或精灵王国。有些传说认为，人的精神体在他们睡着时会被拉离肉体，去参加捕猎。

根据最为古老的民间传说，这些迷失的灵魂、不死骑士的首领是沃旦——北欧神话中的奥丁在日耳曼神话中的对应者，但不同地区和时代的传说对首领的说辞各有不同：丹麦人认为是瓦尔德马王；瑞士人认为是迪特里希·冯·伯恩；法国人认为是查理曼；德国人认为是腓特烈一世；威尔士人认为是古恩·艾普尼斯，即亡者国度的统治者；不列颠人甚至认为是亚瑟王。

托尔金笔下九骑士的首领被称作巫王、黑统领和那兹古尔之王。第三纪元1300年左右，巫王成为安格玛（意为"钢铁家园"）的统治者，安格玛在埃利阿多的边境线北部、迷雾山脉的山脚下。安格玛是山区人的王国，早在努曼诺尔建立之前，山区人就已居住在迷雾山脉上。在欧洲历史上，巴斯克人与安格玛的山区人最为相似，巴斯克人居住在比利牛斯山上，这座山跨越现代法国和西班牙的国境线。

几个世纪以来，巴斯克人都在抗击罗马人、法国人和西班牙人，防止自己的土地被入侵，并一直在反抗这些政权的统治。巴斯克人有多憎恨罗马帝国（或是之后的查理曼神圣罗马帝国），山区人就有多憎恨阿尔诺的努曼诺尔帝国。因此，巫王轻易腐化了山区人，哄骗他们参加一场灾难性的消耗战。七个世纪后的第三纪元1975年，弗诺斯特之战结束了巫王的长期战争，阿尔诺和安格玛都在这场战争中毁灭殆尽。

  托尔金的安格玛巫王是流传广泛的幽灵骑士传说的变体。在某些方面，巫王很像爱尔兰的"暗影"杜拉尔罕——一个残忍恐怖的骑士。在一些记载中，每当杜拉尔罕停下脚步，就会出现死亡事件。在其他记载中，杜拉尔罕可以仅仅靠喊出名字就致人死亡。世界范围内还有很多文化将"苍白骑士"作为死亡人格化的代名词。爱尔兰诗人叶芝的墓志铭如下："冰冷的目光 / 投向生命和死亡 / 骑士，飞驰吧！"

143 页图：安格玛的山区人

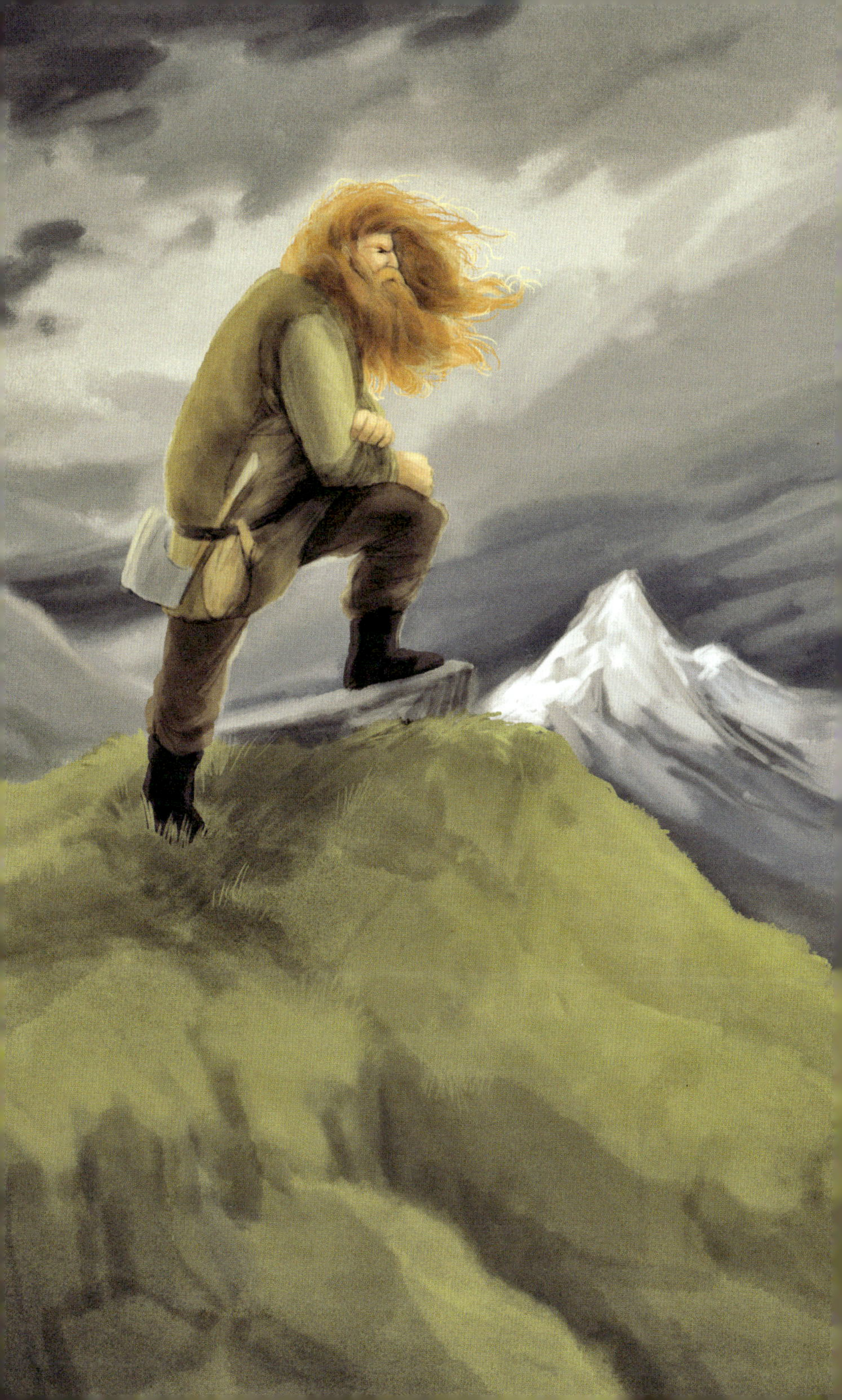

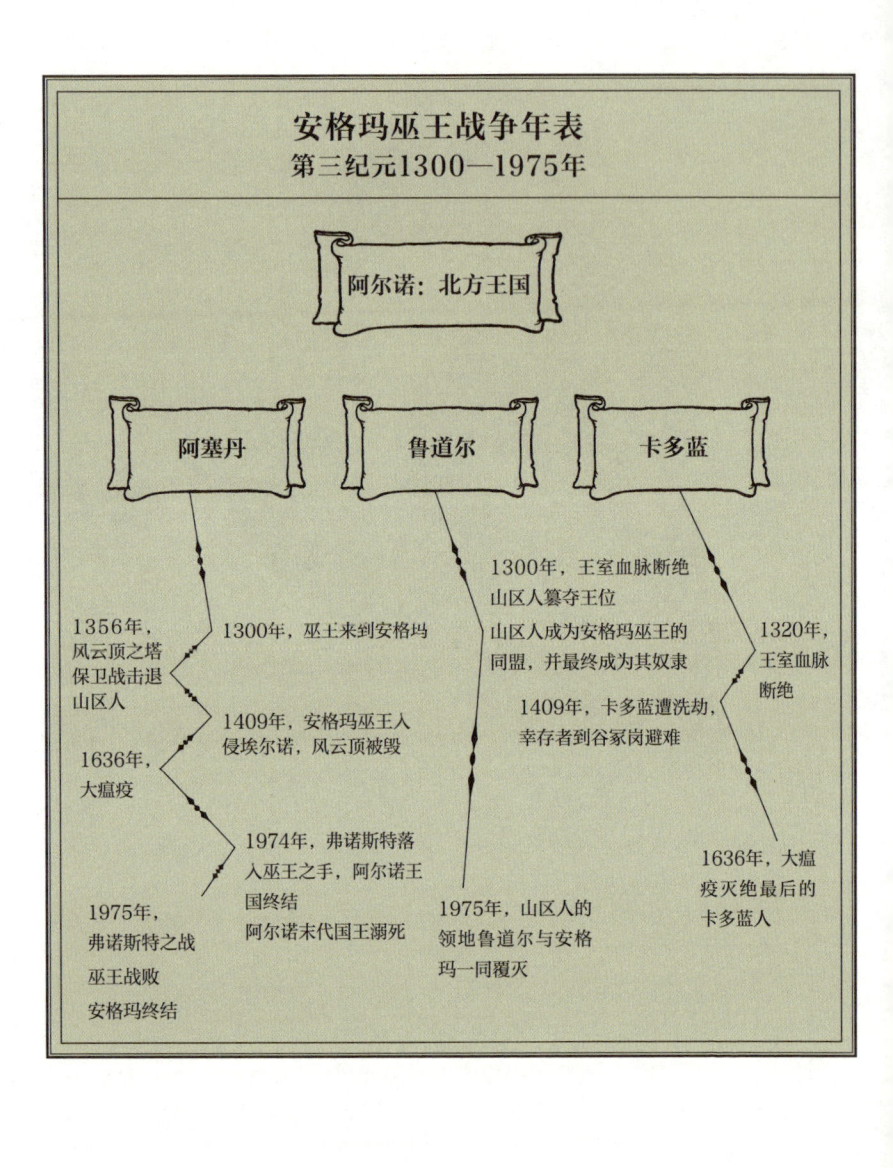

安格玛巫王战争年表
第三纪元1300—1975年

阿尔诺：北方王国

阿塞丹

1356年，风云顶之塔保卫战击退山区人

1636年，大瘟疫

1975年，弗诺斯特之战巫王战败安格玛终结

1300年，巫王来到安格玛

1409年，安格玛巫王入侵埃尔诺，风云顶被毁

1974年，弗诺斯特落入巫王之手，阿尔诺王国终结 阿尔诺末代国王溺死

鲁道尔

1300年，王室血脉断绝 山区人篡夺王位

山区人成为安格玛巫王的同盟，并最终成为其奴隶

1409年，卡多蓝遭洗劫，幸存者到谷冢岗避难

1975年，山区人的领地鲁道尔与安格玛一同覆灭

卡多蓝

1320年，王室血脉断绝

1636年，大瘟疫灭绝最后的卡多蓝人

第四部分 索伦：第三纪元的死灵法师

米那斯魔古尔巫王

弗诺斯特之战后，巫王战败逃走。在这之后的故事的创作中，托尔金很明显借鉴了莎士比亚在《麦克白》中写下的神秘预言，即麦克白不能被"女人所生"的人杀死。当巫王从战场上逐渐聚集的黑暗中消失时，高等天使格罗芬德尔也说出了这样的神秘预言："不

米那斯魔古尔

托尔金的黑暗力量

那兹古尔的地狱之鹰

要追赶他!他不会回到这片土地上来,他的命运还未到降临之时,他不会倒在凡人手中。"

这位幽灵骑士的命运降临之时的确在很久之后。弗诺斯特之战仅五年后,巫王又重新出现在魔多,邪恶力量不减当年。他在这里与其他戒灵会合。接下来的七十年间,九骑士不断袭击刚铎,夺取了刚铎东部米那斯伊希尔的堡垒,致使刚铎的最后一位国王埃雅努尔死亡。米那斯伊希尔变成了"妖术之塔"米那斯魔古尔,其后一千年都如预言所讲,米那斯魔古尔巫王抵挡住了战场上的所有敌人。死灵法师居住在多古尔都,而巫王与戒灵们统领着兽人军团和死灵法师在魔多的同盟。

第三纪元 3018 年,索伦为他的黑暗骑士们提供了新的强力坐骑,

第四部分 索伦：第三纪元的死灵法师

挑战着北部鹰王的权威。托尔金将这些无名的有翼猛兽称作"下落的野兽""地狱之鹰""那兹古尔飞鸟"，它们"比任何其他鸟类都要大……身上没有一根羽毛，巨大的双翼如同兽皮制成的网紧绷在利爪之间……它们仿佛来自一个更加古老的世界"。

被问及这些有翼坐骑的创作原型时，托尔金回答它们并非基于翼龙的形态创作的，但可能和翼龙有些相似，它们也许是地壳变迁后的幸存者。有趣的是，托尔金使用了"pterosaurs"这个词来指代翼龙。这个词直到1863年才随着考古学研究的进展出现在英语中。它源于希腊语，意为"有翼的蜥蜴"。这与黑暗魔君的名字"索伦"之间存在着有趣的联系，在托尔金构建的精灵语中，"索伦"意为"令人憎恶的"，但在英语中，"sauron"代表希腊词语"saurus"，意为"蜥蜴"。早在命名时，托尔金就已经传达了这个角色包含的邪恶意味。

看起来，在思考戒灵们使用的坐骑时，黑暗魔君的名字浮现在了托尔金的脑海里。奇怪的是，在托尔金创作这些生物时，考古学家还并未发现与"那兹古尔飞鸟"体型相近的翼龙。然而就在托尔金生命的最后几年，考古学家发现了"风神翼龙"：体长3米，翼展达到令人惊讶的12米，和托尔金"地狱之鹰"的大小完美匹配。

米那斯魔古尔巫王的战争年表
第三纪元2002—3019年

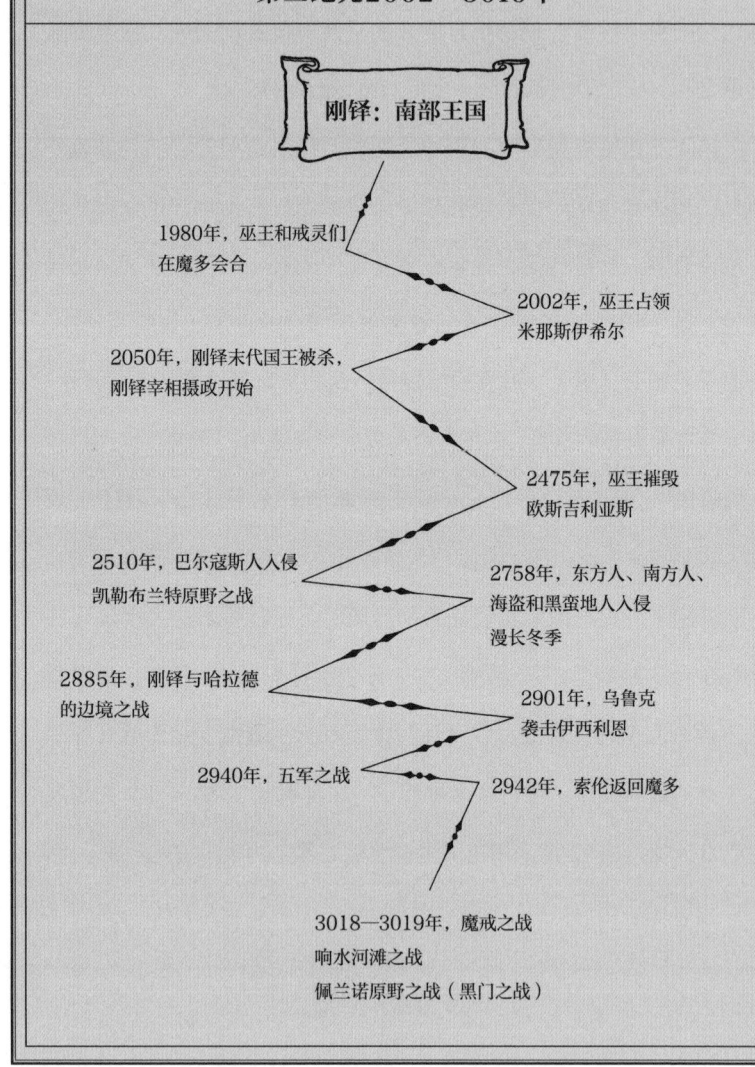

刚铎：南部王国

- 1980年，巫王和戒灵们在魔多会合
- 2002年，巫王占领米那斯伊希尔
- 2050年，刚铎末代国王被杀，刚铎宰相摄政开始
- 2475年，巫王摧毁欧斯吉利亚斯
- 2510年，巴尔寇斯人入侵凯勒布兰特原野之战
- 2758年，东方人、南方人、海盗和黑蛮地人入侵 漫长冬季
- 2885年，刚铎与哈拉德的边境之战
- 2901年，乌鲁克袭击伊西利恩
- 2940年，五军之战
- 2942年，索伦返回魔多
- 3018—3019年，魔戒之战 响水河滩之战 佩兰诺原野之战（黑门之战）

第四部分 索伦：第三纪元的死灵法师

哥布林、兽人与乌鲁克人

在《霍比特人》中，叙述者警告读者说，迷雾山脉十分危险，因为其中有"最为丑陋的哥布林、大哥布林和兽人"。这一描述其实是非常啰唆的，因为他们只是同一物种的三个不同称谓。托尔金曾在他的小说前言中解释道："orc 并非英语单词，这个词在《霍比特人》中出现过一到两次，但它通常被译作哥布林（体形较大的为大哥布林）。"虽然托尔金是在基本构思出《精灵宝钻》之后才写出《霍比特人》的，但《精灵宝钻》出版较晚，读者率先接触的仍然是"哥布林"这个名字。

《霍比特人》是一本儿童读物，因此托尔金需要想方设法削弱兽人邪恶的天性，改用一个对儿童更加友好的名字，因此他采用了"哥布林"，这个名字听起来有些调皮狡黠，甚至带有漫画的色彩。在一封信中，托尔金直接承认了他的灵感来源："他们并非基于我直接的个人经验，而是来自民俗故事，尤其是乔治·麦克唐纳的故事。"托尔金此处指的是苏格兰作家乔治·麦克唐纳（1824—1905），这位作家在 1872 年出版小说《公主与哥布林》。这部托尔金的儿时读物中有这样一首歌:"从前有个哥布林,住在山洞里……"这句歌词和托尔金《霍比特人》的开头非常相似:"从前有个霍比特人,住在地洞里。"虽然兽人和霍比特人的天性截然不同,但他们都是穴居者。

在《霍比特人》中,哥布林是主要的反派。许多童话故事(包括《霍比特人》)对地点的命名都是笼统而典型的:那座山、那片水、夏尔(直译为"某个郡")、东大道、最后大桥、渡口、老密林路、密林河、长湖、孤山。所以,在穿越迷雾山脉的高隘口时,冒险者不出意料地发现自己被哥布林和他们的统领——哥布林镇的哥布林王——俘虏了。

晚些年,托尔金在信中暗示道,拥有更强力量的哥布林王可能——像第一纪元安格班的兽人首领博尔多格一样——是一位被腐化了的迈雅神,自主选择了兽人的外形。《霍比特人》中其余有确切姓名的哥布林可能也是如此。北方的波尔格是五军之战中哥布林的首领,而他的父亲——异教徒阿佐格、莫瑞亚的哥布林首领——在矮人与兽人之战的最后一场战役中被杀。

151 页图:魔多和艾森加德的乌鲁克人

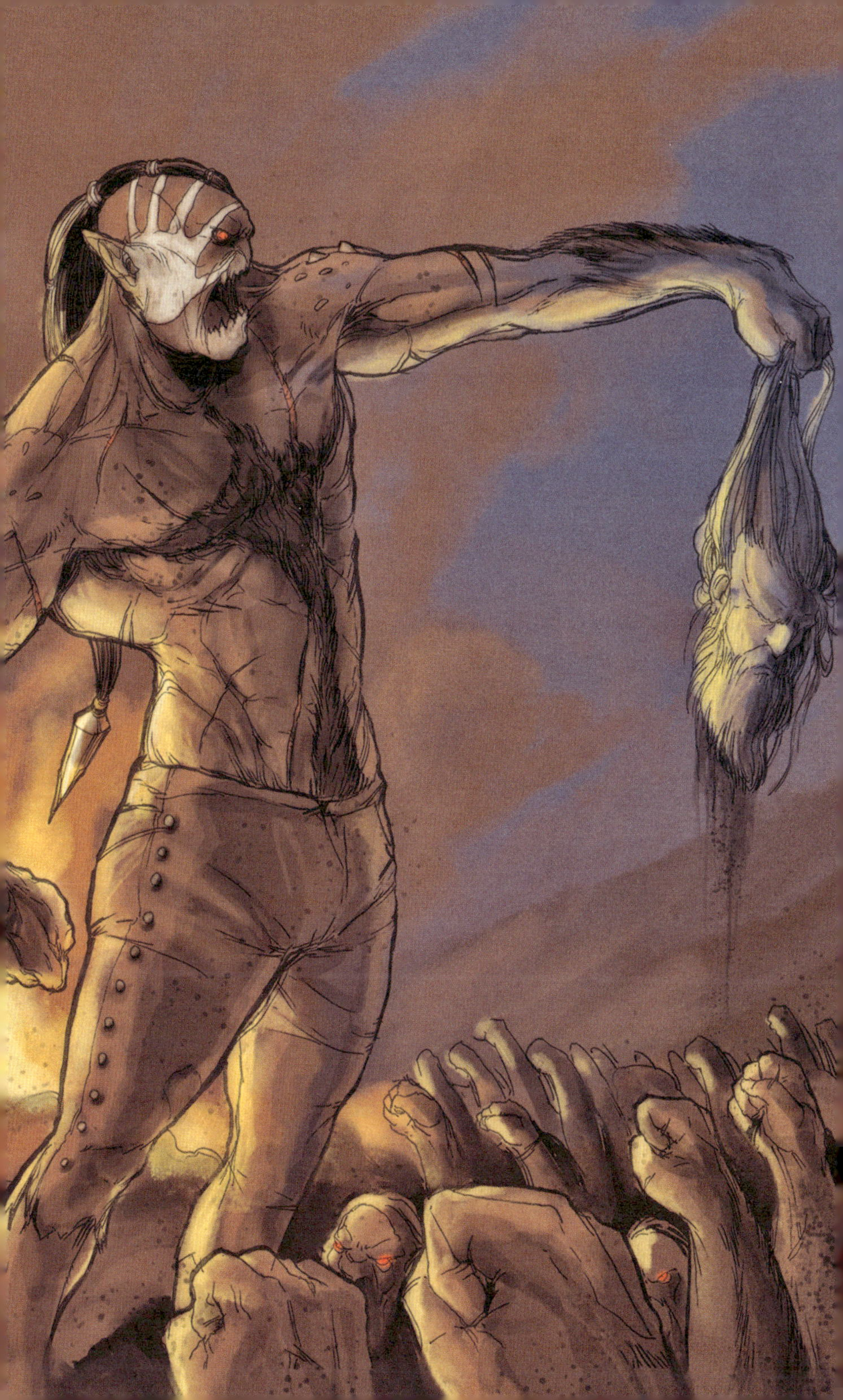

托尔金的黑暗力量

纵观托尔金创作哥布林时借鉴的民间故事，我们可以发现对这类怪物的描绘是跨文化的。哥布林的恶毒天性与很多日耳曼、北欧和英国民间传说中的地精、妖怪、敲窗鬼、熊虫、红帽子、恶魔、爱捉弄人的鬼、弄坏机器的妖精等有共通之处。亚洲文化中也有类似的形象，比如中国的瘟神、马来人的鬼仔和柬埔寨人的小鬼。这些都是邪恶扭曲的精神体，他们操纵着被杀死的孩子或胎儿的躯体。

从童话般的《霍比特人》读到浪漫的《魔戒》，再到史诗般的《精灵宝钻》，读者很快会发现，托尔金并非要把哥布林塑造成漫画般荒诞丑陋的龙套群众演员，而是把其塑造成中土世界极端邪恶的种族、黑暗魔君的爪牙。从"哥布林"到更加邪恶的"兽人"的转变，就像日耳曼传说中的地精从打打闹闹、小偷小摸的居家小精灵变成了出没于地穴和矿洞之中的危险地下生物。矿物钴的名字来源于地精，因为当中世纪的矿工闻到金属的毒烟时，他们就认为这是地精的把戏。

第三纪元 25 世纪，索伦将一支全新的、更强大的兽人军队放出了魔多，他们叫乌鲁克人。据说，乌鲁克人比普通兽人体形更大，也更加残暴。托尔金创作乌鲁克人的灵感可能来源于 6 世纪的历史学家乔丹尼斯对于"几乎不像人类"的匈奴人极端排斥的描述。索伦的乌鲁克人在外观和行为上与兽人相同，但其体形几乎等同于人类，而且能够承受阳光的照射，在太阳下行动如常。乔丹尼斯对于

乌鲁克人

阿提拉军队外观的描述也与乌鲁克人有所相似："他们有着令人恐惧的黝黑皮肤和针孔般的眼睛……他们宽阔的肩膀天生适合挽弓搭箭。虽然生活方式和人类相同，但他们残酷得像猛兽。"

皮肤同样黝黑的乌鲁克人可能是由兽人和人类杂交而来的。匈奴人对抗罗马，而乌鲁克人对抗刚铎的人类军队，他们扫荡了刚铎的都城欧斯吉利亚斯，第三纪元接下来的五个世纪中，他们和索伦大军中的普通兽人、食人妖、东方人和南方人并肩作战。第三纪元尾声之际，萨鲁曼也在艾森加德的众多地穴中饲养乌鲁克人。

第四部分 索伦：第三纪元的死灵法师

食人妖和奥洛格人

第一纪元魔苟斯麾下的食人妖借鉴了北欧神话中约顿海姆的可怕巨人，而《霍比特人》里的食人妖则借鉴了格林童话和冰岛民间故事。在《霍比特人》中，比尔博·巴金斯、索林和其他伙伴遇见的三个食人妖非常具有漫画和童话色彩，和童话中一样，这些食人妖也被聪明的英雄轻而易举地捉弄了。

虽然按照人类和霍比特人的标准，食人妖博特、汤姆和威廉·哈金斯非常愚笨，但他们具有语言能力，能说些语法颠三倒四的话。这样看来，他们的智力在食人妖中实属出类拔萃，也足以终结霍比特人的冒险之旅。这一情节取材于格林童话中"勇敢的小裁缝"，巫师甘道夫最终扮演了聪明小裁缝的角色，挑起了食人妖之间的争端，让他们争吵到日出，然后变成了石头。

霍比特人发现食人妖宝藏和魔法武器这一情节非常符合日耳曼和斯堪的纳维亚传说中的惯例。这一惯例甚至延续到了如今的电子游戏情节设计中。在《霍比特人》中，比尔博·巴金斯、甘道夫和索林·橡木盾在食人妖的宝藏中发现了精灵铸造的刺叮剑、格拉姆

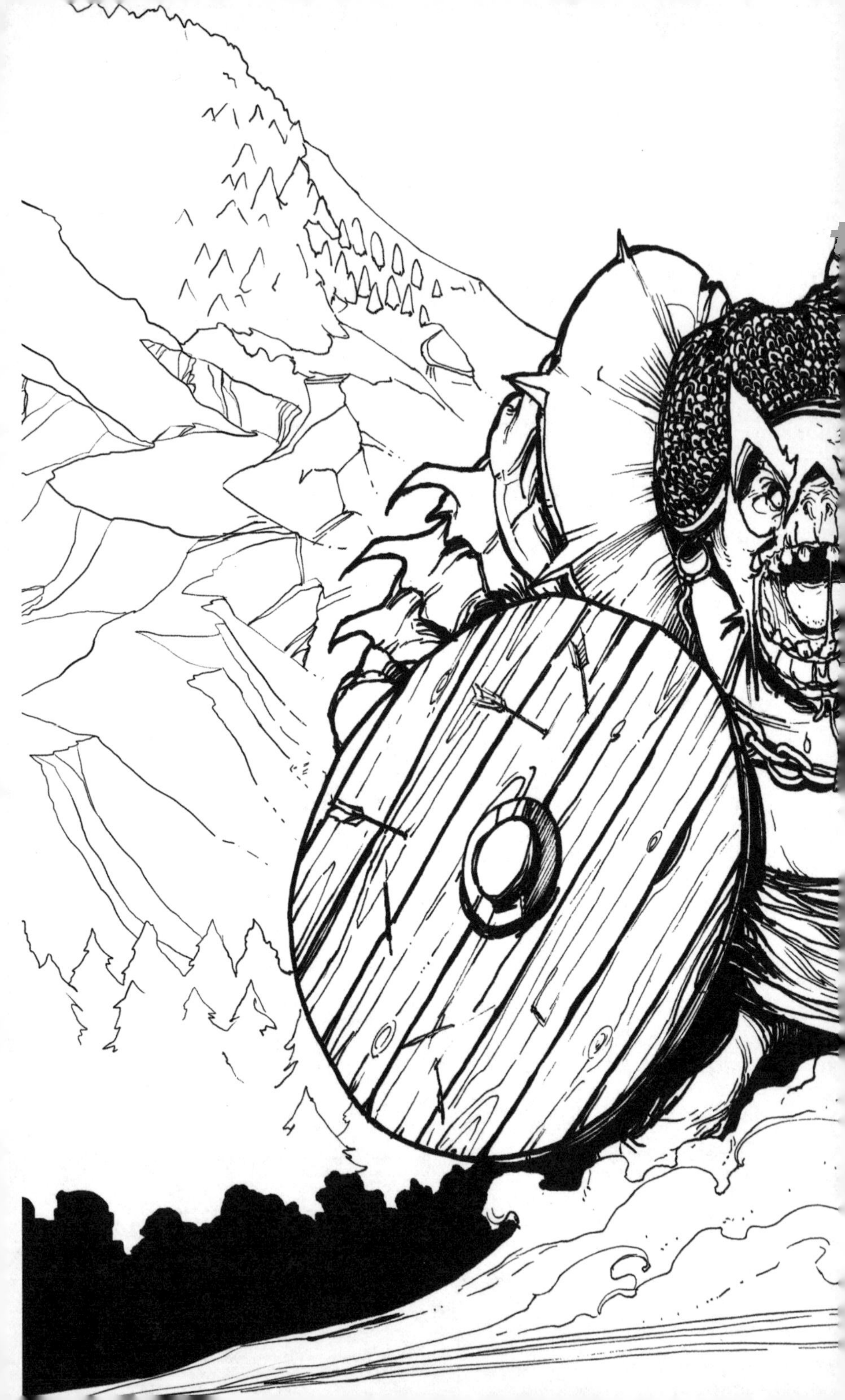

魔多的奥洛格食人妖

剑和兽咬剑,这些武器帮助他们克服了接下来的障碍和挑战。如托尔金的故事所说,食人妖作恶的本领很大程度上受他们不能见阳光的弱点所限。这一设定也借鉴了斯堪的纳维亚的民间故事,当地有很多大块的石头,当地人认为这是石化了的食人妖。第三纪元,索伦运用他的黑暗魔力,让食人妖摆脱了这一弱点。在魔多,他培育出了一种不畏惧阳光的新型食人妖。

黑暗魔君叫他们奥洛格人,在兽人的黑语中意为"食人妖群"。在创作奥洛格人的过程中,托尔金并未遵循民间故事传统,不但给了他们直面太阳的能力,还像士兵一样为他们装备了大而圆的黑色盾牌、能击碎敌人头盔的战锤。

就这样,索伦自魔多和多古尔都派出奥洛格人,他们穿过魔多的群山和幽暗密林,强大的邪恶力量即将笼罩第三纪元,笼罩着中土世界的精灵、矮人和人类。

半兽人与龙——第三纪元

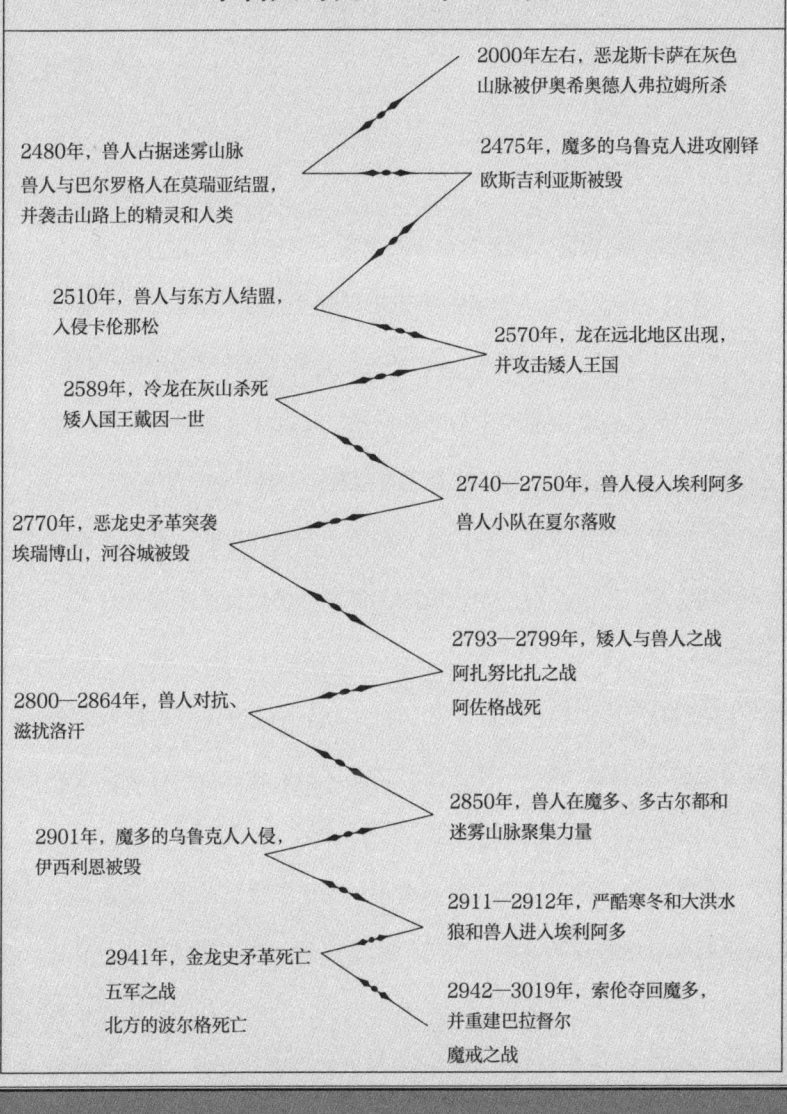

2000年左右，恶龙斯卡萨在灰色山脉被伊奥希奥德人弗拉姆所杀

2475年，魔多的乌鲁克人进攻刚铎欧斯吉利亚斯被毁

2480年，兽人占据迷雾山脉 兽人与巴尔罗格人在莫瑞亚结盟，并袭击山路上的精灵和人类

2510年，兽人与东方人结盟，入侵卡伦那松

2570年，龙在远北地区出现，并攻击矮人王国

2589年，冷龙在灰山杀死矮人国王戴因一世

2740—2750年，兽人侵入埃利阿多 兽人小队在夏尔落败

2770年，恶龙史矛革突袭埃瑞博山，河谷城被毁

2793—2799年，矮人与兽人之战 阿扎努比扎之战 阿佐格战死

2800—2864年，兽人对抗、滋扰洛汗

2850年，兽人在魔多、多古尔都和迷雾山脉聚集力量

2901年，魔多的乌鲁克人入侵，伊西利恩被毁

2911—2912年，严酷寒冬和大洪水 狼和兽人进入埃利阿多

2941年，金龙史矛革死亡 五军之战 北方的波尔格死亡

2942—3019年，索伦夺回魔多，并重建巴拉督尔 魔戒之战

恶龙斯卡萨

关于龙,阿根廷作家豪尔赫·路易斯·博尔赫斯曾这样写道:

"我们对于龙和对于宇宙一样无知,但龙的形象却深深吸引着我们的想象力,因此它无处不在、无时不在。龙是一种不可或缺的怪物。"

托尔金想必会赞同博尔赫斯的说法。实际上,龙这种"不可或缺的怪物"在托尔金的早年就深深吸引着他,到了他七岁那年,"一头绿色的巨龙"出现在了他的第一篇原创虚构作品中。在他的重要演讲和文章"关于童话"中,托尔金自豪地讲起他童年时代对于龙的痴迷:

"我强烈、深刻地渴望着龙。当然,我不是想让它们做我的邻居……但它们的传说——即使是恶龙芬尼尔的传说——让这个世界变得更加丰富和美丽,虽然也会让世界更加危险。"

儿时的痴迷最终让托尔金创作出了《精灵宝钻》中的众龙之父格劳龙和黑色的安卡拉刚——它们都是充满幻想的原创怪物,和其他龙一起为第一纪元的中土世界带来恐惧。然而,从愤怒之战结束到第三纪元 20 世纪期间,中土世界都没有再出现过龙。托尔金故事

第四部分 索伦：第三纪元的死灵法师

中的龙与高地日耳曼史诗《沃尔夫迪特里希》和《奥特尼特》中的龙相似。

在13世纪的传说中，伦巴第山区有不会喷火的龙，第三纪元出现在中土世界灰色山脉的龙也是这样，它们叫冷龙。与喷火龙（比如格劳龙）或有翼喷火龙（比如安卡拉刚）相比，冷龙没有那么可怕。虽然不会喷火或飞行，但它们有力的躯体、尖牙利爪和钢铁盔甲般的外皮也令人闻风丧胆。

恶龙斯卡萨是最强的灰色山脉冷龙，它杀死矮人和人类，夺走了大量财宝。斯卡萨的名字来源于盎格鲁-撒克逊词语"刺客"。它最终死于伊奥希奥德屠龙者弗拉姆之手，而史诗中，伦巴第屠龙者沃尔夫迪特里希也杀死了冷龙；矮人国王戴恩一世在灰色山脉死于冷龙之手，伦巴第国王奥特尼特也在伦巴第的山中为冷龙所杀。

伦巴第人在罗马帝国的东欧边界组成了强大的日耳曼城邦，他们进入意大利北部，在那里定居，因定居地的名字被称为伦巴第人。拉丁历史学家认为伦巴第人是日耳曼人中的优秀骑士，他们也是托尔金创作伊奥希奥德，以及他们的后代洛希尔人（洛汗的骑士）的原型。非常有趣的是，伦巴第人在英语中意为"留着长胡子的人"，

162—163页图：灰色山脉的冷龙

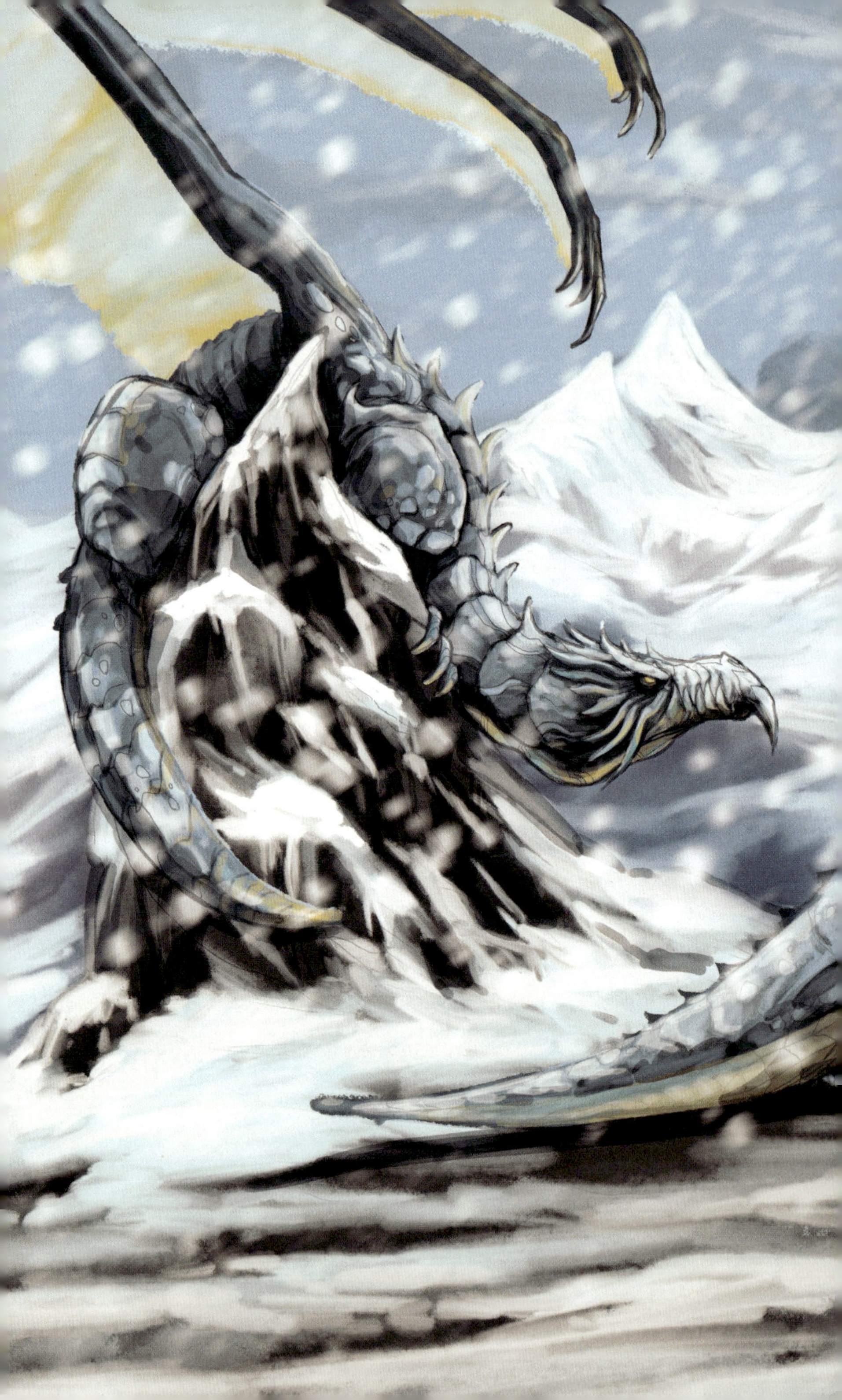

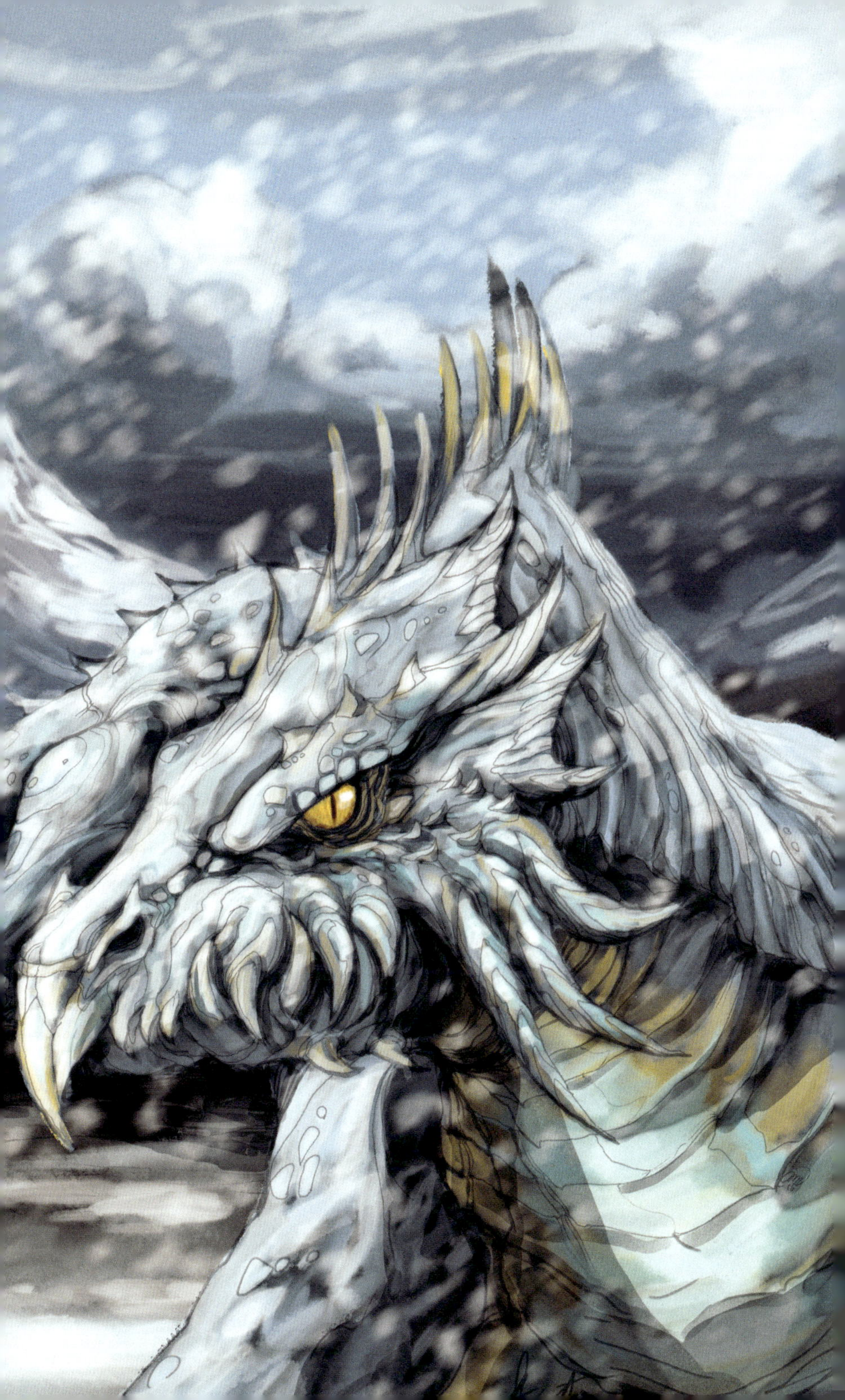

与矮人都灵一族的名字意义相同，矮人国王戴恩一世也被称为灰色山脉的长须国王。

奥特尼特是伦巴第同名史诗中的英雄，他是意大利阿尔卑斯山脉地区的传奇矮人国王埃尔伯雷西的儿子。在灰色山脉中，戴恩一世的王国笼罩在冷龙带来的恐惧阴影下，奥特尼特的王国也被伦巴第山中的冷龙带来的恐惧侵袭。虽然伟大的战士奥特尼特由矮人铸造的剑和盾保护着，但他仍然被冷龙碾压而死。矮人国王戴恩一世也有着强大的力量和矮人铸造的精良装备，但也被灰色山脉中的冷龙碾压而死。

第四部分 索伦：第三纪元的死灵法师

史矛革——埃瑞博山上的金龙

"龙并非白日做梦般的幻想，"托尔金曾说，"无论它们的起源是现实还是人的想象，传说中的龙都是人类想象力的产物。它们意义重大，不仅仅是睡在金子里的守财奴这么简单。"在作者看来，这种幻想生物对人们具有普遍的吸引力，所以任何年龄段的"所有人"都可能"被它们的神奇魅力深深吸引"。

托尔金曾在日耳曼文学和神话体系中寻找"对于诗歌或神话的结构和主题而言都不可或缺的真正的龙"。

在创作《霍比特人》时，他将目光转向了盎格鲁-撒克逊史诗《贝奥武夫》。

《霍比特人》的主线情节来源于贝奥武夫遭遇龙的经历。在这首诗中，一个贼闯进龙的洞穴中，偷走了一只金杯。在《霍比特人》中，比尔博·巴金斯扮演的就是这个贼的角色。在这两个故事中，窃贼叫醒了沉睡的龙，龙飞出洞穴，扫荡了附近的国家。《霍比特人》实质上是以贼的视角叙述的贝奥武夫的故事。但贝奥武夫的龙存在一个问题：它更像是一个邪恶诅咒的实体，而并非一个单纯的恶棍。

金龙史矛革

第四部分 索伦：第三纪元的死灵法师

在所有优秀的神话故事中，所有的角色都必须给听者和读者一种亲近感，邪恶的角色尤其如此。但在《贝奥武夫》中，读者越是接近龙，龙的形象就越是模糊。读者无法抓住它的特征，它甚至没有名字。

不命名，这是托尔金难以容忍的。在他的中土传奇中，名字非常重要，它暗示着名字所有者的重要特性，无论是族名还是个体的名字。创作史矛革的托尔金自己就像是童话故事《侏儒怪》中的女仆——他的命运全掌握在能不能发现怪物的真名上。他翻遍了古英语中意为"无主珍宝"的词汇，又在古日耳曼词汇中到处寻找，终于找到了"史矛革"这个名字。

金龙史矛革、巨龙史矛革、无法被刺穿的史矛革，托尔金决定用这个名字称呼第三纪元最强大的龙。和灰色山脉的冷龙不同，它是一条通体金红色的火龙，有着巨大的、蝙蝠般的翅膀和无法穿透的钢铁盔甲。和《贝奥武夫》中那条无名的龙不同，史矛革的名字结合了各种含义：刺穿、探寻、掘洞、蠕动、爬行穿过。这些都是构建一个狡猾、聪明、恶毒的恶棍形象的绝佳线索。且"史矛革"与英语中的"烟雾"发音相似，暗指史矛革的行动方式：像一阵硫黄的气味一样悄无声息、无孔不入。

除了上述特性之外，托尔金还借鉴了德尔菲的巨蟒，为史矛革添加了新的邪恶特点。这些巨蟒是财宝的守护者、秘密知识的传承者，

托尔金童年创作的"绿色巨龙"

有着好奇的头脑、可怖的眼神和迷惑人的声音。从这一系列恶龙传说中，史矛革继承了令人致死的眼睛、超群的智力、迷惑人的声音和其他一些更加可怕的特性。

然而，正如托尔金在他的讲座"关于童话"中所言："龙的身上天生带着神话的烙印"。也许这就是《精灵宝钻》中的古代奇幻世界出现了龙、《霍比特人》的童话世界出现了龙，但在凡人的浪漫史诗《魔戒》中龙却销声匿迹的原因。

史矛革是一条完美的神话中的龙：它是富有魅力、智慧超群但又极端虚荣的反派角色。从某些角度来说，它喷射火焰的场景就像壮观的烟花表演一般绚烂。在真正的童话故事中，恶龙有顽皮的天性；同样在童话故事中，无论龙有多么可怕，最终都会被主角战胜，并且几乎所有好人（或者好霍比特人）都会得到幸福的结局。

《霍比特人》的结局也是这样：谦逊的霍比特人捉弄了自负的史矛革，勇敢的弓箭手巴德最终杀死了恶龙。

170 页图：弓箭手巴德杀死史矛革

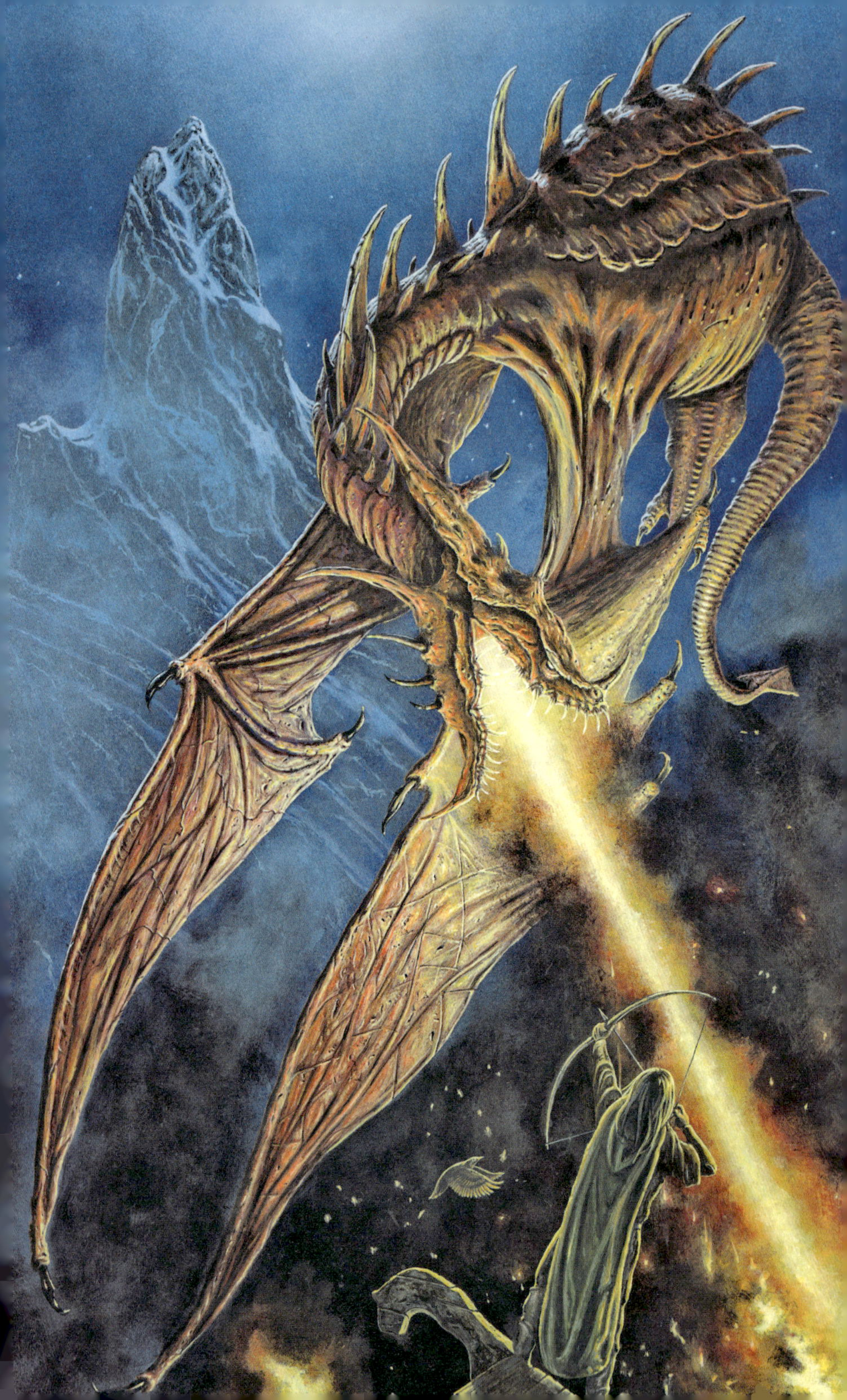

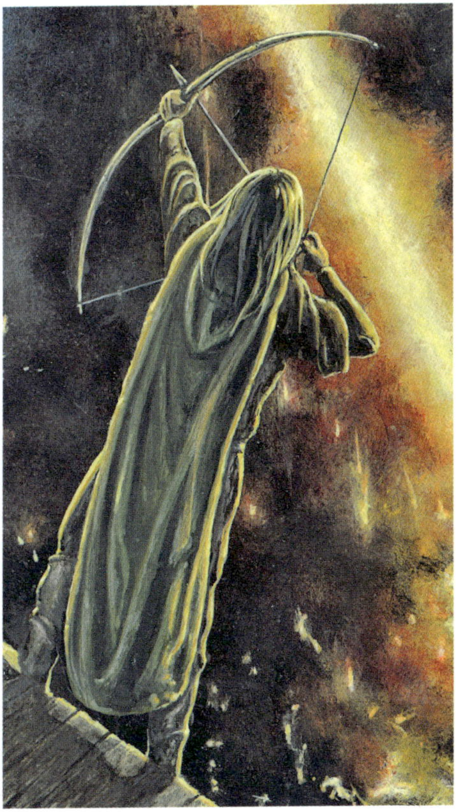

第五部分

魔戒之战

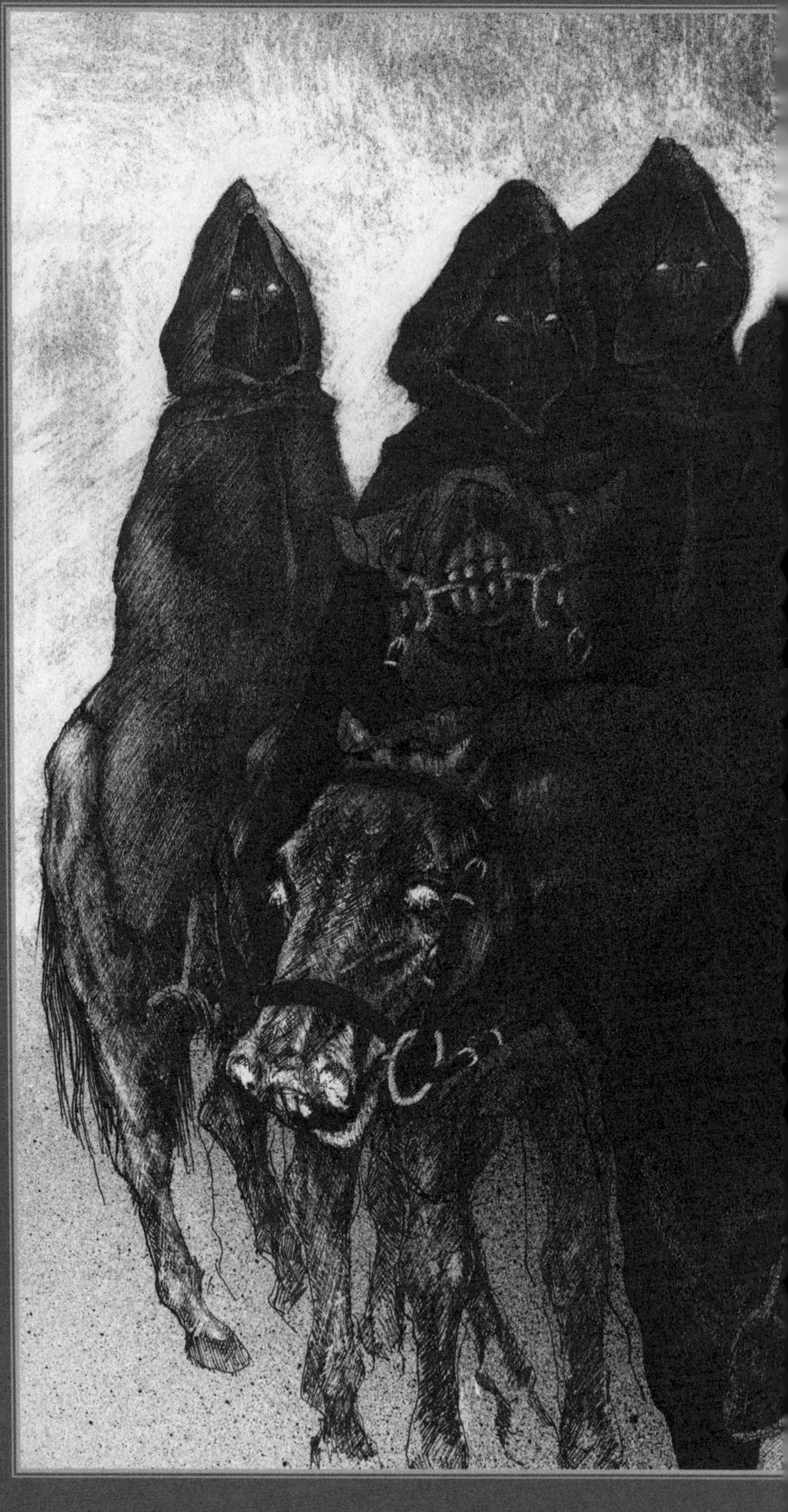

魔多的黑暗骑手

魔戒圣战

3019年	第三纪元
2月25日	第一次艾森河渡口之战
3月2日	第二次艾森河渡口之战
	艾森加德的树人启程
3月3—4日	号角堡之战
3月11日	东洛汗入侵，罗瑞恩第一次遭到袭击
3月13日	亡者之路海战
	幽暗密林树下之战
	罗瑞恩第二次遭到袭击
3月15日	佩兰诺原野之战
3月17日	河谷之战，埃瑞博之围
3月22日	罗瑞恩第三次遭到袭击
3月25日	黑门之战
	至尊魔戒毁于末日山火焰
	索伦和魔多溃败
3月27日	埃瑞博之围崩溃
3月28日	幽暗密林中的多古尔都毁灭
5月1日	埃莱萨王加冕
11月3日	夏尔傍水镇之战 萨鲁曼溃败

魔戒圣战结束

夏尔的黑骑士

如果吝啬鬼洛比莉亚·萨克维尔-巴金斯打打闹闹的阴谋诡计可以忽略不计的话,《魔戒》中第一次出现的反派角色是闯进宁静夏尔的神秘黑暗骑手。当时,读者并不知道这些穿着斗篷、戴着面罩的骑士究竟是谁,但他们很快发现,这些是魔多和多古尔都来的戒灵:死灵法师索伦的邪恶仆人,正在寻找至尊魔戒。

随后,通过持戒人弗罗多·巴金斯的视角,读者得以看到出现在死灵法师和其他幽灵面前的戒灵。不小心将至尊魔戒套上手指之后,弗罗多能够看到戒灵的形体。他们有着可怕的白色面孔、灰色头发,身穿灰色长袍,戴着"银制的头盔"。约翰·济慈曾在叙事诗《无情的妖女》(1819)中描写幽灵如下:"他们是一群被美丽而无情的妖女诱惑和奴役的男人。"济慈将他们描绘成"苍白的国王和王子……还有苍白的战士,他们都如死亡般惨白"。托尔金故事中

178—179 页图:黑骑士进攻幽谷渡口

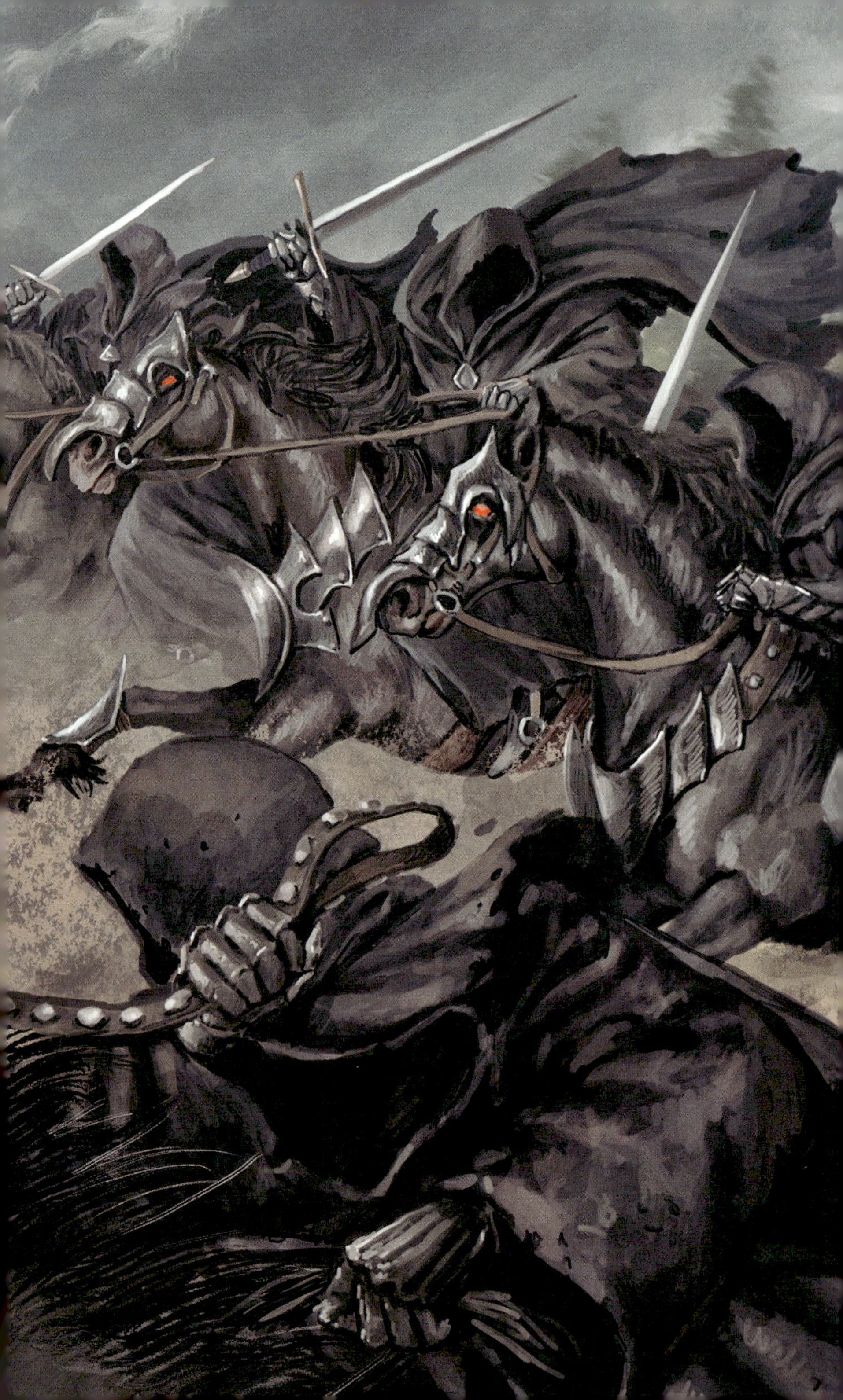

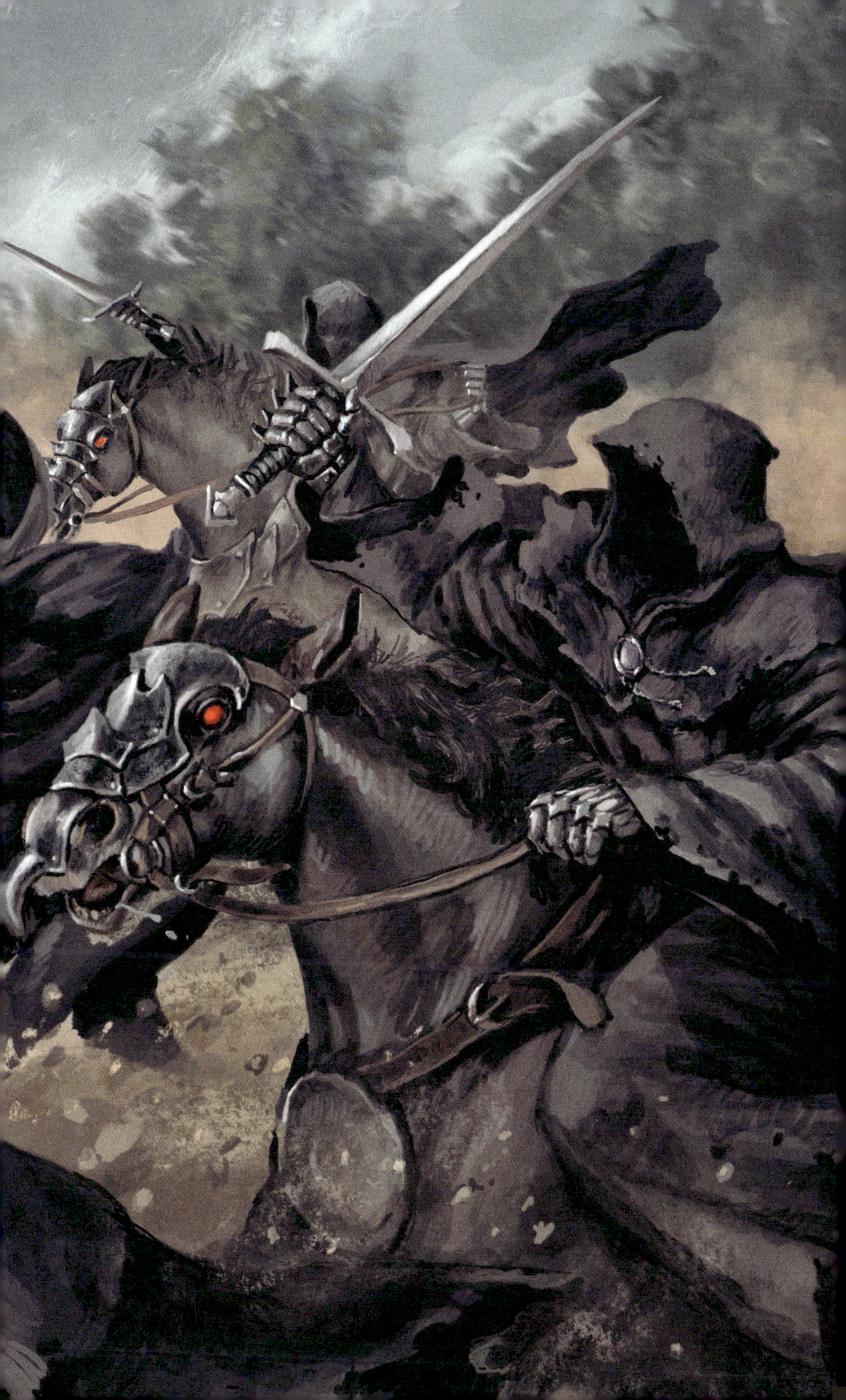

托尔金的黑暗力量

那些"空洞游荡着的"国王和法师也遭受了相似的诱惑,但诱惑并非来自美丽的女巫,而是来自对权力和永生的狂热渴望。

虽然托尔金可能并不熟悉北美土著部落的神话故事,但北美民间幽灵女巫的故事与巫王和戒灵的故事非常相似。幽灵女巫是不死的邪恶法师,她和戒灵一样昼伏夜出,搜寻和捕杀猎物。只消看人一眼、和人讲一句话,对方就会因恐惧或着迷而麻痹。但她也有和戒灵相同的弱点——畏惧火,这一点在"戒灵于风云顶攻击霍比特人和阿拉贡"一节中可见一斑。

第五部分 魔戒之战

埃利阿多的古冢尸妖

风云顶殊死一战前，霍比特人其实已经避开过戒灵，只不过是出于巧合，而非计谋。霍比特人第一次接触到的与戒灵类似的生物——古冢尸妖——要更加低级一些。第三纪元的第二个千年，巫王安格玛用邪恶的精神体操控古墓岗中埋葬的尸体，制造出古冢尸妖，防止登丹人重新定居在周边地区。

这些尸妖被养在古代国王的墓穴之中，这些墓穴的土木结构和很多古代文化中的坟墓类似。尸妖也并非托尔金首创，他们有悠长的历史，在北欧的英雄传说中多次出现，且北欧的英雄传说中也有类似霍比特人遭遇古冢尸妖的情节。

对闹鬼的坟墓、受诅咒的亡灵宝藏的笃信是最古老的迷信之一。从埃及到中国再到墨西哥，大量古老文化中都能找到此类例证。这些传说对盎格鲁-撒克逊人的影响尤为深远，和埃及人一样，他们在埋葬死者时也有精细烦琐的风俗传统。毕竟，正是古墓的幽灵直接导致了盎格鲁-撒克逊文化中最为伟大的英雄——贝奥武夫——的死亡。他不幸遭遇了有喷火恶龙守护的坟墓。

古冢尸妖

第五部分 魔戒之战

在北欧的英雄传说中，古冢尸妖常常掳走不设防的旅人，就像霍比特人一样。这些幽灵的眼睛闪烁着骇人的光芒，声音能将人催眠，只剩下枯骨的手掌寒冷如冰、强硬如铁，只消一抓便可让人动弹不得。一旦中了古冢尸妖的咒语，受害者就会失去自己的意志。古冢尸妖在用剑献祭受害者之前还会进行一系列特定的仪式。在托尔金笔下，由于神秘而强大的汤姆·邦巴迪尔及时干预，霍比特人避免了这一悲惨命运。

为纪念亡者而建造的墓穴、石环和古冢一直都是不列颠群岛民间故事和传说的焦点。这类故事中的一些也以神话或童话的形式存在。作为唯一留存的不列颠人建造的坟墓（5—7世纪），考古学家对这类古墓寄予厚望，他们希望能借此发现那些鲜为人知、被低估的文化产出的手工制品。但不幸的是，对古墓的发掘鲜少发现有价值的工艺品。然而，这一切在第二次世界大战爆发的前几年发生了巨大改变。

托尔金创作《魔戒》前几章的时候，考古学家在英格兰东部的萨福克郡有了重大发现，在萨顿胡发现了三处历史久远的古老遗迹。萨顿胡的墓地是迄今为止不列颠群岛上考古学家发现的规模最大、年代最为久远的盎格鲁-撒克逊墓地。它的面积达4公顷，三千年来接连产生的文化遗产都埋葬其中。

在三个最先被发掘的墓穴中，最大的一个长36.5米、高3.7米。

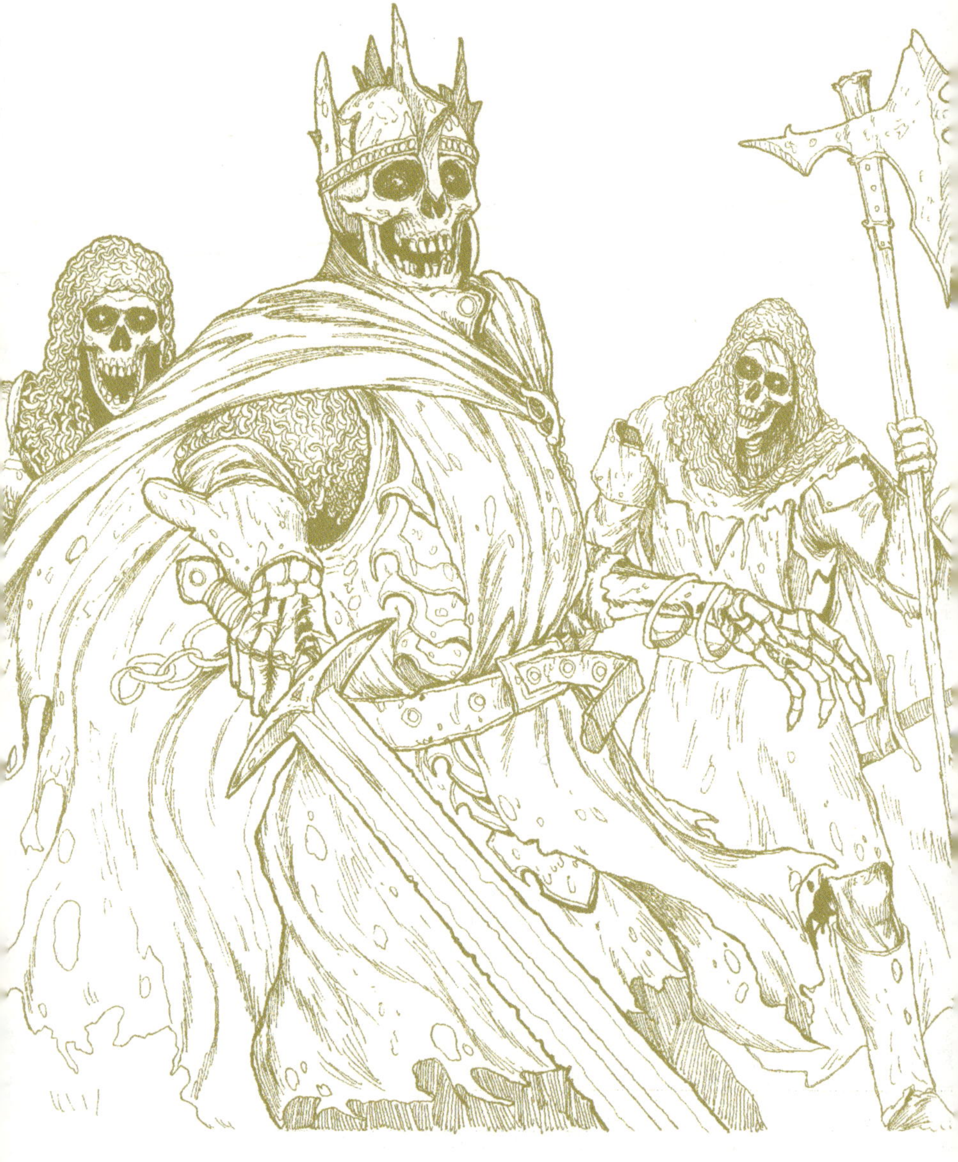

黑蛮祠的亡灵们

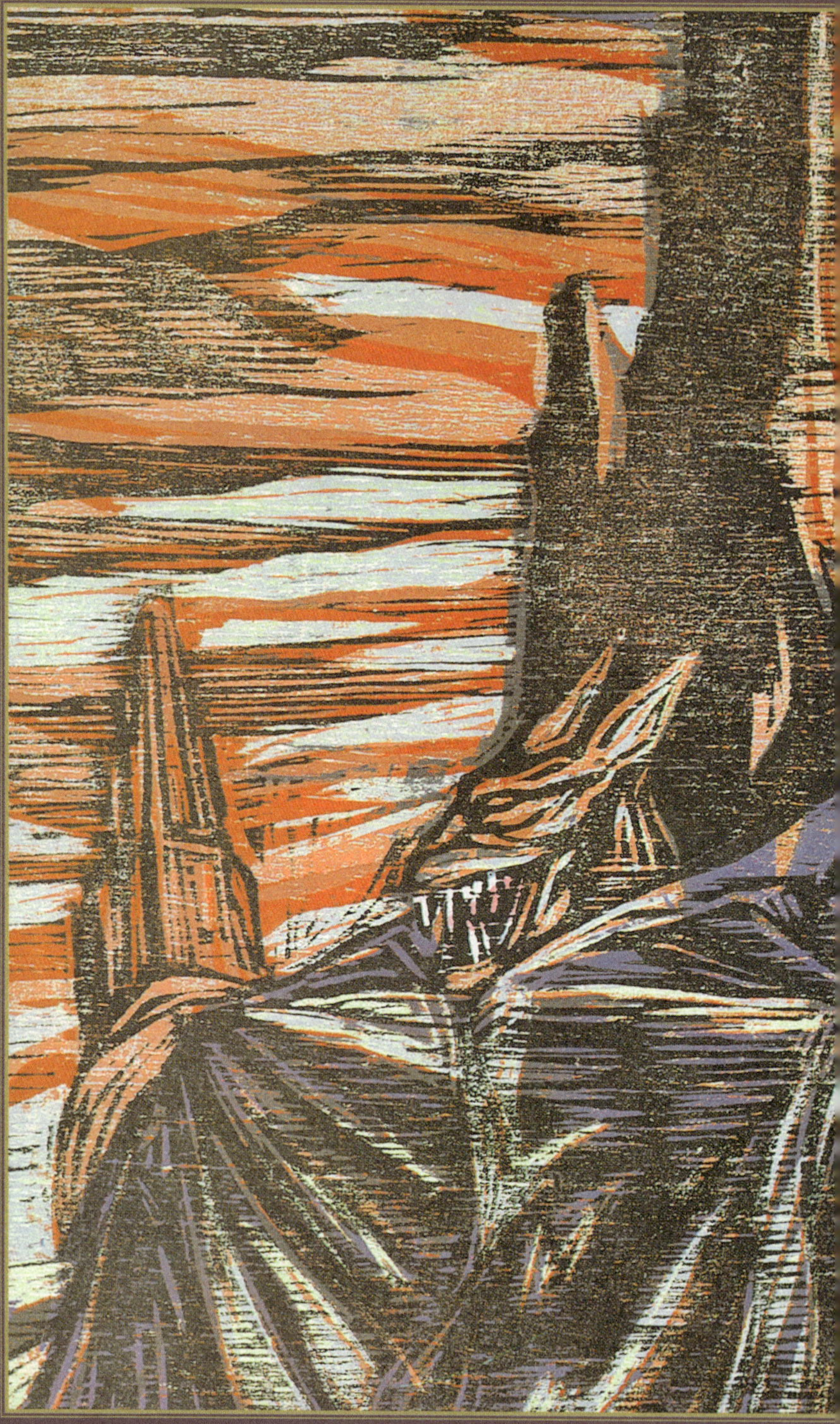

受诅咒的墓穴

托尔金的黑暗力量

其中埋葬着一艘长 27.4 米的船,这是墓穴主人的时代被发掘出的船中最长的一艘。墓穴的宝藏中包含最为丰富的盎格鲁-撒克逊工艺品。萨顿胡为人们对古代日耳曼世界的理解带来了革命性的变化,正如图塔卡蒙金字塔之于人们对古埃及的理解。

虽然托尔金并未造访萨顿胡,但我们知道,他对很多历史悠久的坟墓遗迹都颇为了解。他曾造访距牛津 32 千米远的一处坟墓遗迹,这处遗迹被当地人称作威尔特郡麦田圈。麦田圈这一概念在托尔金

第五部分 魔戒之战

小说中的矮人工匠铁尔哈身上有所体现,铁尔哈铸造了纳熙尔宝剑。二者都是杰出的铸剑工匠,铸造了刀刃有魔法的剑,就像霍比特人在墓穴中发现的宝剑一样。

夏尔

水中监视者

都灵的克星——莫瑞亚的炎魔

在遭受埃瑞吉安座狼的狂暴攻击、又惊险逃脱了莫瑞亚西门外水中监视者的追击之后,护戒使者们在矮人王国避难,但他们在那里遭遇了更加危险的敌人。在莫瑞亚矿洞的巨大迷宫中,甘道夫用魔杖的电光击退了兽人和巨大的石食人妖。托尔金在这里借鉴了斯堪的纳维亚的民间传说,即光能吓退食人妖。这一信仰源于北欧神话,

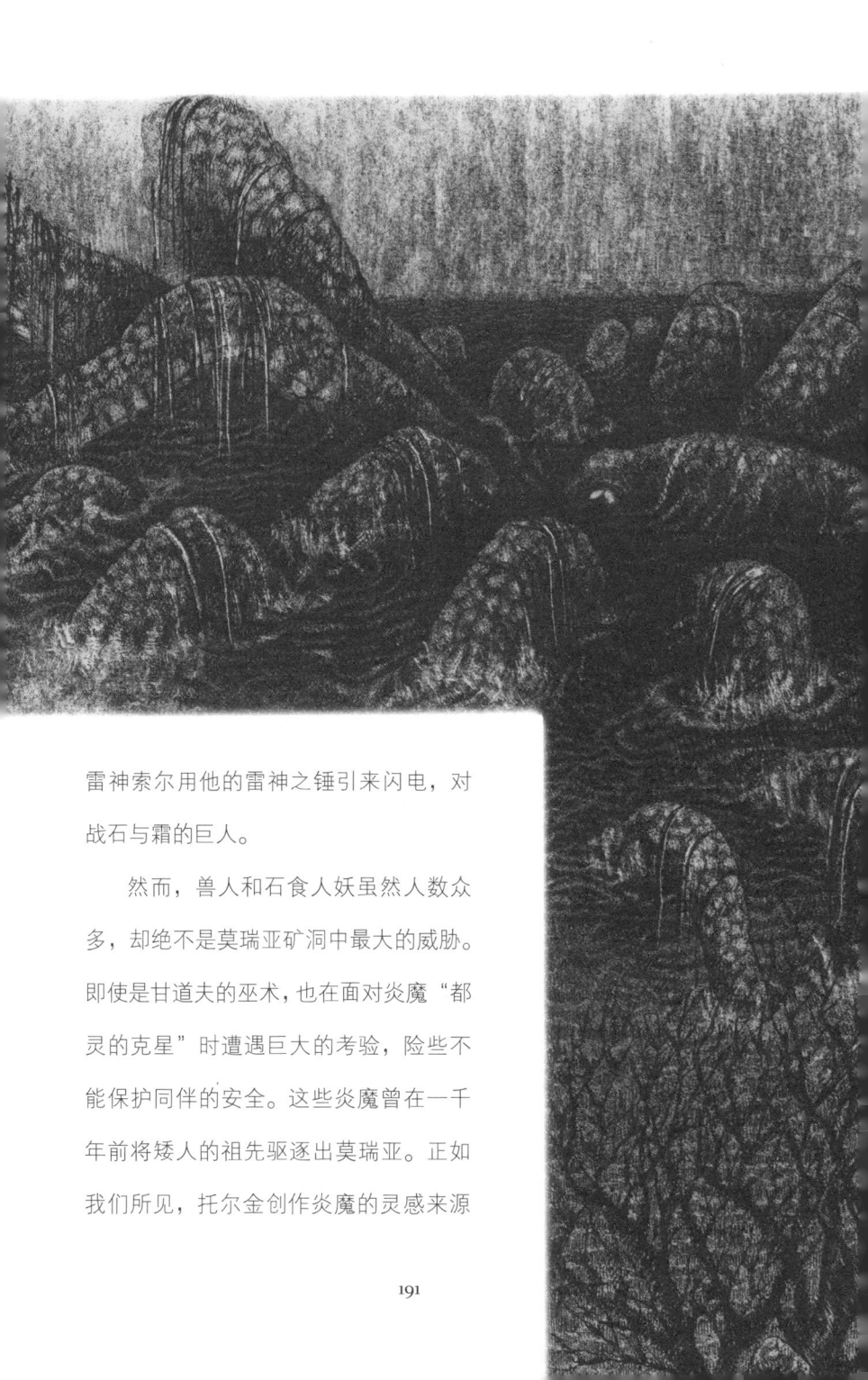

雷神索尔用他的雷神之锤引来闪电，对战石与霜的巨人。

然而，兽人和石食人妖虽然人数众多，却绝不是莫瑞亚矿洞中最大的威胁。即使是甘道夫的巫术，也在面对炎魔"都灵的克星"时遭遇巨大的考验，险些不能保护同伴的安全。这些炎魔曾在一千年前将矮人的祖先驱逐出莫瑞亚。正如我们所见，托尔金创作炎魔的灵感来源

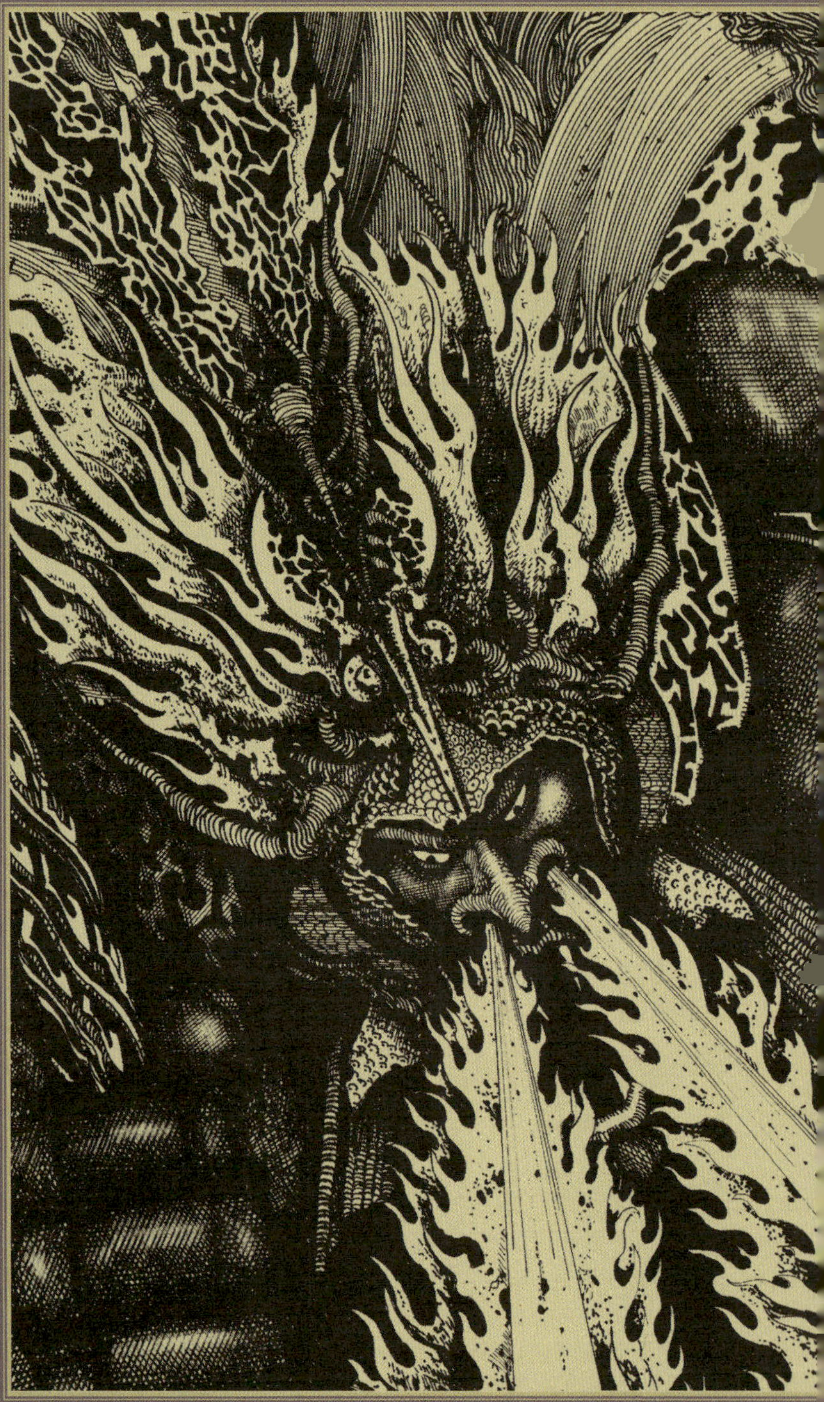

莫瑞亚的炎魔

托尔金的黑暗力量

灰袍的甘道夫

于北欧神话中穆斯贝尔海姆的火巨人。"都灵的克星"是第一纪元魔苟斯创造的强大炎魔,愤怒之战后,他得以幸存。千年以来,他藏在迷雾山脉下,在机缘巧合或是命运的指引之下,莫瑞亚的矮人们在向地下挖掘时叫醒了他。

在北欧神话中,穆斯贝尔海姆的边界蛰伏着一位守护巨人,手中拿着火焰之剑。早期的基督徒将这位穆斯贝尔海姆的守门人——名为苏尔特尔,是火巨人的首领——视作大天使米迦勒的邪恶对立面,大天使米迦勒同样有一把火焰剑。《魔戒》中甘道夫和炎魔在莫瑞亚桥上的战斗在北欧神话中也有先例。在北欧神话中,阿斯加德的神芙蕾雅和火巨人苏尔特尔在彩虹桥上亦有一战,发生在诸神的黄昏的最后一日。

第五部分 魔戒之战

两场战斗都以一声号角为开端。在托尔金的故事中,波洛米尔吹响了刚铎的号角,而在北欧神话中,阿斯加德的神海姆达尔吹响了加拉尔号角。莫瑞亚的炎魔在桥上对战甘道夫,火巨人苏尔特尔也在连接米德加德和阿斯加德的彩虹桥上对战太阳和雨的神芙蕾雅。这两座桥都在战斗中倒塌,交战的双方也都坠入了桥下的无尽深渊。苏尔特尔和芙蕾雅在这场战斗中彻底死亡,但炎魔和巫师的战斗在炎魔被杀后仍在继续,虽然代价是甘道夫作为灰袍巫师的肉体。

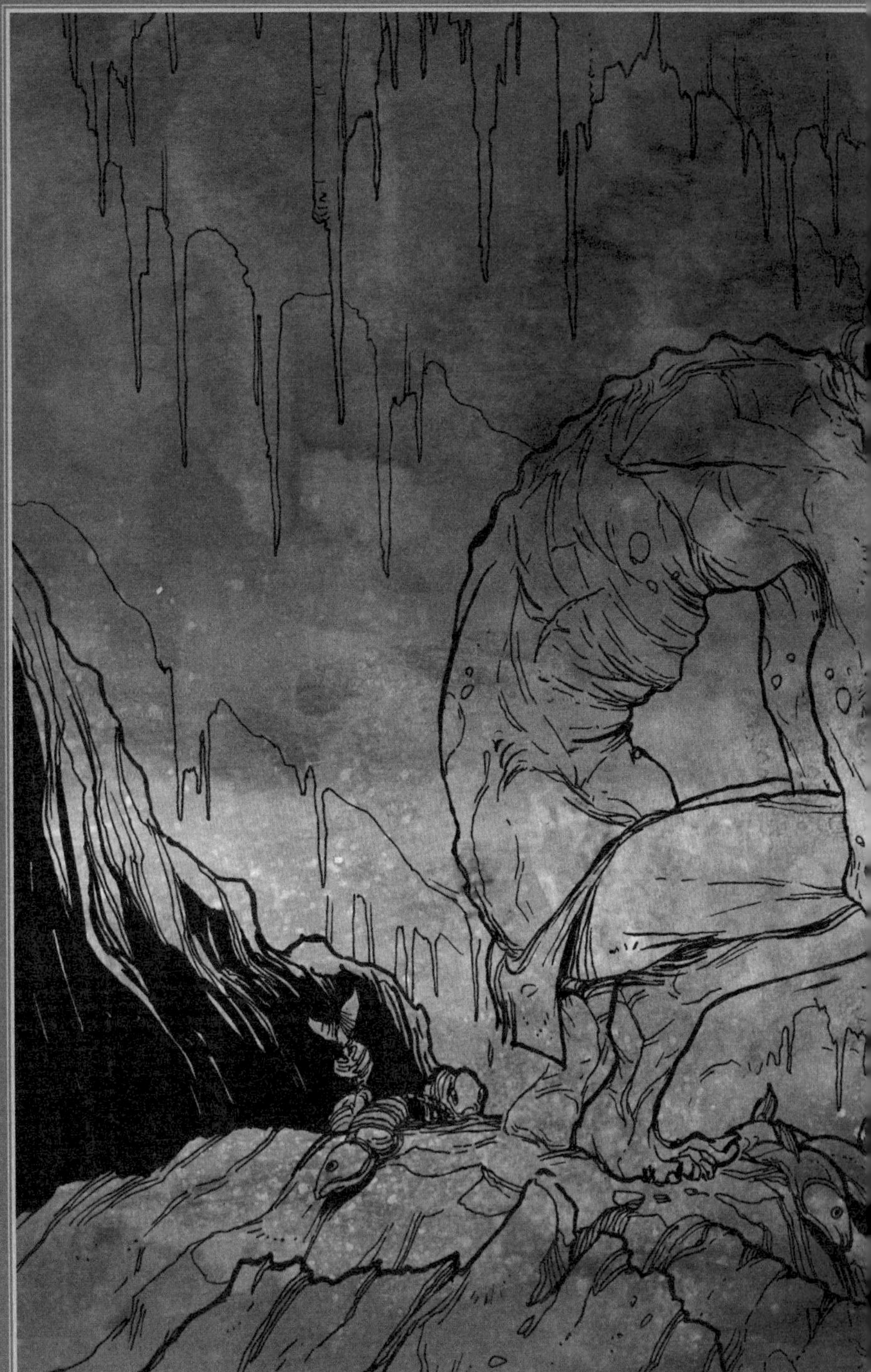

藏于兽人镇地下洞穴中的咕噜

斯米戈尔-咕噜和至尊魔戒

斯米戈尔-咕噜是《魔戒》中最为复杂的反派之一。他不像那些纯然的恶魔,或是索伦和戒灵那样层出不穷的反派,他展示的是内心深处善良与邪恶天性的割裂。

当斯米戈尔-咕噜第一次在《霍比特人》中出现时,读者经常认为他是残忍、食人的兽人变体,即使是其他兽人在他面前也退避三舍。但随后在《魔戒》中,托尔金透露了斯米戈尔原本是斯图尔族的霍比特人,被他的族人流放,并长期被魔戒腐化。在《霍比特人》中,咕噜只是比尔博·巴金斯在去孤山的路上遭遇的一连串障碍和磨难之一。发现和获得魔戒只是为了让比尔博拥有隐身的能力,就像柏拉图所说的盖吉斯的戒指能使人隐身一样。

直到托尔金开始写作《魔戒》,他才发现至尊魔戒是极为重要的物品。在此之后,他也清晰地认识到斯米戈尔-咕噜的人格正是善与恶斗争的象征,这种斗争在这个史诗般故事的叙事中十分重要。

斯米戈尔-咕噜这一人物的创作和更迭借鉴了很多与戒指相关的神话传说。在《伏尔松格传奇》这一北欧最著名的关于戒指的传说中,

第五部分 魔戒之战

有一个叫法夫尼尔的角色，他是矮人国王赫瑞德玛的儿子，为了得到一枚受诅咒的戒指，他谋杀了自己的亲生父亲。同样，斯米戈尔觊觎至尊魔戒，并因此杀害了自己的表兄弟德戈，随后躲进山洞。法夫尼尔沉迷于他的戒指，最终变成了怪物般的龙。而借由魔戒的力量，斯米戈尔也存活了数个世纪，变成一个从肉体到心灵都非常扭曲的食尸鬼——沉迷于他的"宝贝"（也就是至尊魔戒）不愿放手的食人者。

冰岛叙事诗《伏龙达克维萨》中也有类似的食尸鬼——逃犯索特，他偷走了一枚受诅咒的戒指，因害怕戒指被人夺走，就将自己活埋，不眠不休、全副武装地守护着它。

咕噜

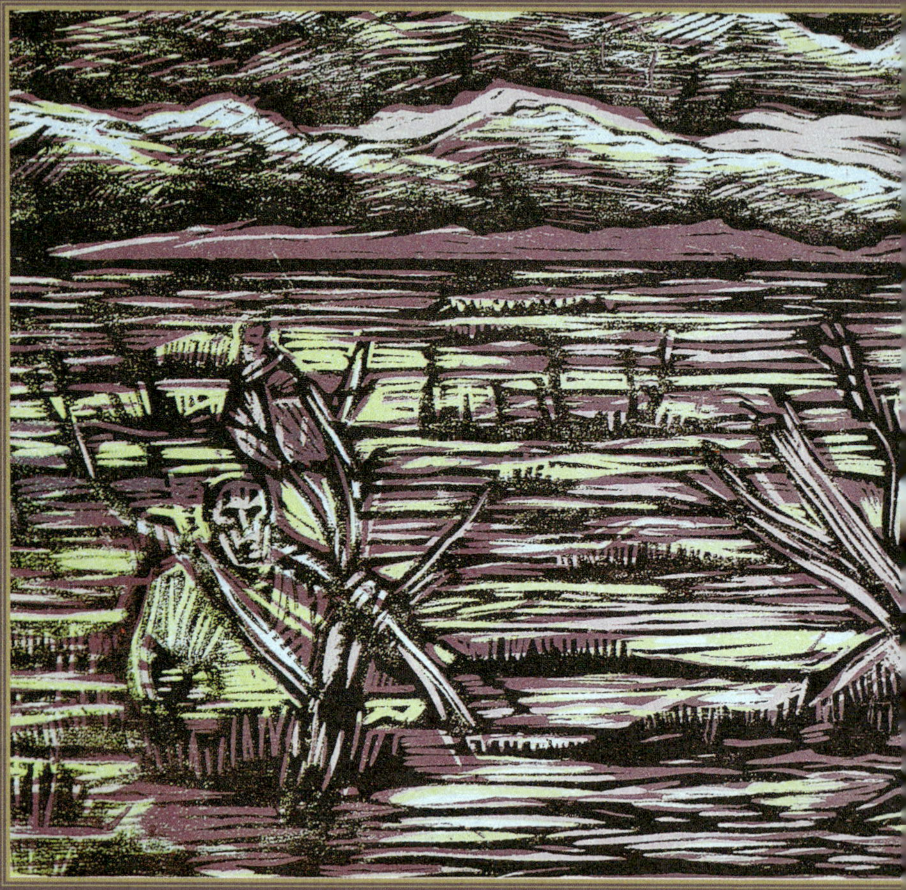

咕噜带领霍比特人穿过布满幽灵的死亡路径

斯米戈尔-咕噜小传

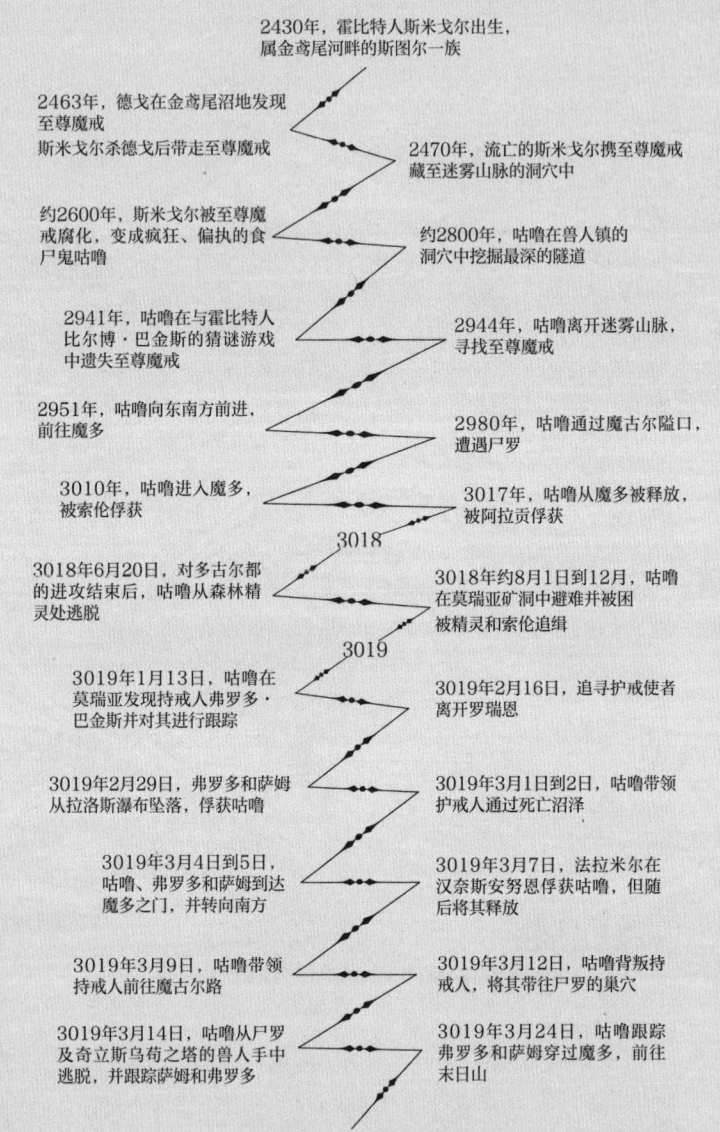

2430年，霍比特人斯米戈尔出生，属金鸢尾河畔的斯图尔一族

2463年，德戈在金鸢尾沼地发现至尊魔戒
斯米戈尔杀德戈后带走至尊魔戒

2470年，流亡的斯米戈尔携至尊魔戒藏至迷雾山脉的洞穴中

约2600年，斯米戈尔被至尊魔戒腐化，变成疯狂、偏执的食尸鬼咕噜

约2800年，咕噜在兽人镇的洞穴中挖掘最深的隧道

2941年，咕噜在与霍比特人比尔博·巴金斯的猜谜游戏中遗失至尊魔戒

2944年，咕噜离开迷雾山脉，寻找至尊魔戒

2951年，咕噜向东南方前进，前往魔多

2980年，咕噜通过魔古尔隘口，遭遇尸罗

3010年，咕噜进入魔多，被索伦俘获

3017年，咕噜从魔多被释放，被阿拉贡俘获

3018

3018年6月20日，对多古尔都的进攻结束后，咕噜从森林精灵处逃脱

3018年约8月1日到12月，咕噜在莫瑞亚矿洞中避难并被困被精灵和索伦追缉

3019

3019年1月13日，咕噜在莫瑞亚发现持戒人弗罗多·巴金斯并对其进行跟踪

3019年2月16日，追寻护戒使者离开罗瑞恩

3019年2月29日，弗罗多和萨姆从拉洛斯瀑布坠落，俘获咕噜

3019年3月1日到2日，咕噜带领护戒人通过死亡沼泽

3019年3月4日到5日，咕噜、弗罗多和萨姆到达魔多之门，并转向南方

3019年3月7日，法拉米尔在汉奈斯安努恩俘获咕噜，但随后将其释放

3019年3月9日，咕噜带领持戒人前往魔古尔路

3019年3月12日，咕噜背叛持戒人，将其带往尸罗的巢穴

3019年3月14日，咕噜从尸罗及奇立斯乌苟之塔的兽人手中逃脱，并跟踪萨姆和弗罗多

3019年3月24日，咕噜跟踪弗罗多和萨姆穿过魔多，前往末日山

3019年3月25日，咕噜紧抓至尊魔戒，掉进末日山裂缝的火焰中死亡

第五部分 魔戒之战

斯米戈尔-咕噜是非常典型的人格分裂案例,在查尔斯·狄更斯的《艾德温·德鲁德之谜》(1870),以及最为著名的罗伯特·路易斯·史蒂文森的《化身博士》(1886)中,都展现了此类案例。当斯米戈尔的人格占主导的时候,他的眼神黯淡无光,自称"我";而当咕噜占主导时,他自称"我们",或许是认为他与魔戒是一体的(也可能是暗示他人格的分裂)。与史蒂文森的故事一样,咕噜的邪恶人格也和他的善良人格发生着连续不断的冲突。

咕噜有众多缺点,但他成功生存了近六个世纪,这种生存能力着实令人赞叹——即使是在以顽强闻名的霍比特人中,仍然出类拔萃。而且,咕噜保留着一些霍比特人的特性,这曾多次救他于水火,作为一个典型的霍比特人,他缺乏对权力的野心和欲望,因此从未充分利用过至尊魔戒的力量,也没有任何伟大的目标想要实现。他的欲望仅止于对魔戒的占有欲,犹如守财奴对金子。只要还能独自在黑暗中占有他的"宝贝",他就能感到无限满足。咕噜固执地认为至尊魔戒属于他,但这仅仅是一种幻想,他对魔戒的"拥有"不过是像瘾君子"拥有"毒品——实质上,是魔戒"拥有"着他、控制着他。

斯米戈尔-咕噜的邪恶有其复杂的一面,这使他在《魔戒》中无时无刻不扮演着一个自相矛盾的角色——诡计多端又热衷讨好,恶行之中却能结出善果。

萨鲁曼——艾森加德的巫师

萨鲁曼这一角色甚至比咕噜更为复杂，他曾属于正义阵营，却因对权力和知识的渴望堕入邪恶的"虚无"深渊之中。

第三纪元的第一个千年末，维拉派遣五位迈雅前往中土世界，萨鲁曼便是其中之一。他是众伊斯塔尔（意为"智慧之人"）中地位最高者。和托尔金笔下的其他巫师一样，萨鲁曼的创作也借鉴了梅林以及亚瑟王传奇中的其他巫师。众伊斯塔尔的外表和梅林、北欧神话中的奥丁、希腊神话中的赫尔墨斯相似，都是长着长长的白色胡须、穿着宽大的袍子、手持魔杖的古老旅人——这些是他们魔力的标志。

和索伦一样，萨鲁曼在维林诺也有另一个名字，叫库茹莫，意为"狡猾之人"。众精灵称他为库茹尼尔，意为"身怀技艺之人"。人类则称他为萨鲁曼，这个名字其实是由两个古英语词语派生而来，一个是 searoman，意为"身怀技艺之人"（对应萨鲁曼"白巫师"的一面），另一个是 saroman，意为"身陷痛苦之人"（对应萨鲁曼"黑巫师"的一面）。托尔金小说中人物的名字常常会泄露其人格中不

艾森加德的萨鲁曼

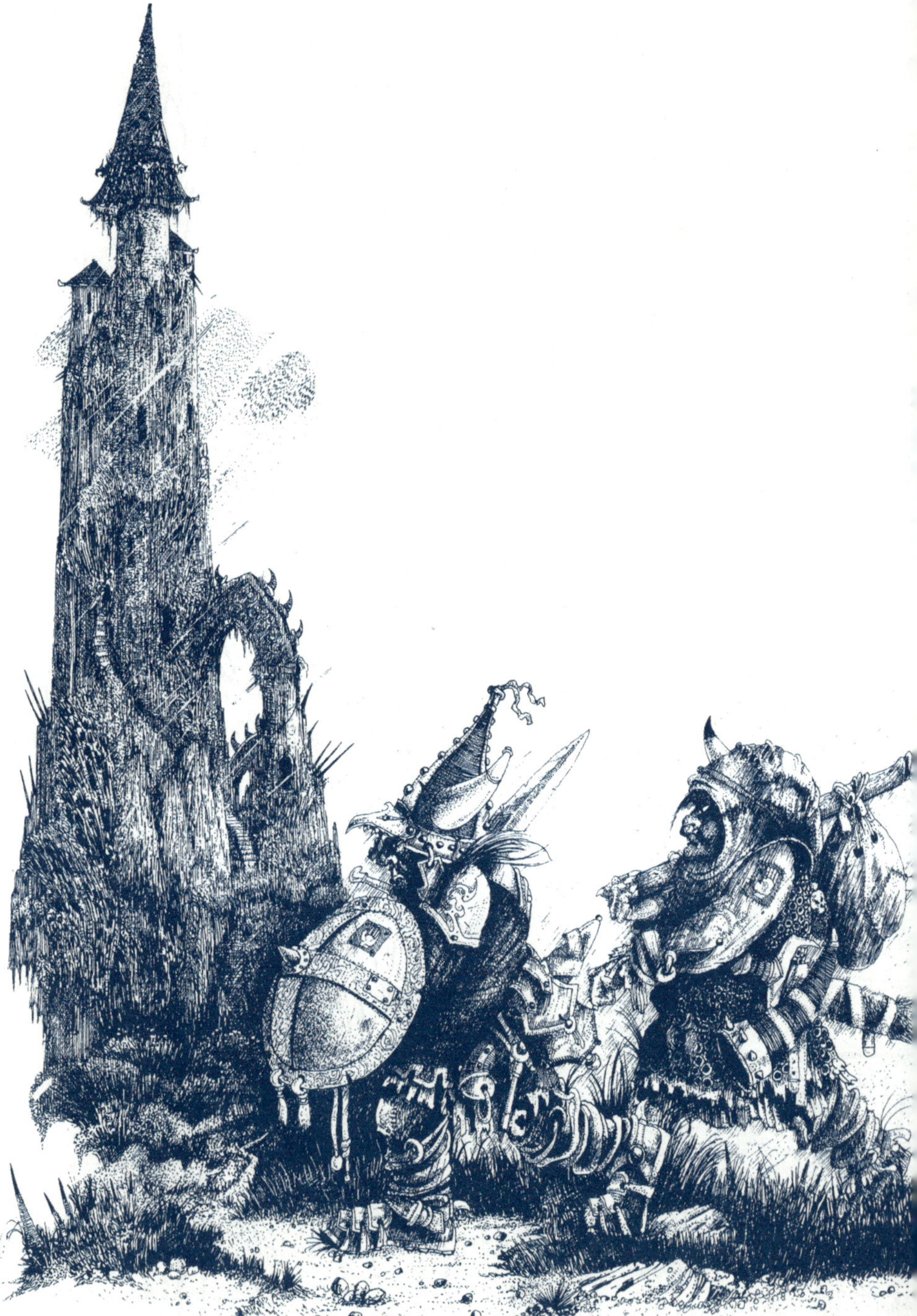

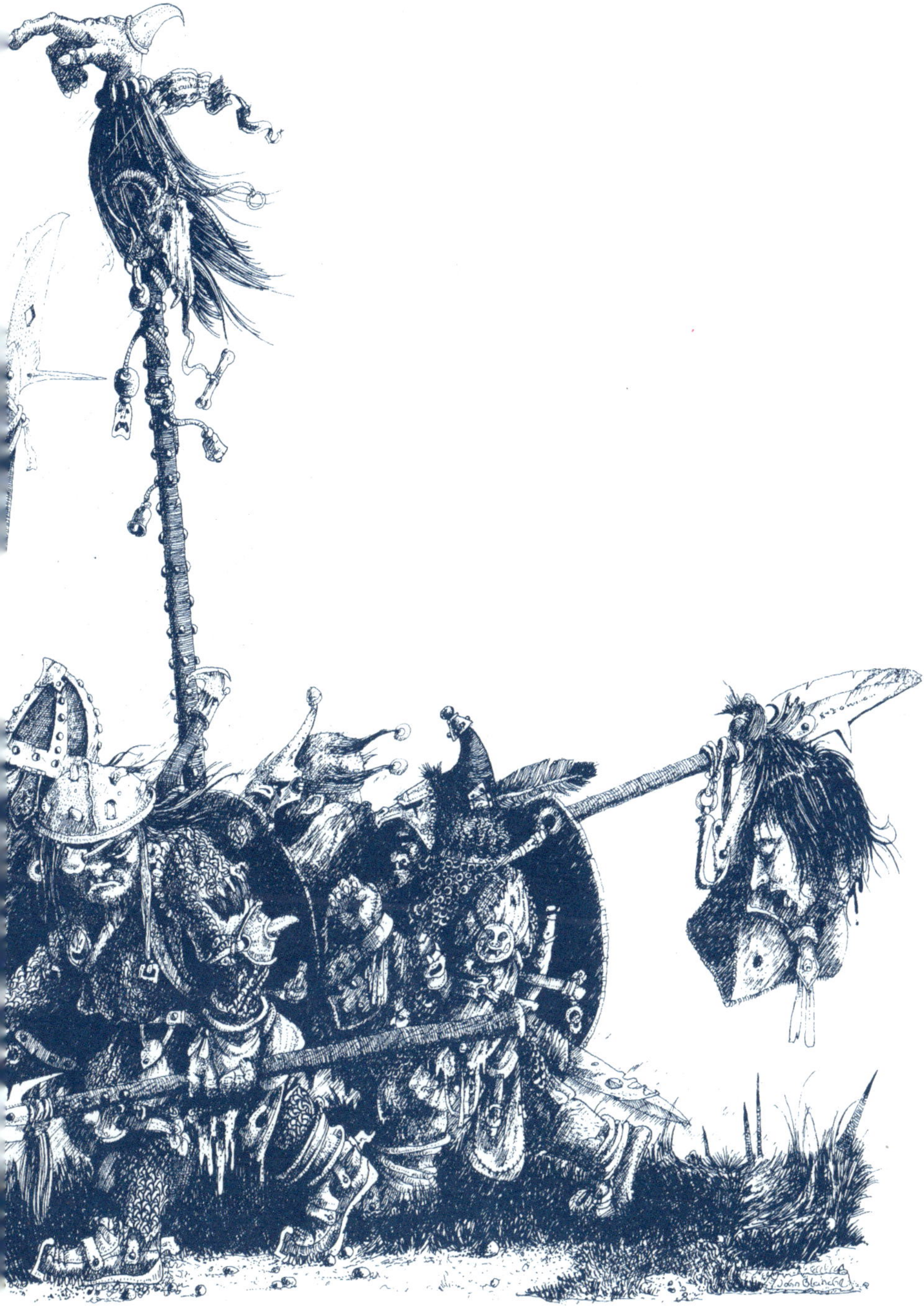
John Blanche

为人知的一面。

萨鲁曼是前往中土世界的五位伊斯塔尔的首领，也是他们之中最为强大的。然而，在寻找战胜索伦的方法时，萨鲁曼却被权力所诱。最终，他想要取代索伦成为魔戒之主。萨鲁曼的悲剧故事与古日耳曼的浮士德传说有许多相似之处，浮士德传说由约翰·乔治·浮士德（约1480—1540）的真实经历改编，这一传说也是克里斯托弗·马洛的悲剧《浮士德博士》（1592），以及约翰·沃尔夫冈·冯·歌德的两部戏剧《浮士德》（1808、1832）的题材来源。

浮士德与魔鬼交易，用不朽的灵魂换取无限的知识和俗世的力量。虽然萨鲁曼并未直接与索伦交易，但在对魔戒的欲望的驱使下，他通过欧尔桑克晶球（七颗真知晶球之一）与黑暗魔君的意志抗衡，并因此被诱入陷阱、遭到腐化。树须曾说，萨鲁曼拥有"钢铁和车轮般的意志"，他对技术的沉迷使他牺牲了许多人道的价值观，最终也牺牲了自己的生命。浮士德和萨鲁曼寻求的都是知识，而并非智慧。

就这样，最为强大的伊斯塔尔身负消灭索伦的重任来到中土世界，却最终成了索伦最为得力的爪牙。浮士德被靡菲斯特所骗，萨鲁曼也逐渐成为任索伦操纵的傀儡。在艾森加德的铜墙铁壁之中的欧尔桑克塔上，萨鲁曼将半兽人、乌鲁克族和黑蛮地人召集到白袍巫师的旗帜之下，向洛汗人和刚铎人开战。

第五部分 魔戒之战

萨鲁曼对他人的影响力很大一部分要归功于他"低沉而优美的"声音——"听来令人着迷",这声音拥有向人施咒的力量。他演讲时擅长玩弄修辞手段,内容充满溢美之词,又隐藏着邪恶与谎言。他的演讲与弥尔顿《失乐园》中撒旦的演讲非常相似——充满魅力、极具欺骗性。洛汗的王子伊奥梅尔称萨鲁曼为"舌尖涂蜜的老骗子",这一意象让人想起《创世记》中伊甸园里诱惑夏娃的蛇,后来的基督徒认为这条蛇与撒旦有着千丝万缕的联系。

在魔戒之战中,艾森加德的树人赶到并打响号角堡之战后,萨鲁曼的魔力和他的同盟变得微不足道。树人们推倒了艾森加德周围的铜墙铁壁,英雄的洛希尔人和意图复仇的胡奥恩一起消灭了萨鲁曼的邪恶军团。

树人赶往艾森加德这一情节的设计主要源于托尔金对《麦克白》中莎士比亚描写的女巫预言的不满,女巫预言称,当"伟大的伯纳姆树来到高耸的邓西纳恩山上"时,小说中的反派将会灭亡。在这部剧中,莎士比亚借鉴了他在拉斐尔·霍林斯赫德的《英格兰、苏格兰和爱尔兰编年史》(1577)中找到的历史情节,让马尔科姆的军队借着大量树枝的伪装在森林中行军。而托尔金想看见的却是树"移动它们深埋于地下的树根"(莎士比亚语),向背叛者麦克白进军。

210—211 页图:座狼与狼骑士

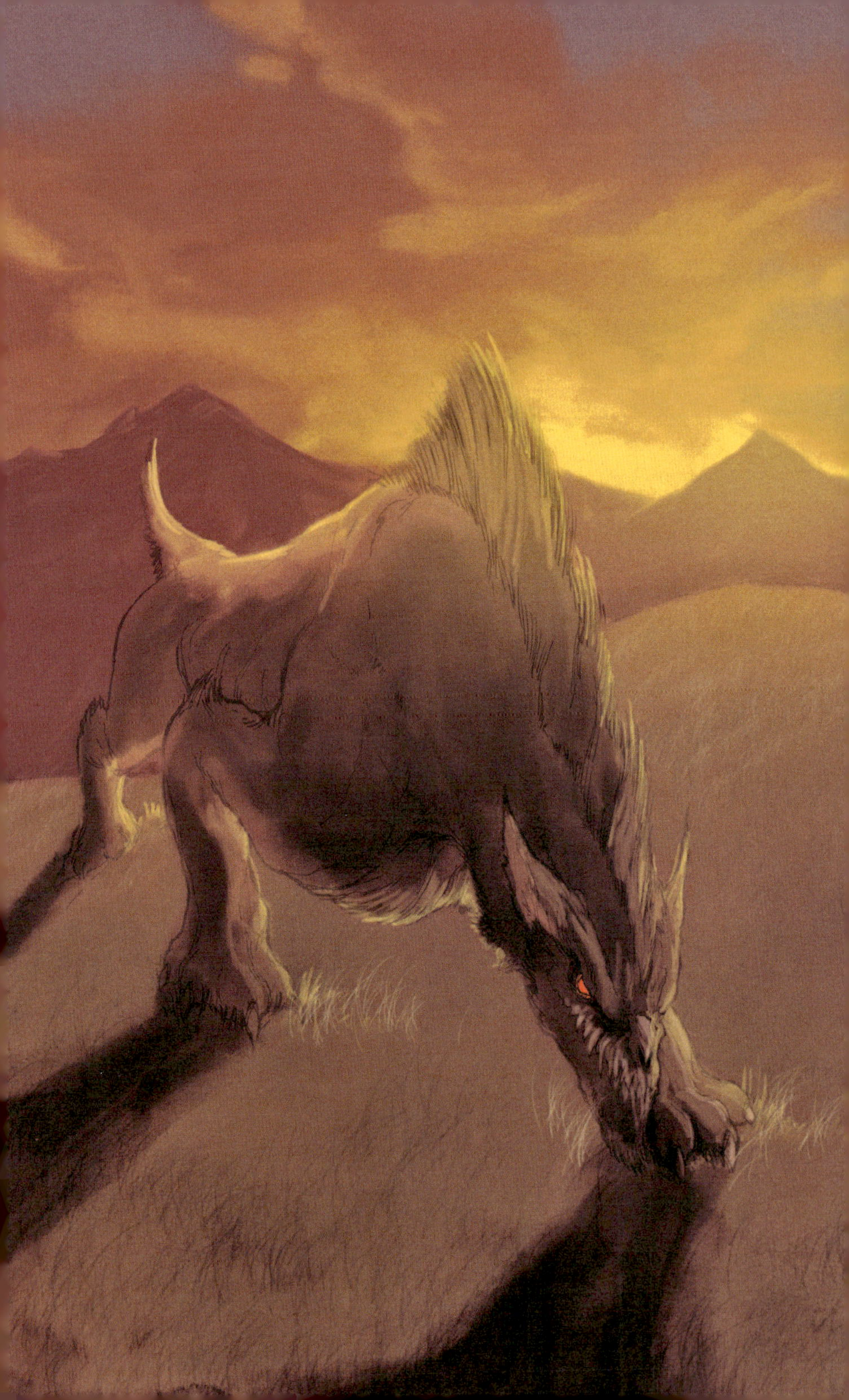

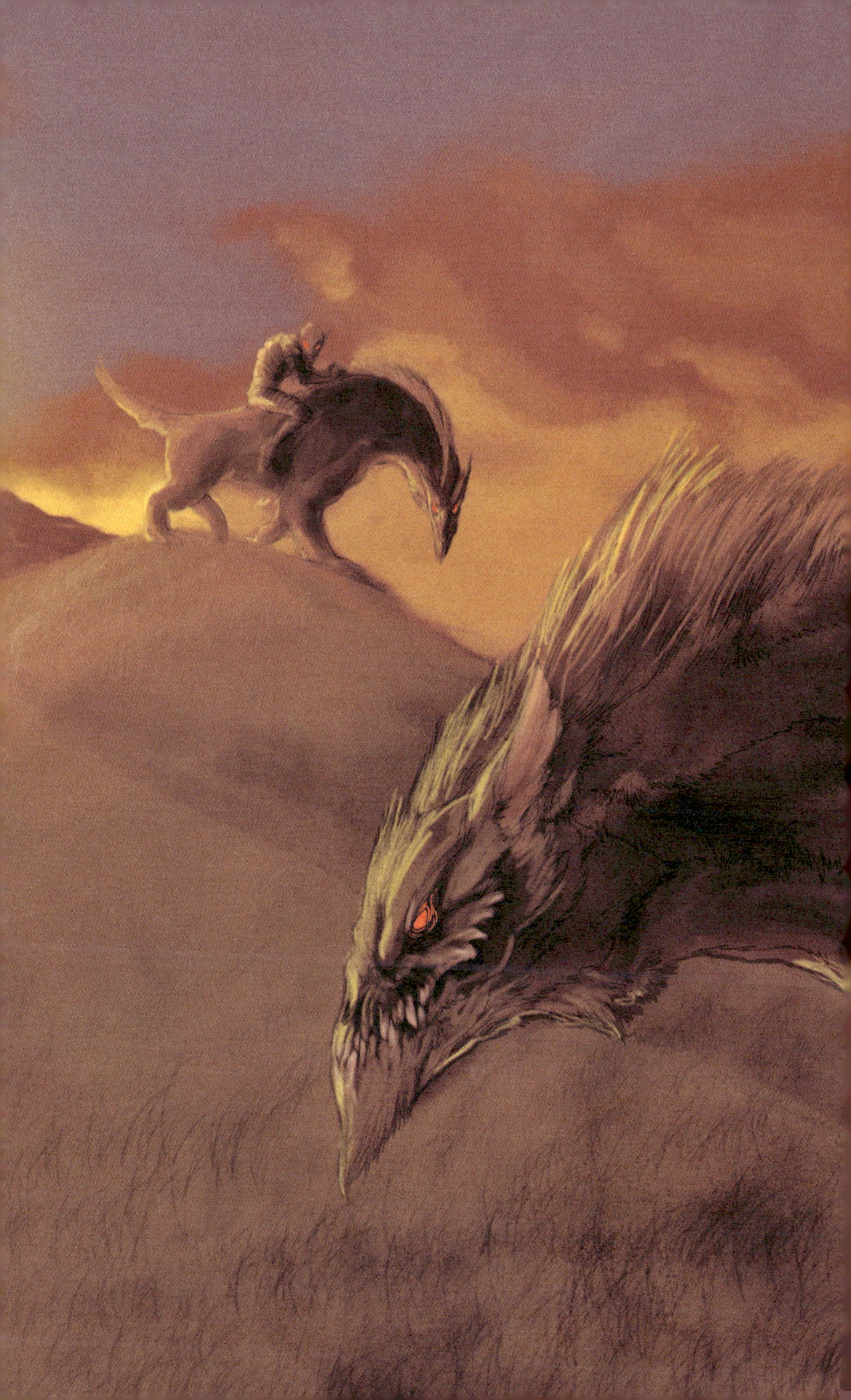

托尔金的黑暗力量

所以在魔戒之战中,托尔金让树人和胡奥恩前往萨鲁曼的堡垒,推倒围墙,摧毁了邪恶的工事。

最后,萨鲁曼自负地拒绝救赎,于是甘道夫折断了他的魔杖,将他从伊斯塔尔的行列中驱逐了出去,他失去了所有魔力,并被放逐。但萨鲁曼的邪恶行径并未就此结束。为了复仇,他潜入夏尔,用半兽人的名字沙基(意为"老者")实现了在小范围内的独裁统治。而在霍比特人小分队从征途返回后,他便被驱逐。

萨鲁曼的下场十分不堪,他的身体灰飞烟灭,"昭示着长久的死亡",这一情节与亨利·莱德·哈格德的《她》(1887)中女法师的死亡和变形颇为相似。毫无疑问,托尔金童年时代曾阅读过这部作品。随着"苍白的、裹着寿衣的身影"从他的尸体中升起,萨鲁曼迎来了自己的悲剧结局——从神圣堕入邪恶的太虚。

黑蛮地人

213 页图:号角堡大门之战

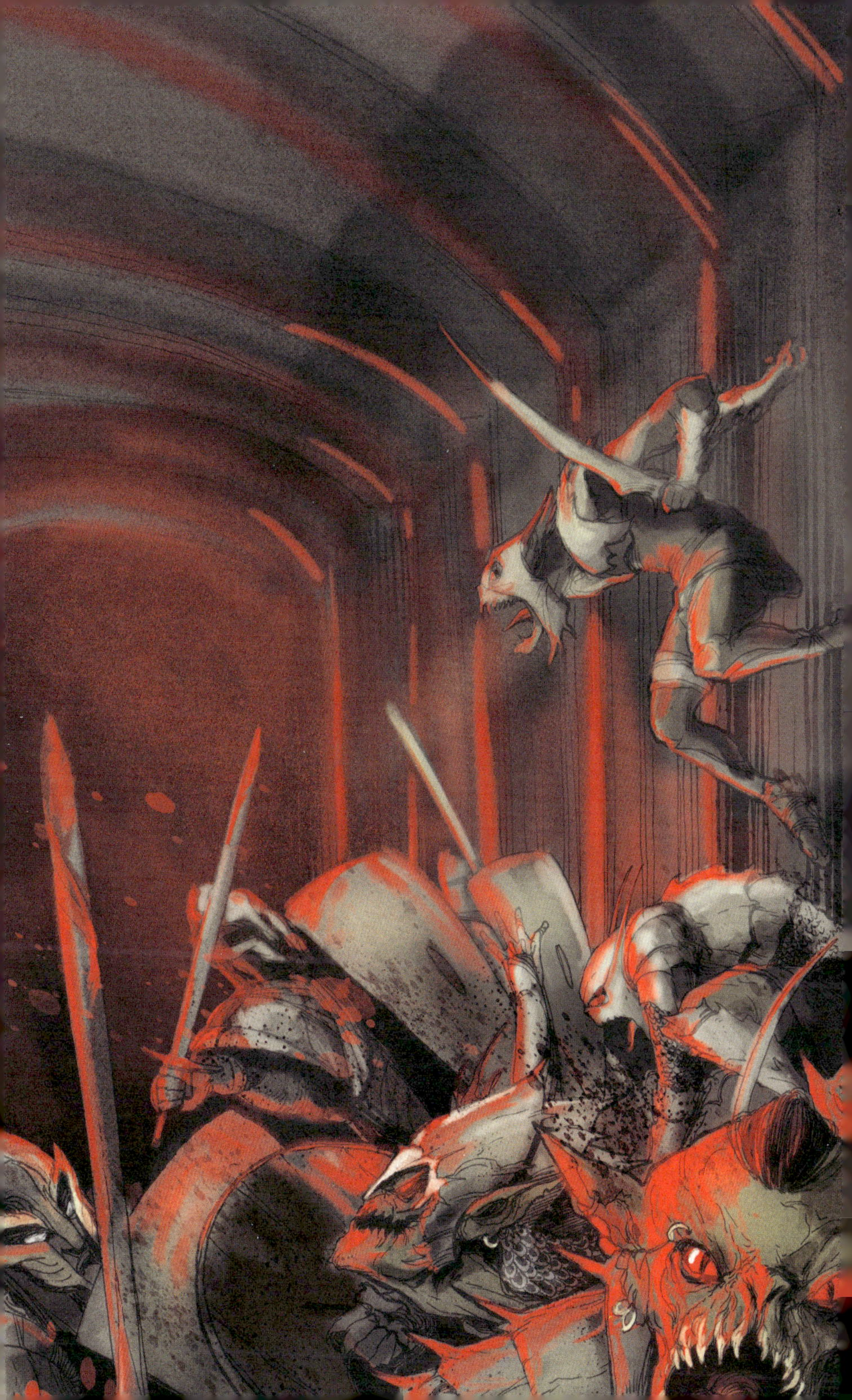

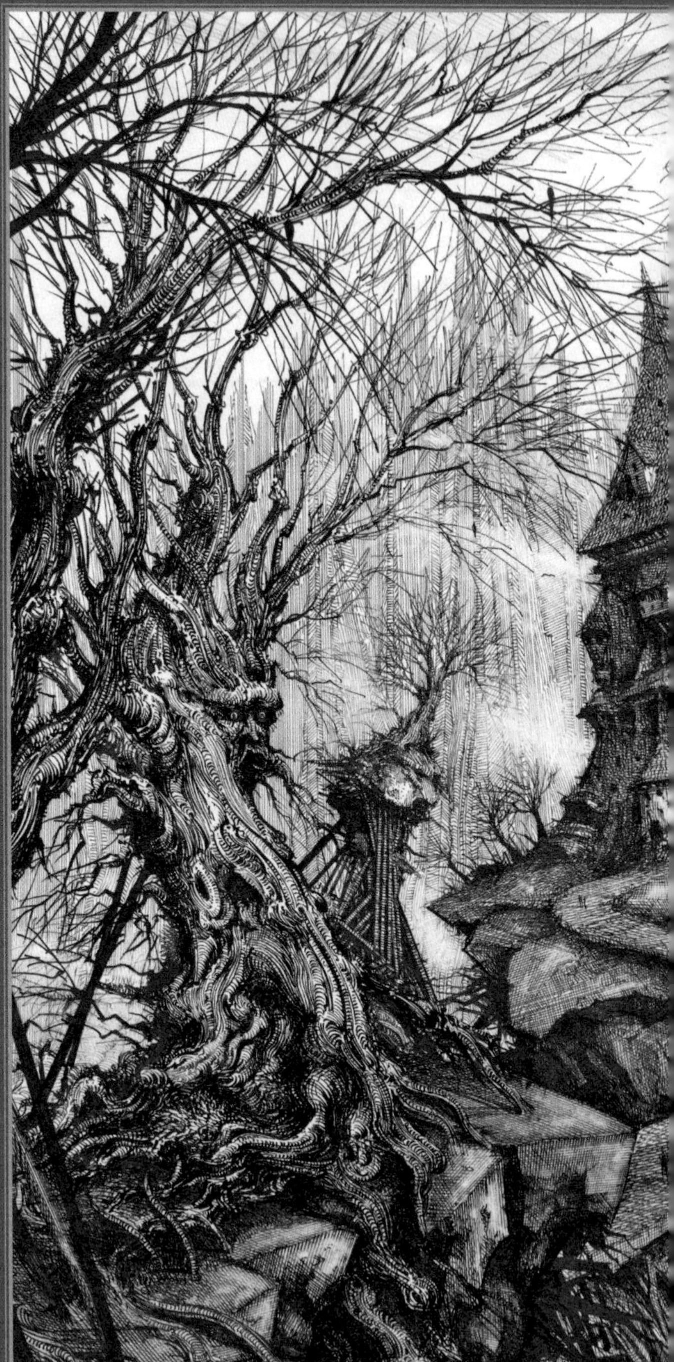

艾森加德的毁灭

萨鲁曼小传

"狡猾之人"库茹莫，
维拉工匠奥力手下的迈雅

精灵口中的"身怀技艺之人"
库茹尼尔

第三纪元1000年，白袍萨鲁曼作为五位伊斯塔尔之首来到中土

第三纪元1100年，作为众智者（伊斯塔尔与埃尔达）之一听闻了多古尔都的死灵法师

第三纪元2060年，萨鲁曼与众智者发现死灵法师索伦

第三纪元2063年，与众智者一起袭击多古尔都
索伦逃往东方
警戒和平开始

第三纪元2460年，警戒和平结束
索伦回到多古尔都

第三纪元2463年，白道会成立
萨鲁曼被选为首领

第三纪元2759年，萨鲁曼占领艾森加德
获取真知晶球之一——欧尔桑克晶球

第三纪元2851年，白道会于幽谷召开会议
萨鲁曼停止进攻多古尔都
乌鲁克族在艾森加德繁衍

第三纪元2939年，萨鲁曼欺骗白道会
艾森加德与黑蛮地人结盟

第三纪元2941年，白道会向多古尔都行进
索伦逃往魔多

第三纪元2953年，白道会最后一次会议
萨鲁曼在艾森加德周围建立堡垒
累积军队和武器

约第三纪元3000年，成为诸色兼具的萨鲁曼
凝视"真知晶球"

魔戒之战：第三纪元3019年

2月25日，第一次艾森河渡口之战
萨鲁曼的兽人、座狼和黑蛮地人杀死洛汗王储希奥杰德

2月26日，兽人和乌鲁克族袭击护戒使者

3月2日，第二次艾森河渡口之战
艾森加德军队打败洛汗人
树人前往艾森加德

3月3日，在号角堡之战中落败
艾森加德军被消灭
树人摧毁艾森加德
萨鲁曼被欧尔桑克俘虏

3月5日，甘道夫折断萨鲁曼的法杖，萨鲁曼失去魔力

8月22日，树人释放萨鲁曼和格里马

8月28日，萨鲁曼抵达夏尔，被称作沙基（"老人"）和"首领"，成为夏尔的恶棍头目

11月3日，在傍水镇之战中落败
萨鲁曼被格里马所杀
魔戒之战结束

第五部分 魔戒之战

尸罗——奇立斯乌苟隘口的巨型蜘蛛

尸罗是一只生活在奇立斯乌苟隘口的巨型蜘蛛,她是第一纪元万蛛之祖恶灵乌苟立安特的最后一个子嗣。第二和第三纪元时,尸罗和她的后代——"远不及她的蛛群、她可悲伴侣的私生子"——盘踞在摩多的群山和幽暗密林中。托尔金笔下的两只怪物乌苟立安特和尸罗能够麻痹并杀害猎物,还会在交配过程中残害她们的雄性伴侣。这确实是有些动物学依据的:被巧妙命名为"寡妇"的毒蛛属蜘蛛的确会分泌一种强力毒液来麻痹或杀害猎物,并且偶尔会在交配过程中吞食比自身小得多的雄性伴侣,这是一种令人极其不适的习性。

虽然尸罗(从古英语构词法来看,这个词意为"她-蜘蛛")不及乌苟立安特那般罪大恶极,但她依旧是第二和第三纪元力量最为强大、体形最为巨大的蜘蛛。用生物学术语解释的话,这或许可以称作一种后代退化。尸罗有一只犁马那样大,但她的后代——《霍比特人》中幽暗密林的蜘蛛们——体形却比她小得多,智力也远不及她。

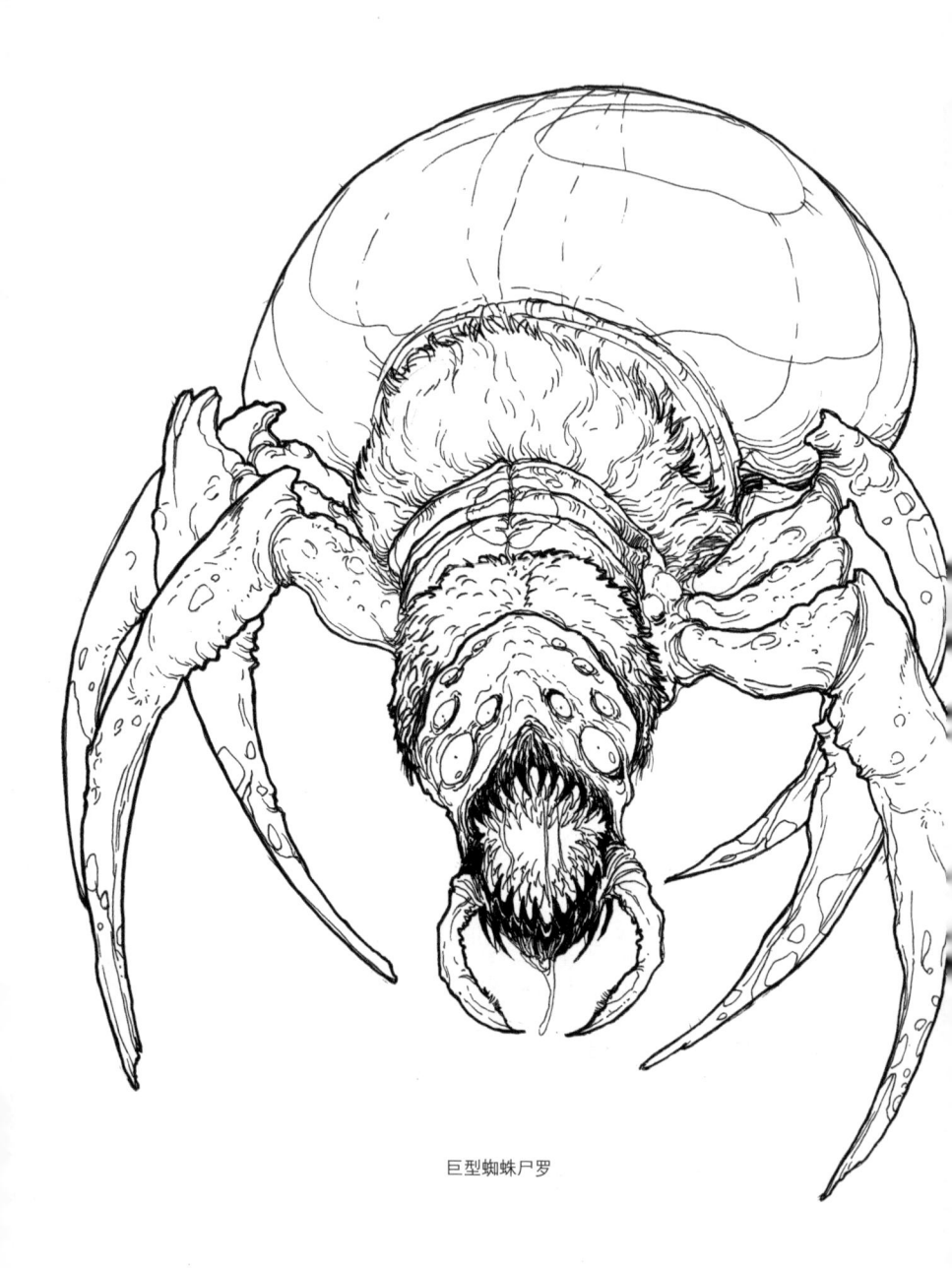

巨型蜘蛛尸罗

第五部分 魔戒之战

尸罗是奇立斯乌苟隘口(精灵语意为:"蜘蛛隘口")的守卫,她占领了一连串复杂的隧道,试图走这条路通过阴影山脉埃斐尔度阿斯进入魔多的任何生物都会落入她的口中。第三纪元第三个千年,尸罗俘获了咕噜,但在意识到他可以为她带来更多猎物后,尸罗释放了咕噜。大约20年后,在魔戒之战中期,咕噜履行了他的诺言,引弗罗多·巴金斯和山姆怀斯·甘姆吉来到她的巢穴。

霍比特人落入尸罗手中的这段情节其实与维吉尔在《伊尼亚德》中描述的落入地底世界的情节类似。

咕噜是弗罗多和山姆怀斯的向导,正如西比尔是伊尼亚德的向导。山姆怀斯利用加拉德瑞尔的水晶越过尸罗,得以逃脱,在维吉尔的罗马史诗中,他们则是利用了一根金树枝和一块带药的蛋糕来绕过雪貂和三头地狱犬赛伯勒斯。堕入地底世界的传说总与英雄们渴望复活所爱之人的愿望有关。伊尼亚德虽无法使他的父亲重生,但山姆怀斯却成功救回了因被尸罗毒害而陷入濒死状态的弗罗多。

第一纪元,乌苟立安特是魔苟斯的女性同盟,与之类似,在第二和第三纪元,尸罗也成了索伦的女性同盟。在某种程度上,这些怪物都臣服于这两位黑暗领主。然而,她们最终都选择了背叛——乌苟立安特背叛了魔苟斯,而尸罗也不受索伦控制,只做"自己的主人"。

托尔金将两个蜘蛛怪物描述为"世界的毁灭者",还写过她们

托尔金的黑暗力量

在爱人的尸体上起舞的情节。从表面上来看,他描绘了一个以蛛网为中心的神话。在世界上大多数神话中,蜘蛛作为织布者,往往扮演着更积极甚至更仁慈的角色。例如,在非洲和西印度群岛有着许多版本的关于阿南西的传说。阿南西是阿善蒂蜘蛛创造神,在许多民间故事中扮演着骗子的角色。北美的霍皮人和纳瓦霍人也有类似的神话,传说中有一位聪明的蜘蛛母亲或称为蜘蛛祖母,是她编织出了整个世界。

第五部分 魔戒之战

巫王与佩兰诺原野之战

"很久以前的安格玛巫王、法师、戒灵们的首领、索伦手中令人恐惧的长矛",这是甘道夫在巫王围攻刚铎首都米那斯提力斯时对他的描述。

虽然在现代英语中,"witch"一词通常指代女性,而"wizard"或"warlock"一词则指代男性巫师;但在为巫王命名时,托尔金参考了中世纪英语中的动词"wicchen",意为"施魔法",并无任何性别含义。

巫王那令人恐惧的力量在他于刚铎破碎的大门前摘下面罩时完全展示了出来。作者写道:"他头戴王冠,头却已消失无踪,只剩红色的火光在那处熊熊燃起。他的披肩仿佛藏有无尽黑暗,一张无形的嘴里,发出死亡般恐怖的笑声。"在这段描写中,托尔金笔下的巫王很像欧洲民间传说中的无头骑士。

其中最著名的便是爱尔兰的杜尔汗(也被称为"暗黑骑士"),他的事迹因华盛顿·欧文的哥特式恐怖小说《睡谷的传说》而闻名遐迩。在佩兰诺原野之战中,托尔金给予巫王的邪恶力量较其余八

猛犸战象：哈拉德人的战象

位戒灵而言更为明显且强大。例如,这场战役中,他的力量只被阳光稍稍削弱。

在围攻刚铎和佩兰诺原野之战中,巫王领导着一个庞大的魔古尔军队,麾下囊括乌鲁克族、兽人、食人妖、南方人和东方人。然而,托尔金在这段描写中却小心翼翼,不愿显露刚铎所有敌人的邪恶本性。在巫王的盟友中,最为突出的是哈拉德人,他们骄傲又勇猛,再加上耀眼迷人的异域风情,因此获得了贵族般的地位。我们可以这么认为,托尔金将这些刚铎的敌人刻画得都十分类似于中世纪十字军史诗《武功歌》中的战士。19世纪十字军东征的历史认为"撒拉逊人"(基督教十字军的穆斯林反对者)值得尊敬却执迷不悟。

洛汗人也如此认为与撒拉逊人类似的南方骑兵,他们黑发黑肤,身着红金相间的"重叠铜板"制成的盔甲,将刚铎之围变成了全副武装的佩兰诺原野之战。洛汗的国王希奥顿高举画着白马的绿色旗帜,直取哈拉尔人的首领。而哈拉尔人的骑士在饰有黑色蟒蛇的红色旗帜下聚集。"南方人弯刀的闪光有如繁星璀璨",作者写道。这一战役的画面富有东方的浪漫情调,我们可以在拜伦的诗《辛那赫里布的灭亡》中找到类似的描写:"亚述人冲锋而下,如同羊群中的狼,/他们的军队闪烁着紫色与金色的微光;/长矛的闪光如同海上繁星,/幽深的加利利海上,翻滚着蓝色的浪。"和亚述国王辛那赫里布一样,哈拉尔人的首领被杀,他的蟒蛇旗也"被撕毁,只剩下旗杆和支架"。

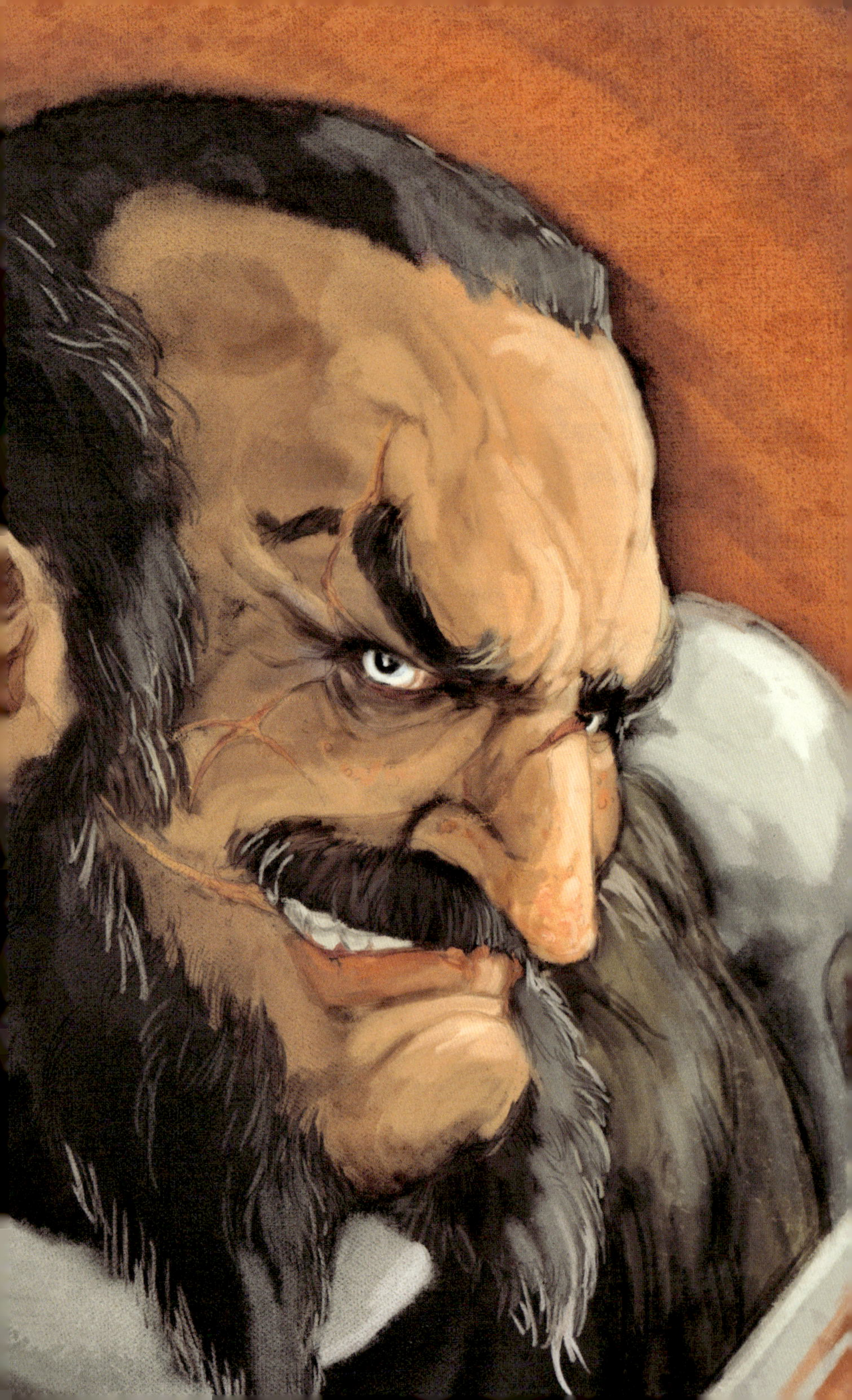

第五部分 魔戒之战

洛汗人短暂的胜利很快演变成一场灾难,巫王骑着他可怕的有翼兽将希奥顿击于马下,并猛地俯冲,杀死了他。其他洛汗人在绝望和恐惧中退却,而一位年轻瘦削的骑士德恩海尔姆却勇敢地站出来挑战巫王。面对这种看起来不自量力的挑战,巫王十分自信,并且充满对对手的轻蔑,他相信自己被古老的预言"不被凡人所杀"保护着。

在这场决战中,托尔金采用了神话和文学作品中古老的主题,即"被误读的预言"。

在这些误读预言的故事中,最为著名的莫过于希罗多德讲述的克里萨斯王的故事。克里萨斯王是富有而强大的吕底亚国王,他想要知道自己对波斯帝国的侵略是否会成功,预言告诉他:"如果吕底亚参战,它将毁灭一个强大的帝国。"这个预言颇为讽刺,并且带有某种残酷的真实性,因为吕底亚毁灭的强大帝国正是它自己。正如托尔金所说,巫王的故事参考了莎士比亚的《麦克白》(以及《麦克白》的参考作品霍林斯赫德的《英格兰、苏格兰和爱尔兰编年史》)中预言的情节。在《麦克白》中,女巫预言道,这位残暴的苏格兰国王"不

224 页图:哈拉德人的族长

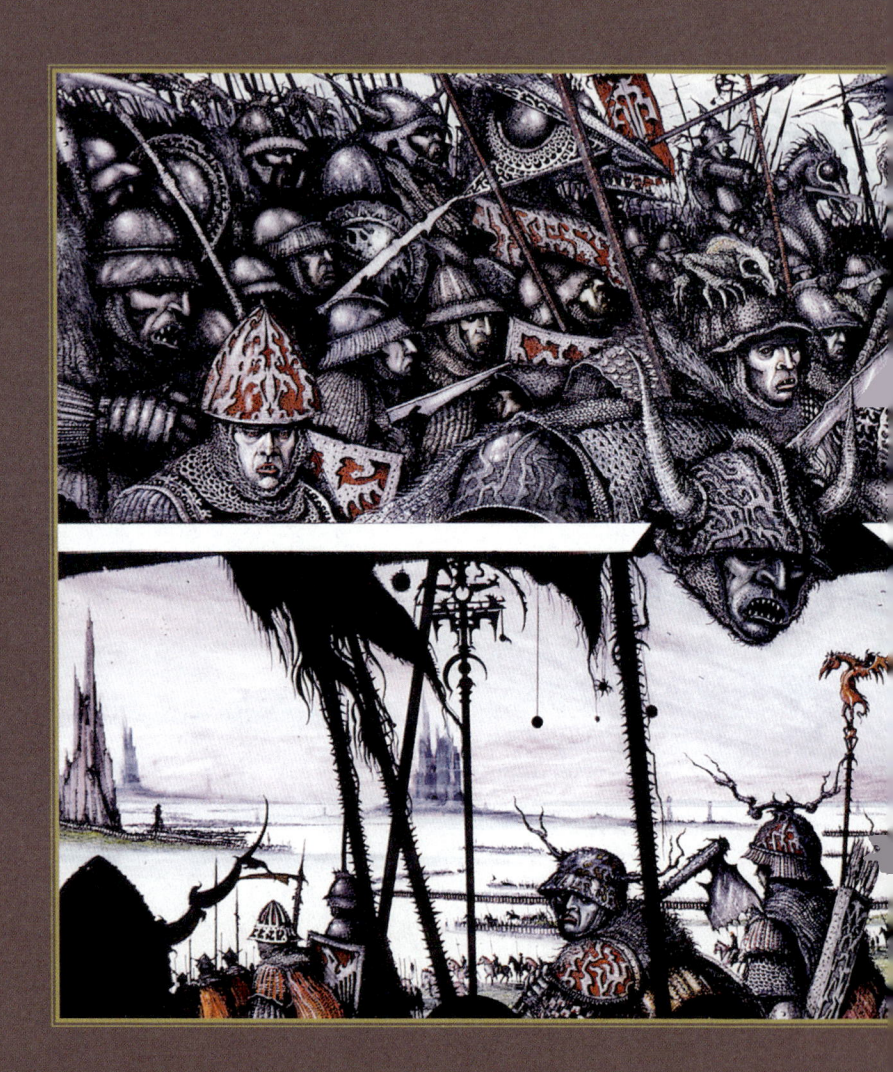

佩兰诺原野之战

会被任何一个由女人所生的凡人伤害"。巫王的预言与麦克白的基本一致，而剖腹产所生的麦克杜夫最终杀死了麦克白。

与之相似，关于巫王的预言也以意想不到的方式实现了。实际上，巫王并未死于男人（英语中"凡人"与"男人"均为 man）之手，而是死于洛汗的公主伊奥温假扮而成的骑士德恩海尔姆之手。就这样，在霍比特骑士梅里雅达克·烈酒鹿的帮助下，伊奥温将剑刺入了曾不可一世的巫王的身体，实现了古老的预言。巫王的死亡扭转了佩兰诺原野之战的局面，征服的野心最终归于尘埃。

托尔金曾暗示，他在情节上对这类预言的阐释优于莎士比亚。我们也必须承认，巫王死于一个霍比特人和一个女扮男装的战士之手，比莎士比亚强行将剖腹产解读为"不是女人所生"更加令人满意。

第五部分 魔戒之战

索伦与末日火焰

绝大多数神话描绘的都是正义与邪恶之间声势浩大的战争：强大的邪恶力量发展壮大，企图消灭看似弱小的正义力量，世界的平衡因此遭受威胁。在《魔戒》中，正义与邪恶的对抗在黑门之战中达到高潮。这是西方联军为解放索伦暴政下的中土人民做出的最后一次努力。这是一场绝望的赌博：西方联军仅用6000名武装士兵，对抗人数是其十倍的兽人、乌鲁克族、食人妖、奥洛格族、东方人和哈拉德人。兽人联军从黑门中倾泻而出，八位戒灵飞行于其上。

在《魔戒》中，托尔金不但描写了正义与邪恶之间的永恒矛盾，还融入了另一种经典神话元素，即"外部灵魂"。詹姆斯·乔治·弗雷泽曾在他的《金枝：比较宗教学研究》（1890）中提到，外部灵魂这一概念以多种形式被"从印度到海博里德"的人民广泛接受。弗雷泽解释称，一个巫师、巨人或其他超自然生物"是坚强而不朽的，因为他们将自己的灵魂藏到某个秘密的地方（或某个秘密的物品中）；一旦这个秘密被透露给英雄，英雄就会将其灵魂找出并摧毁，这样，巫师就会永远被杀死"。

末日山

第五部分 魔戒之战

在《魔戒》中,强大的萨鲁曼号令着大量强大的军队、操控着可怕的超自然力量,在黑门之战中,他似乎不可阻挡。然而,胜利在望之际,索伦发现了自己的不堪一击,因为弗罗多意外地将至尊魔戒套在了自己的手指上:"黑暗魔君突然感觉到了他,那能穿透一切阴影的魔眼向原野望去……黑暗魔君意识到了自己的愚蠢,这犹如一道炫目的闪电在他的头脑中炸裂开来,然后……他知道自己正遭受着致命威胁,命悬一线。"至尊魔戒包含着索伦的"外部灵魂",却落入霍比特人之手,随时可能被投入末日山的火焰之中。

最后,扭转魔戒之战局面的并非屠龙的勇士、交战的士兵、严密的围城或是倾覆的帝国。魔戒之战的最终对决与特洛伊战争中阿喀琉斯对战赫克特、卡姆兰战役中亚瑟王对战莫德雷德这类史诗般的战斗大相径庭,它是弗罗多和咕噜在末日山裂缝的对决。这两个身材矮小的人激烈角逐,整个世界的命运悬而未决。直到最后一刻,这场打斗的结果才尘埃落定:就在弗罗多将要屈从于魔戒的力量之时,咕噜咬下了弗罗多的手指,抢过了至尊魔戒,得意忘形的咕噜不慎被绊倒,踉跄着坠入了末日火焰,至尊魔戒就此被摧毁。

这体现了托尔金作为一个奥古斯丁修会基督徒的道德观,他认为邪恶可能暂时占领上风,但最终必将自我毁灭,堕入虚无。咕噜

232—233 页图:黑门之战中的食人妖

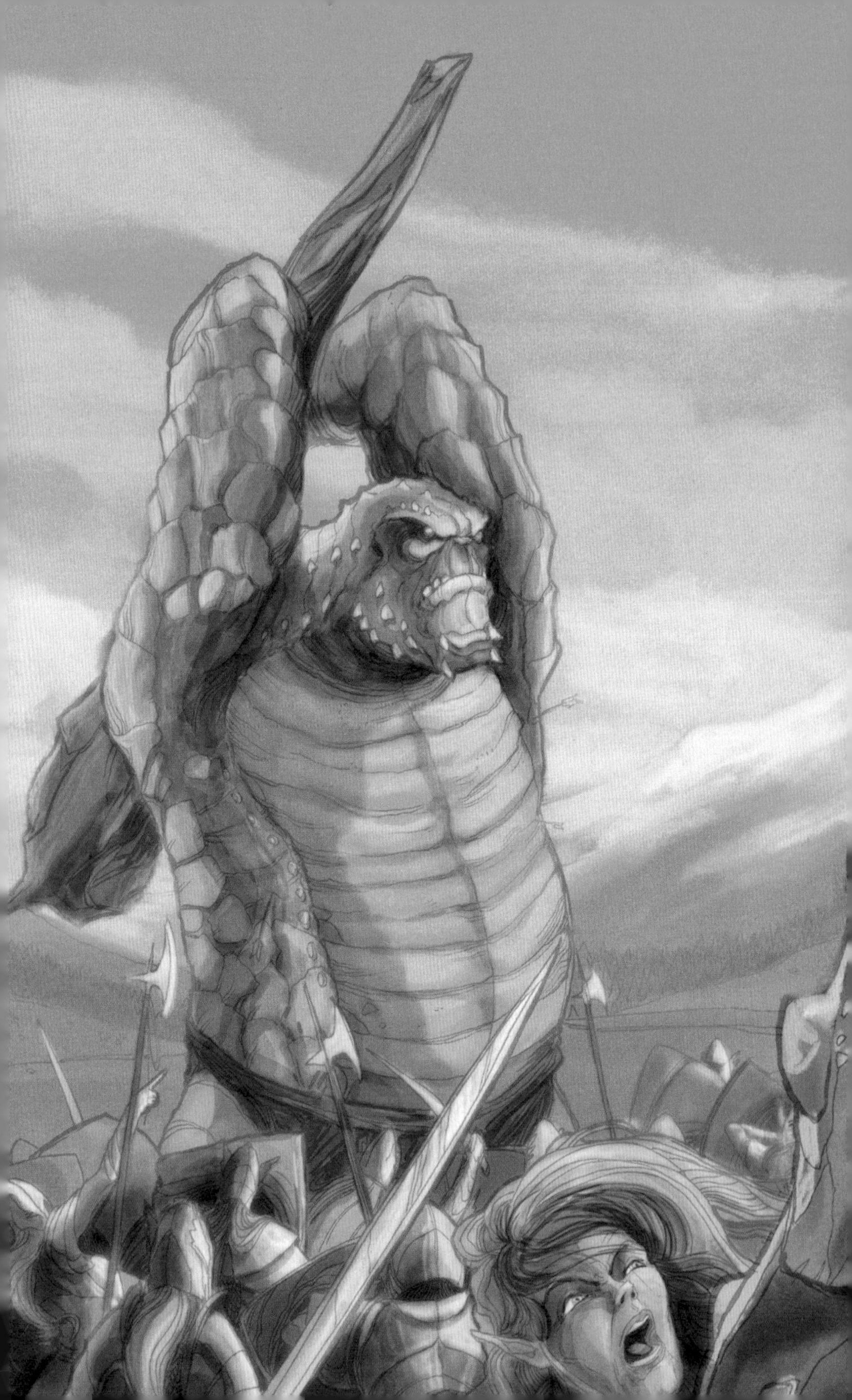

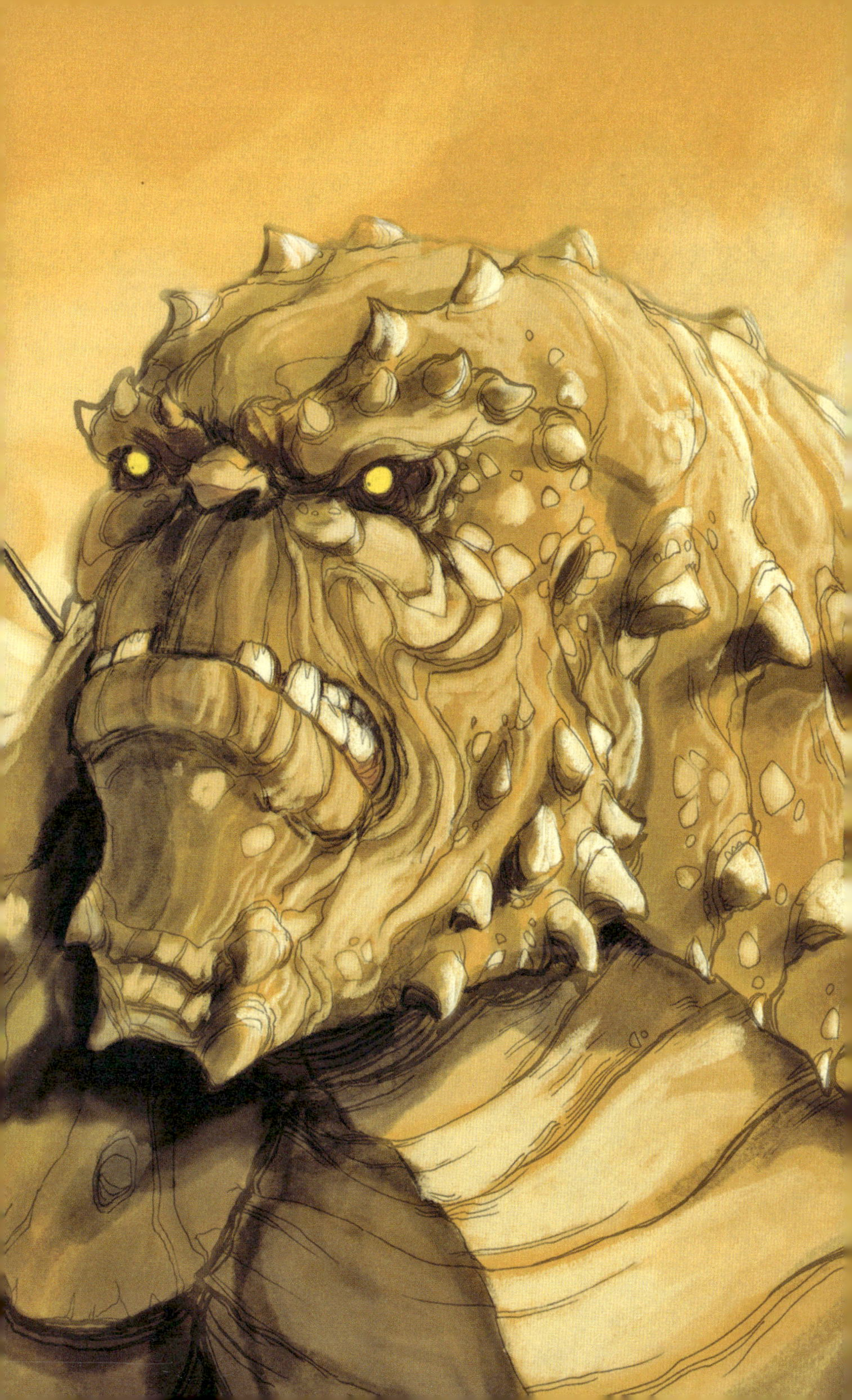

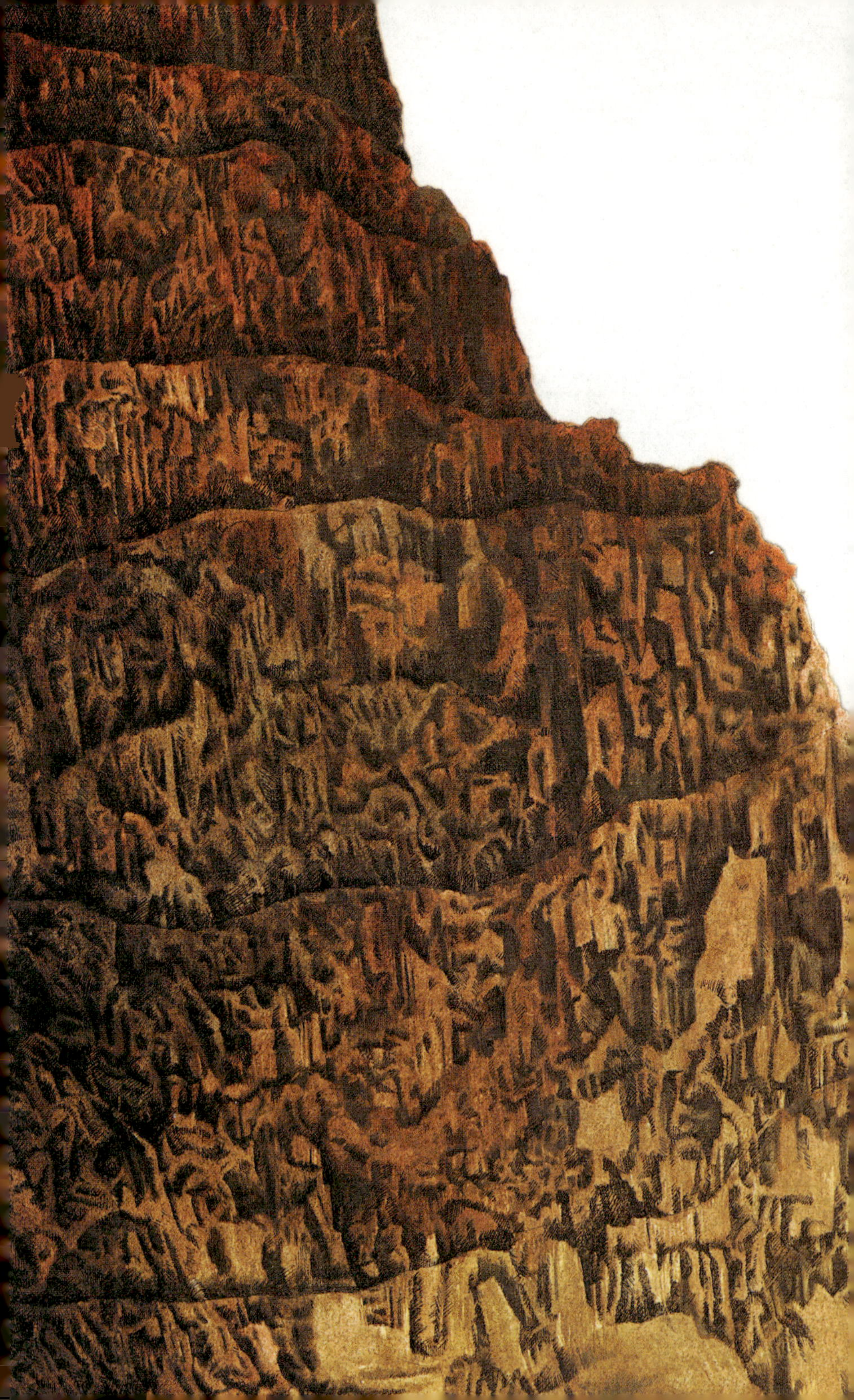

第五部分 魔戒之战

对弗罗多的这最后一次背叛也成全了自己的命运：他既是恶棍，也是中土世界的拯救者。

在选择这场决定性战斗的地点时，托尔金表现了自己作为语言学者的一面，他希望为一些寻常的词赋予崭新的含义。这种意图在他命名"黑暗魔君"和"邪黑塔"时也表现得非常明显。托尔金倾向于使用陈旧的名字来构建强大的原型符号。其后，他又用独具特色的语言赋予这些通用符号一种独特的中土气息。因此，在托尔金笔下，黑暗魔君索伦在巴拉督尔的邪黑塔上统治着魔多的黑暗之地。

斯蒂芬·金在一次采访中曾提到过他的黑暗幻想系列小说《黑暗塔》的主旨与灵感，着重提到了这部小说的标题。毫无疑问，斯蒂芬·金对托尔金的魔多邪黑塔非常熟悉，但他声称，他最为重要的灵感来源是他最喜欢的一首诗歌，即罗伯特·勃朗宁的《贵公子罗兰去往黑暗塔》，他评论道：

托尔金的黑暗力量

"勃朗宁从未提过那座塔是什么,但这首诗基于一个更为古老的民间故事:贵公子罗兰在古代的遗迹中走失了。没人知道这个故事的作者是谁,也没人知道黑暗塔究竟是什么,所以我开始思考:这座塔究竟是什么呢?有什么含义呢?我觉得,每个人心中都有他们想要找寻的黑暗塔,他们知道黑暗塔可能会带来毁灭,终结自身,但他们仍然想要拥有或是毁灭这座塔。所以我想,也许对每个人来说,他们的选择会有所不同,在创作这个故事的时候,我想要弄清楚罗兰的黑暗塔究竟是什么。"

虽然这首诗是黑暗塔系列小说的开端,但这部小说自有其走向。托尔金从海量的文学作品、语言学作品、历史和神话中汲取灵感时也是一样,上述内容只为托尔金创作中土和不死之地的故事提供了一个起点,托尔金小说绝非只是将古代传说七拼八凑地堆砌在一起。他独特的、具有原创性的语言和故事比他参考过的任何古代传说都更为丰富和渊博,因此绝非简单模仿。《魔戒》是一部广受好评的原创小说,它更新、激发并最终彻底革新了20世纪和21世纪"寻找戒指"的传奇。

237 页图:魔多邪黑塔的倒塌

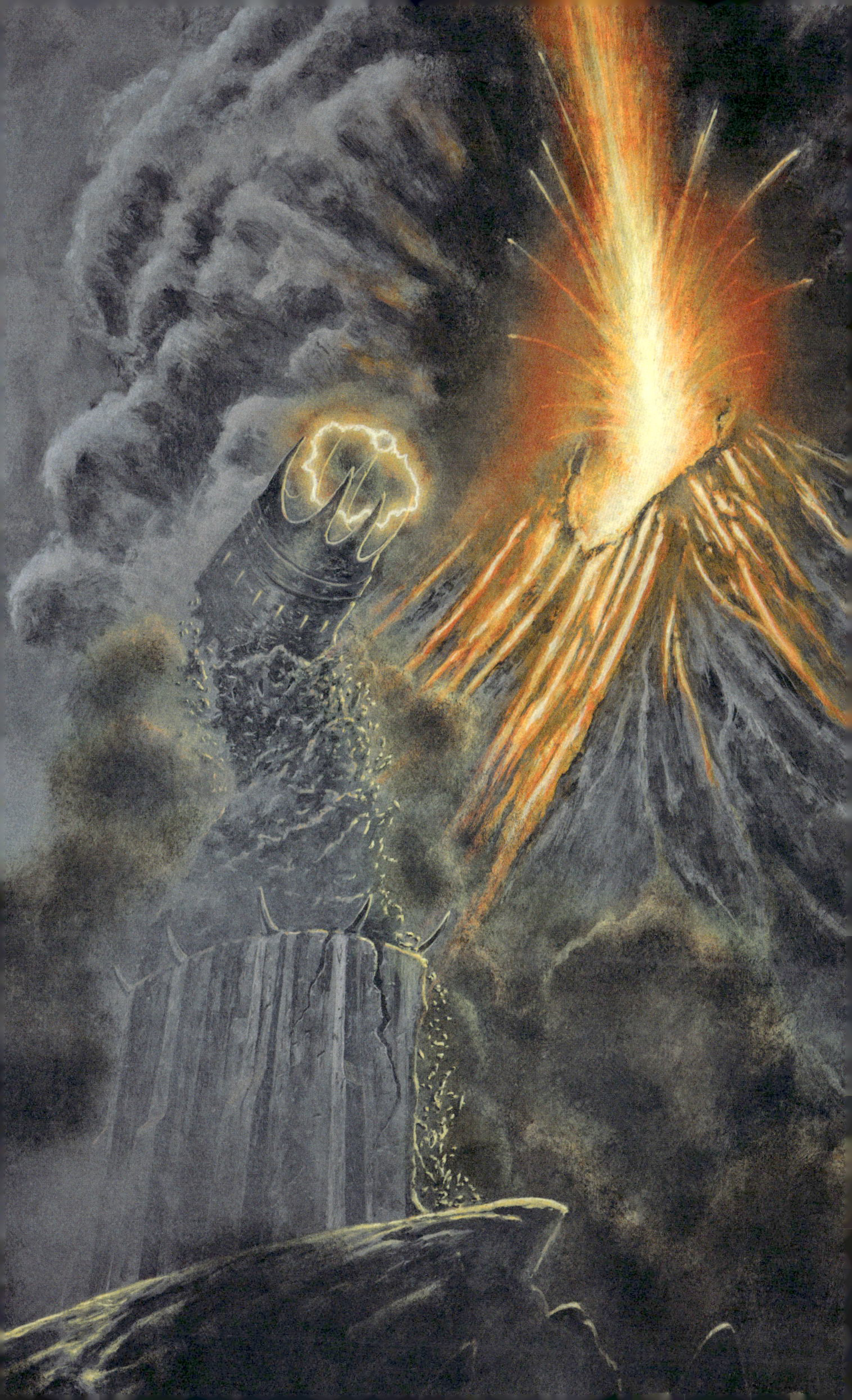

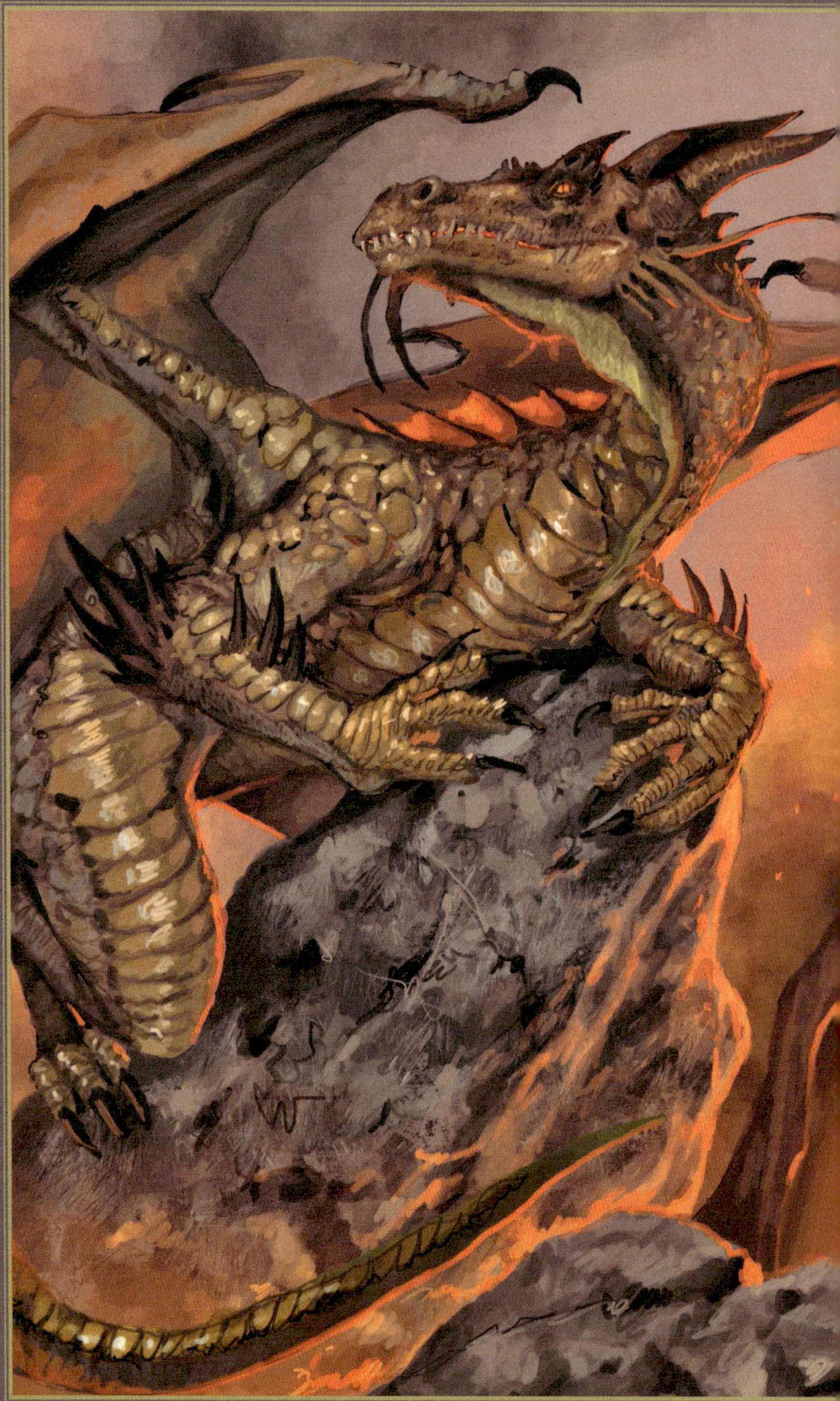

史矛革的祖先——第一纪元的有翼火龙

图书在版编目（CIP）数据

托尔金的黑暗力量 /（加）大卫·戴著；刘开哲译. 北京：北京时代华文书局，2025.5.
ISBN 978-7-5699-5601-6

I. I561.074

中国国家版本馆 CIP 数据核字第 2024YQ3935 号

The Dark Powers of Tolkien
Text copyright © David Day 2018.
Artwork, design and layout copyright © Octopus Publishing Group Ltd 2018.
All rights reserved.
First published in Great Britain in 2018 by Cassell, an imprint of Octopus Publishing Group Ltd.
Simplified Chinese edition © 2025 by Beijing Times Chinese Press.
Simplified Chinese rights arranged through CA-LINK International LLC.

This book has not been prepared, authorised, licensed or endorsed by J.R.R. Tolkien's heirs or estate, nor by any of the publishers or distributors of the book The Lord of the Rings or any other work written by J.R.R. Tolkien, nor anyone involved in the creation, production or distribution of the films based on the book.

北京市版权局著作权合同登记号 图字：01-2024-3052

TUOERJIN DE HEIAN LILIANG

出 版 人：陈 涛
责任编辑：陈冬梅
执行编辑：洪丹琦
责任校对：薛 治
装帧设计：孙丽莉 迟 稳
责任印制：刘 银 訾 敬

出版发行：北京时代华文书局 http://www.bjsdsj.com.cn
　　　　　北京市东城区安定门外大街 138 号皇城国际大厦 A 座 8 层
　　　　　邮编：100011　电话：010-64263661　64261528

印　　刷：天津裕同印刷有限公司
开　　本：880 mm×1230 mm 1/32　成品尺寸：145 mm×210 mm
印　　张：7.75　字　　数：160 千字
版　　次：2025 年 5 月第 1 版　印　　次：2025 年 5 月第 1 次印刷
定　　价：98.00 元

版权所有，侵权必究
本书如有印刷、装订等质量问题，本社负责调换，电话：010-64267955。